ANAÏS NIN NASCEU em 1903, em Neuilly (arredores de Paris), filha de Joaquín Nin, pianista e compositor cubano, e de Rosa Culmell, dançarina também cubana, com ascendência franco-dinamarquesa. Durante a infância, acompanhou o pai em suas excursões artísticas por toda a Europa, vivendo sempre em meios cosmopolitas. Devido à separação dos seus pais, Anaïs viajou com a mãe e seus dois irmãos para os Estados Unidos quando tinha 11 anos de idade, instalando-se com a família em Nova York. Em 1923, voltou a viver na Europa (a partir daí alternaria a vida entre os Estados Unidos e o Velho Continente) e começou a escrever: críticas, ensaios, ficção e um diário. A redação deste diário continuaria ao longo da vida adulta, resultando em dezenas de volumes e transformando-se em um dos documentos de maior importância literária, psicanalítica e antropológica do século XX. O primeiro volume dos diários, T*he diary of Anaïs Nin, 1931-1934*, só foi publicado em 1966. Henry Miller, amigo e amante de Anaïs, foi quem primeiro chamou a atenção para a importância destes textos autobiográficos em artigo para a revista inglesa *The criterion*, no ano de 1937. Além de um documento pessoal, os diários compõem um grande retrato da Paris do entre guerras e da Nova York do pós-Segunda Guerra Mundial. Eles se tornaram famosos por mostrarem intimamente as angústias da mulher ocidental na luta por seus anseios, por apresentarem a forma de autoanálise psicanalítica (Anaïs foi grandemente influenciada pelas então recentes descobertas de Freud, além de ter sido assistente de Otto Rank, discípulo do pai da psicanálise) e por proporem uma "escrita feminina".

Além de precursora das ideias libertárias sobre a mulher e sobre o sexo, Anaïs Nin foi amiga de inúmeros escritores, entre os quais D. H. Lawrence, André Breton, Antonin Artaud, Paul Éluard e Jean Cocteau. Além de, é claro, o próprio Henry Miller (grande parte da sua relação com Miller está contada no livro *Henry e June*, que contém trechos do diário dos anos 1931 e 1932), cujo romance Trópico de câncer, de 1934, que tem como tema principal o sexo, ela prefaciou.

Anaïs Nin passou a maior parte da fase final da sua vida nos Estados Unidos, além de ter escrito toda sua obra em inglês. Juntamente aos vários volumes do seu diário, deixou várias obras literárias, entre as quais o poema em prosa *House of incest* (1936), o livro de contos *Under the glass bell* (1944) e os romances, em parte autobiográficos, *Ladders to fire* (1946), *Uma espiã na casa do amor*, 1954 (**L&PM** POCKET, 2006), *Pequenos pássaros*,1959 (**L&PM** POCKET, 2005) *Seduction of the minotaur* (1961) e *The roman of future* (1969), *Delta de Vênus*, 1969 (**L&PM** POCKET, 2005) entre outros. Morreu em 14 de janeiro de 1977, em Los Angeles, nos Estados Unidos.

Livros de Anaïs Nin publicados pela **L&PM** EDITORES

Delta de Vênus (**L&PM** POCKET)
Henry & June (**L&PM** POCKET)
Incesto
Fogo (**L&PM** POCKET)
Pequenos pássaros (**L&PM** POCKET)
Uma espiã na casa do amor (**L&PM** POCKET)

Anaïs Nin

Histórias eróticas
Delta de Vênus

Tradução de Lúcia Brito

www.lpm.com.br

Coleção **L&PM** POCKET, vol. 404

Texto de acordo com a nova ortografia.

Título original: *Delta of Venus*

Primeira edição na Coleção **L&PM** POCKET: fevereiro de 2005
Esta reimpressão: agosto de 2022

Tradução: Lúcia Brito
Capa: Marco Cena
Revisão: Maria Rita Quitela e Renato Deitos

N714d

Nin, Anaïs, 1903-1977.
    Delta de Vênus: histórias eróticas / Anaïs Nin; tradução de Lúcia Brito. – Porto Alegre: L&PM, 2022.
    304 p. ; 18 cm. – (Coleção L&PM POCKET; v. 404)
    ISBN 978-85-254-1395-6

    1.Literatura norte-americana- contos eróticos. I. Título. II.Série

CDU 820.111(72)-993

Catalogação elaborada por Izabel A. Merlo, CRB 10/329.

Copyright © 1969 by Anaïs Nin
Copyright © 1977 by The Anaïs Nin Trust
by arrangement with Barbara W. Stuhlmann, author's representative

Todos os direitos desta edição reservados a L&PM Editores
Rua Comendador Coruja 314, loja 9 – Floresta – 90220-180
Porto Alegre – RS – Brasil / Fone: 51.3225.5777

Pedidos & Depto. comercial: vendas@lpm.com.br
Fale conosco: info@lpm.com.br
www.lpm.com.br

Impresso no Brasil
Inverno de 2022

Sumário

Prefácio / 7
O aventureiro húngaro / 17
Mathilde / 25
O internato / 39
O anel / 43
Maiorca / 47
Artistas e modelos / 51
Lilith / 78
Marianne / 86
A mulher de véu / 98
Elena / 107
O basco e Bijou / 185
Pierre / 231
Manuel / 257
Linda / 261
Marcel / 281

Prefácio*

[Abril de 1940]

UM COLECIONADOR DE LIVROS ofereceu cem dólares por mês a Henry Miller para que escrevesse histórias eróticas. Parecia uma espécie de castigo dantesco condenar Henry a escrever literatura erótica por um dólar a página. Ele se revoltou porque na época seu espírito era o oposto do rabelaisiano, porque escrever sob encomenda era uma ocupação castradora, porque escrever como um *voyeur* no buraco da fechadura retirava toda a espontaneidade e o prazer de suas aventuras fantasiosas.

[Dezembro de 1940]

HENRY ME FALOU sobre o colecionador. Às vezes almoçam juntos. O colecionador comprou um manuscrito de Henry e então sugeriu que ele escrevesse algo para um de seus clientes velhos e ricos. Não podia falar muito sobre o cliente, exceto que estava interessado em literatura erótica.

Henry começou descompromissadamente, de brincadeira. Inventava histórias malucas que achávamos engraçadas. Meteu-se naquilo como se fosse uma experiência, e no começo parecia fácil. Mas depois de um tempo a coisa perdeu a graça. Ele não queria abordar nada do conteúdo com que planejava escrever sua obra de verdade, por isso ficou condenado a forçar sua imaginação e seu estado de espírito.

Jamais recebeu uma palavra de agradecimento do estranho patrono. Podia ser natural que este não quisesse revelar sua identidade. Mas Henry começou a provocar o colecionador. O patrono realmente existia? Seriam aquelas páginas para o próprio colecionador, para dar

---
* Adaptado de *The Diary of Anaïs Nin, volume III*.

uma levantada em sua vida melancólica? Seriam eles a mesma pessoa? Henry e eu discutimos isso longamente, perplexos e intrigados.

Àquela altura, o colecionador anunciou que o cliente estava vindo a Nova York e Henry iria conhecê-lo. Mas por algum motivo o encontro jamais aconteceu. O colecionador era pródigo nas descrições sobre como enviava os manuscritos por correio aéreo, o quanto isso custava, pequenos detalhes cujo propósito era dar realismo às alegações que fazia a respeito da existência do cliente.

Um dia ele pediu uma cópia de *Primavera negra* com uma dedicatória.

Henry disse:

– Mas você não havia dito que ele já possuía todos os meus livros, exemplares assinados?

– Ele perdeu a cópia de *Primavera negra*.

– A quem devo dedicar? – perguntou Henry inocentemente.

– Coloque apenas "para um bom amigo", e assine.

Poucas semanas depois, Henry precisou de uma cópia de *Primavera negra* e não conseguiu encontrar nenhuma. Decidiu pegar a do colecionador emprestada. Foi ao escritório. A secretária pediu-lhe para aguardar. Ele começou a olhar os livros na prateleira. Viu uma cópia de *Primavera negra*. Puxou-a. Era a que ele havia dedicado ao "bom amigo".

Quando o colecionador chegou, Henry falou-lhe sobre aquilo, rindo. Em um tom igualmente bem-humorado, o colecionador explicou:

– Oh, sim, o velho ficou tão impaciente que lhe mandei a minha própria cópia enquanto esperava conseguir esta assinada por você, com a intenção de trocá-las posteriormente, quando ele vier a Nova York de novo.

Ao nos encontrarmos, Henry me disse:

– Estou mais desconcertado que nunca.

Quando Henry perguntou qual era a reação do patrono às suas obras, o colecionador disse:

– Oh, ele gosta de tudo. Está tudo maravilhoso. Mas ele gosta mais quando é uma narrativa, apenas a história, sem análise, sem filosofia.

Quando Henry precisou de dinheiro para despesas de viagem, sugeriu que eu escrevesse algo naquele ínterim. Senti que eu não desejava dar nada de genuíno e decidi produzir uma mistura de histórias que havia ouvido e invenções, fingindo que eram do diário de uma mulher. Nunca conheci o colecionador. Ele ficou de ler minhas páginas e me dizer o que achava. Hoje recebi um telefonema. A voz disse:

– Está ótimo. Mas deixe de fora a poesia e as descrições de qualquer coisa além do sexo. Concentre-se no sexo.

Então comecei a escrever em tom de troça, para ficar exótico, inventivo e tão exagerado que pensei que ele fosse perceber que eu estava caricaturando a sexualidade. Mas não houve protestos. Passei dias na biblioteca estudando o *Kama Sutra,* escutando as aventuras mais extravagantes de amigos.

– Menos poesia – disse a voz ao telefone. – Seja específica.

Mas alguém já sentiu prazer na leitura de uma descrição clínica? Será que o velho não sabia que as palavras trazem cores e sons para a carne?

Toda manhã, depois do desjejum, eu sentava para escrever minha cota de erótica. Uma manhã redigi: "Era uma vez um aventureiro húngaro...". Dei muitos dotes a ele: beleza, elegância, graça, charme, talento de um ator, conhecimento de várias línguas, dom para a intriga, dom para se safar das dificuldades e dom para evitar a permanência e a responsabilidade.

Mais uma ligação telefônica:

– O velho está satisfeito. Concentre-se no sexo. Deixe a poesia de fora.

Aquilo deu início a uma epidemia de "diários" eróticos. Todo mundo pôs suas experiências sexuais no papel. Inventadas, ouvidas, pesquisadas em Krafft-Ebing e livros médicos. Tínhamos conversas cômicas. Alguém contava uma história e o resto de nós tinha que decidir se era verdadeira ou falsa. Ou plausível. Aquilo era plausível? Robert Duncan se oferecia para experimentar, testar nossas invenções, confirmar ou negar nossas fantasias. Todos nós precisávamos de dinheiro, por isso partilhávamos nossas histórias.

Eu tinha certeza de que o velho não sabia nada sobre os arrebatamentos, os êxtases, as reverberações estonteantes dos encontros sexuais. Cortar a poesia – esta era a mensagem dele. O sexo clínico, privado de toda a calidez do amor – a orquestração de todos os sentidos, toque, audição, visão, paladar; todos os acompanhamentos eufóricos, música de fundo, climas, atmosfera, variações –, forçavam-no a servir-se de afrodisíacos literários.

Poderíamos ter engarrafado segredos melhores para lhe contar, mas ele teria sido surdo a tais segredos. Porém, um dia, quando ele estivesse saturado, eu lhe diria como ele quase nos fez perder o interesse pela paixão devido à obsessão com os gestos esvaziados das emoções e como o xingamos, porque ele quase nos levou a fazer voto de castidade, pois o que desejava que excluíssemos era o nosso próprio afrodisíaco – a poesia.

Recebi cem dólares por minha literatura erótica. Gonzalo precisava de dinheiro para ir ao dentista, Helba precisava de um espelho para dançar, e Henry, de dinheiro para sua viagem. Gonzalo contou-me a história do basco e Bijou, e eu a escrevi para o colecionador.

[Fevereiro de 1941]
A CONTA DO TELEFONE não havia sido paga. A rede de dificuldades econômicas estava se fechando sobre mim. Todos

à minha volta sem responsabilidade e sem consciência do naufrágio. Escrevi trinta páginas de erótica.

Fiquei mais uma vez consciente do fato de estar sem um centavo e telefonei para o colecionador. O cliente rico não tinha comentado nada com ele a respeito do manuscrito que eu enviara? Não, não tinha, mas ele pegaria a história que eu recém havia terminado e me pagaria. Henry precisava ir ao médico. Gonzalo precisava de óculos. Robert chegou com B. e me pediu um dinheiro para ir ao cinema. A fuligem da esquadria da janela caiu em cima do meu papel de datilografar e do meu trabalho. Robert veio e levou embora minha caixa de papel de datilografar.

Será que o velho não estava cansado de pornografia? Será que não aconteceria um milagre? Comecei a imaginá-lo dizendo: "Dê-me tudo o que ela escreve, quero tudo, gosto de tudo. Vou mandar um grande presente para ela, um grande cheque por tudo o que ela escreveu".

Minha máquina de escrever estava quebrada. Com cem dólares no bolso, recuperei meu otimismo. Disse a Henry:

– O colecionador diz que gosta de mulheres simples e não intelectuais, mas me convida para jantar.

Eu tinha a sensação de que a caixa de Pandora continha os mistérios da sensualidade da mulher, tão diferente da sensualidade do homem e para a qual a linguagem do homem era inadequada. A linguagem do sexo ainda estava para ser inventada. A linguagem dos sentidos ainda estava para ser explorada. D. H. Lawrence começou a dar uma linguagem para o instinto, tentou escapar da linguagem clínica, científica, que captura apenas o que o corpo sente.

[Outubro de 1941]

Quando Henry chegou, fez diversas declarações contraditórias. Que poderia viver sem nada, que se sentia tão bem que poderia até arrumar um emprego, que sua integridade impedia-o de escrever roteiros em Hollywood. Por fim eu disse:

– E como fica a sua integridade escrevendo literatura erótica por dinheiro?

Henry riu, admitiu o paradoxo, as contradições, riu e descartou o assunto.

A França possuía uma tradição em obras literárias eróticas, em estilo belo e elegante. Quando comecei a escrever para o colecionador, pensei que havia uma tradição semelhante aqui, mas não encontrei absolutamente nada. Tudo o que vi era de má qualidade, escrito por autores de segunda classe. Nenhum bom escritor parecia ter tentado pôr a mão na literatura erótica.

Contei a George Barker como Caresse Crosby, Robert, Virginia Admiral e outros estavam escrevendo. Aquilo agradou seu senso de humor. Eu era como a cafetina de uma presunçosa casa de prostituição literária, de onde a vulgaridade estava excluída.

Rindo, eu disse:

– Forneço papel e carbono, entrego o manuscrito anonimamente, protejo o anonimato de todo mundo.

George Barker achou que isso era muito mais engraçado e inspirador do que mendigar, pedir emprestado ou achacar refeições dos amigos.

Reuni poetas em torno de mim e escrevemos lindas eróticas. Como estávamos condenados a focar apenas a sensualidade, tivemos violentas explosões de poesia. Escrever erótica tornou-se um caminho para a santidade em vez de para a libertinagem.

Harvey Breit, Robert Duncan, George Barker, Caresse Crosby, todos nós concentramos nossas habilidades em um *tour de force**, abastecendo o velho com tamanha abundância de pérolas perversas que ele agora implorava por mais.

---

* Um grande esforço. Em francês no original. (N.T.)

Os homossexuais escreviam como se fossem mulheres. Os tímidos escreviam sobre orgias. As frígidas, sobre consumações arrebatadoras. Os mais poéticos entregavam-se à bestialidade pura, e os mais puros, a perversões. Éramos assediados pelas narrativas maravilhosas que não podíamos contar. Sentávamos, imaginávamos o velho, falávamos do quanto o odiávamos por não nos permitir fazer uma fusão de sensualidade e sentimento, sensualidade e emoção.

[Dezembro de 1941]
GEORGE BARKER ESTAVA terrivelmente pobre. Quis escrever mais histórias eróticas. Escreveu oitenta e cinco páginas. O colecionador achou-as surrealistas demais. Eu adorei. As cenas de sexo eram desregradas e fantásticas. Amor em trapézios.

Ele bebeu todo o primeiro dinheiro, e não pude emprestar-lhe nada além de mais papel e carbono. George Barker, o excelente poeta inglês, escrevendo erótica para beber, do mesmo modo que Utrillo pintou quadros em troca de uma garrafa de vinho. Comecei a pensar sobre o velho que todos nós odiávamos. Decidi escrever para ele, abordá-lo diretamente, falar de nossos sentimentos.

"Caro colecionador: Odiamos você. O sexo perde todo seu poder e magia quando se torna explícito, mecânico, exagerado, quando se torna uma obsessão mecanicista. Torna-se uma chatice. Você nos ensinou, mais do que qualquer pessoa que conheço, o quanto é errado não misturá-lo com emoção, ânsia, desejo, luxúria, lampejos de pensamento, caprichos, laços pessoais, relacionamentos mais profundos que mudam sua cor, sabor, ritmo, intensidade.

"Você não sabe o que está perdendo com o exame microscópico da atividade sexual e a exclusão dos aspectos que são o combustível que a inflama. O aspecto intelectual, imaginativo, romântico, emocional. É isso que dá ao sexo texturas surpreendentes, transformações sutis, elementos afrodisíacos. Você está reduzindo seu mundo de sensações. Você o está fazendo murchar, definhar, drenando o sangue dele.

"Se você nutrisse sua vida sexual com todas as excitações e aventuras que o amor injeta na sensualidade, seria o homem mais potente do mundo. A fonte do vigor sexual é a curiosidade, a paixão. Você está assistindo a essa pequena chama morrer por asfixia. O sexo não floresce na monotonia. Sem sentimento, invenções, variações de humor, nada de surpresas na cama. O sexo deve ser misturado com lágrimas, risadas, palavras, promessas, cenas, ciúme, inveja, todos os condimentos do medo, viagens ao exterior, novos rostos, romances, histórias, sonhos, fantasias, música, dança, ópio, vinho.

"Quanto você perde com esse periscópio na ponta de seu sexo, quando poderia desfrutar de um harém de maravilhas distintas e nunca repetidas? Não existem dois cabelos iguais, mas você não nos deixará gastar palavras na descrição do cabelo; não existem dois odores iguais, mas se nos estendermos nisso você gritará: corte a poesia. Não há duas peles com a mesma textura, e nunca a mesma luz, temperatura, sombras, nunca o mesmo gesto; porque um amante, quando estimulado por um amor verdadeiro, pode percorrer o conjunto de séculos de doutrina amorosa. Quanta amplitude, quantas mudanças de idade, quantas variações de maturidade e inocência, perversidade e arte...

"Ficamos sentados durante horas e nos indagamos qual é a sua aparência. Se você bloqueou seus sentidos para a seda, luz, cor, odor, caráter, temperamento, a esta altura você deve estar completamente encarquilhado. Existem tantos sentidos menores, todos afluindo como tributários para o fluxo do sexo, nutrindo-o. Somente o pulsar unido do sexo e do coração pode criar o êxtase."

Pós-escrito

NA ÉPOCA EM que todos nós estávamos escrevendo erótica por um dólar a página, percebi que durante séculos tivéramos somente um modelo para este gênero literário – a escrita dos homens. Eu já estava consciente da diferença entre o tratamento masculino e feminino da experiência sexual. Eu sabia que havia uma grande disparidade entre a clareza de Henry Miller e minhas ambiguidades – entre sua visão humorística, rabelaisiana do sexo e minhas descrições poéticas dos relacionamentos sexuais em partes não publicadas de meu diário. Conforme escrevi no volume três do *Diário*, eu tinha a sensação de que a caixa de Pandora continha os mistérios da sensualidade da mulher, tão diferente da sensualidade do homem, e para a qual a linguagem do homem era inadequada.

As mulheres, pensei, eram mais aptas a fundir o sexo com a emoção, com o amor, e escolher um homem em vez de serem promíscuas. Isso tornou-se evidente para mim quando escrevi os romances e o *Diário*, e o vi ainda mais claramente quando comecei a lecionar. Embora a atitude das mulheres em relação ao sexo fosse bastante diferente da dos homens, ainda não havíamos aprendido como escrever sobre isso.

Aqui na erótica eu estava escrevendo para entreter, sob a pressão de um cliente que desejava que eu "deixasse a poesia de fora". Creio que meu estilo era derivado da leitura das obras de homens. Por esse motivo, durante muito tempo achei que eu havia comprometido meu eu feminino. Deixei a erótica de lado. Relendo-a muitos anos depois, vejo que minha voz não foi completamente suprimida. Em numerosas passagens usei intuitivamente uma linguagem de mulher, vendo a experiência sexual do ponto de vista da mulher. Finalmente decidi liberar a erótica para publicação, porque mostra os esforços iniciais de uma mulher em um mundo que fora de domínio dos homens.

Se a versão sem cortes do *Diário* algum dia for publicada, esse ponto de vista feminino será demonstrado mais claramente. Ele mostrará que as mulheres (e eu, no *Diário*) jamais separaram o sexo do sentimento, do amor pelo homem por inteiro.

Anaïs Nin
Los Angeles, setembro de 1976

O aventureiro húngaro

Era uma vez um aventureiro húngaro de beleza espantosa, charme irresistível, graça, talento de um ator consumado, cultura, conhecimento de muitas línguas, modos aristocráticos. Por trás disso tudo, havia o dom para a intriga, para escapulir das dificuldades, para entrar e sair dos países deslocando-se suavemente.

Viajava em grande estilo, com quinze baús das mais finas roupas, com dois grandes cães dinamarqueses. O ar de autoridade garantira-lhe o apelido de Barão. O Barão era visto nos hotéis mais luxuosos, em estações de águas e corridas de cavalo, em voltas ao mundo, em excursões ao Egito, viagens pelo deserto, pela África.

Em toda parte ele se tornava o centro das atenções das mulheres. Como o mais versátil dos atores, passava de um papel para o outro para satisfazer o gosto de cada uma delas. Era o dançarino mais elegante, o parceiro mais animado para jantar, o anfitrião mais decadentista em *tête-à-têtes**; sabia velejar, cavalgar, dirigir. Conhecia cada cidade como se lá tivesse vivido toda a vida. Conhecia todos da sociedade. Ele era indispensável.

Quando precisava de dinheiro, casava-se com uma mulher rica, espoliava-a e ia embora para outro país. Na maior parte das vezes as mulheres não se revoltavam, nem faziam queixa à polícia. As poucas semanas ou meses que desfrutavam tendo-o como marido deixavam uma sensação mais forte que o choque de perderem o dinheiro. Por um momento elas entendiam como era viver com asas fortes, voar acima das cabeças da mediocridade.

Ele as levava tão alto, rodopiava tão rápido com elas em suas sequências de encantamentos que sua partida

---

* O termo, em francês no original, aqui é usado para designar reuniões íntimas, de poucas pessoas. (N.E.)

ainda tinha algo do voo. Parecia quase natural – nenhuma parceira poderia acompanhar seus grandes arroubos de águia.

O aventureiro livre e incapturável, que dessa maneira pulava de um galho dourado para outro, quase caiu em uma armadilha, uma armadilha de amor humano, quando certa noite conheceu a dançarina brasileira Anita em um teatro peruano. Os olhos alongados de Anita não se fechavam como os das outras mulheres, mas como os olhos dos tigres, pumas e leopardos, com as duas pálpebras juntando-se preguiçosa e lentamente; e estas pareciam levemente unidas próximo do nariz, tornando-se mais estreitas, com um relance lascivo e oblíquo pendendo dos olhos, como o olhar de relance de uma mulher que não quer ver o que estão fazendo em seu corpo. Tudo isso dava a ela um ar de quem estava fazendo amor, o que inflamou o Barão tão logo a conheceu.

Quando foi ao camarim para vê-la, Anita estava se vestindo em meio a uma profusão de flores; e, para deleite dos admiradores sentados à sua volta, estava pintando o sexo com batom, sem permitir que eles fizessem qualquer movimento em sua direção.

Quando o Barão entrou, ela apenas ergueu a cabeça e sorriu para ele. Estava com um pé apoiado sobre uma mesinha, o requintado vestido brasileiro estava levantado e, com as mãos cheias de joias, retomou a pintura do sexo, rindo da excitação dos homens à sua volta.

O sexo dela era como uma gigantesca flor de estufa, maior do que qualquer um que o Barão já houvesse visto, e o pelo em volta era abundante, encaracolado, negro acetinado. Eram aqueles lábios que ela pintava como se fossem uma boca, muito requintadamente, de modo que ficaram como uma camélia vermelho-sangue aberta à força, mostrando o botão interior, o cerne mais pálido e de pétalas mais delicadas da flor.

O Barão não conseguiu persuadi-la a cear com ele. A aparição no palco era apenas o prelúdio do trabalho dela no teatro. Depois é que se seguia a performance pela qual Anita era famosa em toda a América do Sul, quando os recônditos camarotes do teatro, no escuro, com as cortinas semicerradas, enchiam-se de homens da sociedade de todo o mundo. As mulheres não eram levadas àquele espetáculo de variedades de alta classe.

Ela havia se vestido de novo com o traje de saia rodada que usara no palco durante as canções brasileiras, mas não estava de xale. O vestido não tinha alças, e os seios fartos e abundantes, comprimidos pelo corpete justíssimo, avolumavam-se para cima, oferecendo-se quase que por inteiro ao olhar.

Nesse traje, enquanto o resto do show continuava, ela fazia a ronda dos camarotes. Lá, mediante solicitação, ajoelhava-se diante de um homem, desabotoava as calças dele, pegava o pênis com as mãos cheias de joias e, com um toque de bom gosto, uma destreza, uma sutileza que poucas mulheres já desenvolveram, chupava-o até satisfazê-lo. As duas mãos eram ativas como a boca.

A delícia daquilo quase privava os homens dos sentidos. A elasticidade das mãos; a variedade de ritmos; a mudança entre um aperto de mão em todo o pênis e o mais leve toque na ponta, entre a pegada firme de todas as partes e o mais leve roçar dos pelos em volta – tudo isso por uma mulher excepcionalmente linda e voluptuosa, enquanto a atenção do público estava voltada para o palco. Ver o pênis entrar na boca magnífica, entre os dentes brilhantes, enquanto os seios arfavam, dava aos homens um prazer pelo qual pagavam generosamente.

A presença dela no palco preparava-os para a aparição nos camarotes. Ela provocava-os com a boca, os olhos, os seios. E, para satisfazê-los, junto com a música, as luzes e a cantoria, havia uma forma de entretenimento excepcionalmente picante em um camarote escuro e com as cortinas semicerradas acima da plateia.

O Barão quase se apaixonou por Anita e ficou com ela por mais tempo do que com qualquer mulher. Ela se apaixonou por ele e lhe deu duas filhas.

Mas depois de alguns anos ele se foi de novo. O hábito era forte demais; o hábito de liberdade e mudança.

Viajou para Roma e se hospedou em uma suíte do Grand Hotel. Casualmente ficou ao lado da suíte do embaixador da Espanha, que lá estava com a esposa e duas filhas pequenas. O Barão encantou-os também. A mulher do embaixador o admirava. Ficaram tão amigos, e ele era tão agradável com as crianças, que não sabiam como se distrair naquele hotel, que logo se tornou hábito das duas garotinhas, ao levantarem de manhã, irem visitar o Barão e despertá-lo com risadas e brincadeiras que não lhes eram permitidas prodigalizar ao pai e à mãe, mais solenes.

Uma das garotinhas tinha cerca de dez anos, a outra, doze. Ambas eram lindas, com enormes olhos negros aveludados, cabelo comprido sedoso e pele dourada. Usavam vestidos brancos curtos e meias brancas curtas. As duas entravam correndo aos gritinhos no quarto do Barão e atiravam-se alegremente em cima da grande cama. Ele brincava com elas e as afagava.

Como muitos homens, o Barão agora acordava sempre com o pênis em uma situação peculiarmente sensível. De fato, no estado mais vulnerável. Ele não tinha tempo de se levantar e acalmar a situação urinando. Antes que pudesse fazê-lo, as duas garotinhas haviam corrido pelo chão brilhante e se atirado em cima dele e em cima do pênis proeminente, que de algum modo o grande acolchoado azul-claro escondia.

As garotinhas não se importavam que as saias voassem para o alto e as pernas esguias de dançarina ficassem enroscadas e caíssem em cima do pênis que jazia duro embaixo da colcha. Rindo, davam a volta por cima do Barão, sentavam-se em cima dele, tratavam-no como um cavalo, montavam-no e o empurravam para baixo, insistindo para que sacudisse a cama com o movimento de seu corpo. Junto a tudo isso, beijavam-no, puxavam seu cabelo e mantinham conversas infantis. O deleite do Barão por ser tratado dessa maneira tornava-se uma expectativa excruciante.

Uma das garotas estava deitada de barriga para baixo, e tudo o que ele tinha que fazer era mexer-se um pouquinho contra ela para atingir o prazer. Então ele o fez como uma brincadeira, como se finalmente quisesse derrubá-la da cama. Ele disse:

– Estou certo de que você cairá se eu empurrar desse jeito.

– Não vou cair – disse a garotinha, agarrando-se a ele com as cobertas no meio, enquanto ele se mexia como se fosse forçá-la a rolar pela lateral da cama. Rindo, empurrou o corpo dela, mas ela manteve-se deitada perto dele, as perninhas, as calcinhas, tudo roçando contra ele no esforço de não escorregar para fora, e ele continuou fazendo palhaçadas enquanto riam. A segunda garota, querendo emparelhar as forças do jogo, sentou-se a cavalo em cima dele na frente da outra, e agora ele podia mover-se ainda mais selvagemente com o peso de ambas em cima dele. O pênis, escondido dentro do acolchoado espesso, ergueu-se cada vez mais entre as perninhas, e foi assim que ele gozou, com uma intensidade que raramente havia experimentado, capitulando na batalha, que as garotas venceram de uma maneira que nunca suspeitaram.

Em outra ocasião em que as meninas vieram brincar, ele colocou as mãos embaixo do acolchoado. Então ergueu o acolchoado com o dedo indicador e desafiou-as a pegá-lo. Com grande animação elas começaram a caçar o dedo, que desaparecia e reaparecia em diferentes partes da cama, pegando-o firmemente entre as mãos. Pouco depois não era o dedo, mas o pênis que elas pegavam sem parar e, procurando soltá-lo, ele fazia com que o agarrassem mais fortemente que nunca. Ele desaparecia por completo embaixo das cobertas e, pegando o pênis com a mão, de repente empurrava-o para cima para que elas o pegassem.

Fingia ser um animal, perseguindo-as para pegá-las e mordê-las, às vezes bem perto de onde desejava, e elas obtinham grande prazer com aquilo. Também brincavam de esconde-esconde com o "animal". O "animal" tinha que saltar sobre elas de algum canto escondido. Ele se escondia dentro do *closet*, no chão, e se cobria com roupas. Uma das garotinhas abria o *closet*. Ele podia olhar por baixo do vestido; agarrava-a e a mordia de brincadeira nas coxas.

Os jogos eram tão acalorados, a confusão da batalha e o abandono das garotinhas na brincadeira eram tão grandes que muito frequentemente ele podia pôr a mão onde desejasse.

Finalmente o Barão mudou-se de novo, mas os grandes saltos de trapézio de uma fortuna para outra deterioraram-se quando a busca sexual tornou-se mais forte do que a busca por dinheiro e poder. Era como se a força de seu desejo por mulheres não mais estivesse sob controle. Ansiava por livrar-se das esposas e também por prosseguir em sua pesquisa atrás de sensações ao redor do mundo.

Um dia ficou sabendo que a dançarina brasileira que havia amado morrera de overdose de ópio. As duas filhas deles estavam com quinze e dezesseis anos e queriam que o pai tomasse conta delas. Ele mandou buscá-las. Na época, ele estava vivendo em Nova York com uma esposa com a qual tinha um filho. A mulher não ficou feliz com a ideia da chegada das filhas. Tinha ciúmes em função do filho, que tinha apenas catorze anos. Depois de todas as explorações, o Barão agora queria um lar e uma trégua das dificuldades e encenações. Tinha uma mulher da qual gostava bastante e três filhos. A ideia de reencontrar as filhas interessou-o. Recebeu-as com grandes demonstrações de afeto. Uma era linda, a outra nem tanto, mas era maliciosa. Haviam sido criadas presenciando a vida da mãe e não eram contidas ou pudicas.

A beleza do pai impressionou-as. Ele, por outro lado, recordou-se dos jogos com as duas garotinhas em Roma, só que as filhas eram um pouco mais velhas, e isso acrescentou grande atrativo à situação.

Elas ficaram com uma cama grande, e mais tarde, quando ainda estavam conversando sobre a viagem e o reencontro com o pai, ele entrou no quarto para dar boa noite. Estendeu-se ao lado delas e beijou-as. Elas retribuíram os beijos. Mas, enquanto as beijava, deslizou as mãos ao longo dos corpos, que podia sentir através das camisolas.

As carícias o agradaram. Ele disse:

– Como vocês são lindas, as duas. Estou muito orgulhoso de vocês. Não posso deixá-las dormir sozinhas. Faz muito tempo que eu não vejo vocês.

Segurando-as de modo paternal, com as cabeças em seu peito, acariciando-as de modo protetor, deixou-as adormecer, uma de cada lado. Os corpos jovens, com os pequenos seios ainda não completamente formados, afetaram-no tanto que ele não dormiu. Fez carinhos em uma, depois na outra, com movimentos felinos para não perturbá-las, mas logo depois o desejo foi tão violento que acordou uma e começou a forçá-la. A outra tampouco escapou. Elas resistiram e choraram um pouco, mas haviam visto tanto daquilo durante a vida com a mãe que não se revoltaram.

Porém, esse não seria um caso comum de incesto, pois a fúria sexual do Barão estava aumentando e havia se tornado uma obsessão. Ficar satisfeito não o libertava, não o acalmava. Era como uma irritação. Das filhas ele ia para a esposa e a possuía.

Ficou com medo de que as filhas o abandonassem, fugissem, por isso as espionava e praticamente aprisionou-as.

A esposa descobriu e fez cenas violentas. Mas o Barão agora estava como louco. Não se importava mais com a vestimenta, a elegância, as aventuras, a fortuna. Ficava em casa e só pensava no momento em que poderia ter as duas filhas juntas. Havia ensinado a elas todas as carícias imagináveis. Elas aprenderam a se beijar na presença dele até ele ficar excitado o bastante para possuí-las.

Mas a obsessão, os excessos, começaram a pesar sobre ele. A esposa o deixou.

Uma noite, após haver deixado as filhas, ele vagava pelo apartamento, ainda nas garras do desejo, dos ardores e fantasias eróticos. Havia esgotado as garotas. Elas tinham caído no sono. E agora o desejo estava a atormentá-lo de novo. Ele ficou cego de desejo. Abriu a porta do quarto do filho. O garoto dormia tranquilamente, deitado de costas, com a boca levemente aberta. O Barão observou-o, fascinado. O pênis duro continuava a atormentá-lo. Pegou uma banqueta e colocou-a perto da cama. Ajoelhou-se em cima e pôs o pênis na boca do filho. O filho acordou sufocando e bateu nele. As garotas também acordaram.

A revolta contra o desatino do pai eclodiu, e eles abandonaram o agora enlouquecido e envelhecido Barão.

Mathilde

Mathilde era chapeleira em Paris e mal tinha completado vinte anos quando foi seduzida pelo Barão. Embora o caso não tenha durado mais do que duas semanas, naquele curto período ela de algum modo ficou impregnada, por contágio, pela filosofia de vida do Barão e pelo modo de ele resolver problemas indo embora para bem longe. Ela ficou intrigada com uma coisa que o Barão havia dito casualmente certa noite: que as mulheres parisienses eram altamente apreciadas na América do Sul devido à destreza nos assuntos amorosos, vivacidade e sagacidade, o que contrastava bastante com muitas das esposas sul-americanas, as quais ainda nutriam uma tradição de recato e obediência que diluía suas personalidades e devia-se, possivelmente, à relutância dos homens em fazer das esposas suas amantes.

Como o Barão, Mathilde desenvolveu uma fórmula para desempenhar a vida como uma série de papéis – ou seja, dizendo a si mesma de manhã, enquanto escovava o cabelo louro: "Hoje quero me tornar essa ou aquela pessoa", e tratando então de ser tal pessoa.

Um dia Mathilde decidiu que gostaria de ser a elegante representante de uma conhecida modista parisiense e ir para o Peru. Tudo o que teve que fazer foi desempenhar o papel. Desse modo, vestiu-se com cuidado, apresentou-se com extraordinária confiança na casa da modista, foi contratada para ser sua representante e recebeu uma passagem de navio para Lima.

A bordo do navio, comportou-se como uma missionária francesa da elegância. O talento inato para reconhecer bons vinhos, bons perfumes, boas peças de roupas, distinguiam-na como uma dama refinada. Seu paladar era o de um *gourmet*.

Mathilde possuía encantos maliciosos para enriquecer aquele papel. Ria perpetuamente, não importando o que acontecesse com ela. Quando uma valise foi extraviada, ela riu. Quando pisavam em seu pé, ela ria.

Foi seu riso que atraiu o representante da Linha Espanhola, Dalvedo, que a convidou para sentar-se à mesa do capitão. Dalvedo parecia cortês no traje de noite, comportava-se como se fosse o capitão e tinha muitas anedotas para contar. Na noite seguinte, levou-a para dançar. Ele tinha plena consciência de que a viagem não era longa o bastante para a corte usual. Por isso, imediatamente começou a fazer galanteios a respeito da pintinha no queixo de Mathilde. À meia-noite perguntou se ela gostava de fruta de cacto. Ela nunca havia provado. Ele disse que tinha algumas em sua cabine.

Mas Mathilde queria elevar seu valor por meio da resistência, e ficou de guarda quando entraram na cabine. Ela havia repelido facilmente as maos audaciosas dos homens contra os quais roçava quando fazia compras na feira, as astuciosas palmadinhas no traseiro por parte dos maridos de suas clientes, os beliscões nos mamilos pelos amigos que a convidavam para ir ao cinema. Nada disso a atiçava. Ela tinha uma vaga mas tenaz ideia do que poderia atiçá-la. Queria ser cortejada em uma linguagem misteriosa. Isso havia sido determinado por sua primeira aventura, quando era uma garota de dezesseis anos.

Um escritor célebre em Paris entrou na loja de Mathilde certo dia. Não estava procurando um chapéu. Perguntou se ela vendia flores luminosas de que ele ouvira falar, flores que brilhavam no escuro. Disse que as queria para uma mulher que brilhava no escuro. Ele podia jurar que, quando a levava ao teatro e ela se sentava nos camarotes escuros com o vestido de noite, sua pele era luminosa como a mais primorosa concha marinha, com uma suave luminescência rosada. E ele queria as flores para que ela usasse no cabelo.

Mathilde não tinha as flores. Mas logo que o homem saiu ela foi se olhar no espelho. Era esse o tipo de sensação que desejava inspirar. Será que conseguiria? Sua luminescência não era daquela natureza. Ela era muito mais como o fogo do que como a luz. Seus olhos eram ardentes, de cor violeta. O cabelo era pintado de loiro, mas irradiava uma nuance acobreada em torno dela. A pele também tinha um tom acobreado, firme e absolutamente nada transparente. O corpo recheava os vestidos com firmeza e fartura. Ela não usava espartilho, mas seu corpo tinha o aspecto das mulheres que usam. Ela arqueava-se de modo a projetar os seios para frente e empinar o traseiro.

O homem voltou. Mas dessa vez não queria comprar nada. Ficou parado olhando para ela, com um sorriso no rosto comprido e de belos traços, os gestos elegantes transformando o ato de acender um cigarro em um ritual, e disse:

– Dessa vez, vim apenas para vê-la.

O coração de Mathilde bateu tão rápido que ela achou que aquele era o momento pelo qual havia esperado durante anos. Quase ficou na ponta dos pés para ouvir o resto das palavras dele. Sentiu-se como se fosse a mulher luminosa sentada no camarote escuro recebendo as flores incomuns. Mas o que o educado escritor de cabelos grisalhos disse com a voz aristocrática foi:

– Mal vi você, fiquei duro dentro das minhas calças.

A crueza das palavras foi como um insulto. Ela ficou vermelha e o esbofeteou.

A cena repetiu-se em diversas ocasiões. Mathilde verificou que, quando ela aparecia, os homens geralmente ficavam sem palavras, privados de toda e qualquer inclinação para a corte romântica. Sempre proferiam palavras como aquelas à mera visão dela. Seu efeito era tão direto que tudo o que conseguiam expressar era a perturbação física. Em vez de aceitar aquilo como um tributo, Mathilde se ressentia.

Agora estava na cabine de Dalvedo, o espanhol insinuante. Ele estava descascando algumas frutas de cacto para ela e conversando. Mathilde foi recobrando a confiança. Sentou-se no braço de uma cadeira com o seu vestido de noite vermelho.

Mas o descascar dos frutos foi interrompido. Dalvedo ergueu-se e disse:

– Você tem a mais sedutora das pintinhas no queixo.

Ela pensou que ele tentaria beijá-la. Mas não. Ele desabotoou-se rapidamente, tirou o pênis para fora e, com o gesto de um apache* para uma mulher de rua, disse:

– Ajoelhe-se.

E Mathilde outra vez deu uma bofetada, a seguir avançou na direção da porta.

– Não vá – ele implorou –, você me deixa louco. Olhe o estado em que me deixou. Fiquei assim a noite inteira enquanto dancei com você. Você não pode me deixar agora.

Ele tentou abraçá-la. Enquanto ela lutava para se esquivar, ele gozou em cima do vestido. Mathilde teve que se cobrir com o manto de noite para retornar à sua cabine.

Contudo, logo que Mathilde chegou a Lima, alcançou seu sonho. Os homens aproximavam-se dela com linguajar floreado, disfarçando suas intenções com grande charme e floreios. Aquele prelúdio para o ato sexual a satisfazia. Ela gostava de um pouco de adulação. Em Lima ela foi muito cortejada, fazia parte do ritual. Ela era erguida em um pedestal de poesia, de modo que, quando cedia ao enlace final, mais parecia um milagre. Ela vendia muito mais as suas noites do que chapéus.

Naquele tempo, Lima era fortemente influenciada pela grande população chinesa. Fumar ópio era uma

---

* O termo "apache" era usado em Paris no começo do século 20 para designar uma gangue de rua e seus integrantes. (N.T.)

prática corrente. Rapazes ricos iam aos bandos de bordel em bordel, ou passavam as noites em antros de ópio, onde havia prostitutas à disposição, ou alugavam peças completamente vazias na zona do meretrício, onde podiam usar drogas em grupos, e as prostitutas os visitavam lá.

Os jovens gostavam de visitar Mathilde. Ela transformou sua loja em um *boudoir**, cheio de *chaises-longues*, rendas e cetins, cortinas e almofadas. Martinez, um aristocrata peruano, iniciou-a no ópio. Ele levava os amigos até lá para fumar. Às vezes, passavam dois ou três dias esquecidos do mundo, das famílias. As cortinas permaneciam cerradas. A atmosfera era sombria, sonolenta. Eles dividiam Mathilde entre si. O ópio deixava-os mais voluptuosos do que sensuais. Podiam passar horas acariciando as pernas dela. Um pegava um dos seios de Mathilde, outro depositava beijos na carne macia do pescoço, comprimindo apenas os lábios, pois o ópio intensificava cada sensação. Um beijo podia provocar arrepios por todo o corpo dela.

Mathilde deitava-se nua no chão. Todos os movimentos eram vagarosos. Os três ou quatro moços deitavam-se de costas entre as almofadas. Um dedo procurava lentamente o sexo dela, penetrava-o, ficava ali, entre os lábios da vulva, sem se mexer. Outra mão buscava-o também, contentando-se em circular em volta do sexo, buscando outro orifício.

Um homem oferecia o pênis para a boca de Mathilde. Ela mamava muito lentamente, cada toque magnificado pela droga.

Então poderiam ficar deitados imóveis durante horas, sonhando.

Formavam-se imagens eróticas. Martinez via o corpo de uma mulher distendido, sem cabeça, uma mulher com seios de balinesa, barriga de africana, nádegas empinadas de negra; tudo isso se confundia na imagem de

---

* Alcova. Em francês no original. (N.E.)

uma carne móvel, uma carne que parecia feita de elástico. Os seios esticados dilatavam-se na direção da boca de Martinez, e a mão dele espichava-se naquela direção, mas então as outras partes do corpo se esticavam, tornavam-se proeminentes, estendiam-se sobre o corpo dele. As pernas se abriam de maneira inumana, impossível, como se estivessem separadas do corpo, para deixar o sexo exposto, aberto, como se alguém pegasse uma tulipa com a mão e a abrisse completamente à força.

Aquele sexo também era móvel, mexendo-se como borracha, como se mãos invisíveis o esticassem, mãos curiosas que quisessem desmembrar o corpo para chegar a seu interior. Então a bunda virava-se inteiramente na direção dele e começava a perder a forma, como se arrancada. Cada movimento servia para abrir o corpo completamente, até que se despedaçasse. Martinez ficava tomado de fúria porque outras mãos estavam manuseando aquele corpo. Ele se recostava e ia em busca do seio de Mathilde e, se encontrava uma mão sobre ele, ou uma boca a sugá-lo, ia em busca da barriga, como se aquela ainda fosse a imagem que assombrava seu sonho de ópio, e então caía por cima do corpo dela mais embaixo, de modo que podia beijá-la entre as pernas abertas.

O prazer de Mathilde em acariciar os homens era tão imenso, e as mãos deles percorriam seu corpo e o afagavam tão completamente, tão continuamente, que ela raramente tinha um orgasmo. Só ficava ciente desse fato depois que os homens haviam ido embora. Acordava dos sonhos de ópio com o corpo ainda insatisfeito.

Ficava lixando as unhas e cobrindo-as com esmalte, fazendo uma refinada toalete para futuras ocasiões, escovando o cabelo loiro. Sentada ao sol, usando chumacinhos de algodão com água oxigenada, descoloria os pelos púbicos para combinar com o cabelo.

Entregue a si mesma, a memória de mãos sobre seu corpo a assombrou. Sentiu uma delas sob o braço, deslizando até a cintura. Lembrou-se de Martinez, do jeito dele de abrir o sexo como um botão de flor, as pancadinhas de sua língua ligeira cobrindo a distância entre os pelos púbicos e as nádegas, terminando na covinha na base da espinha dela. Como ele amava aquela covinha, que fazia com que seus dedos e língua seguissem a curva descendente e desaparecessem entre os dois amplos montes de carne.

Ao pensar em Martinez, Mathilde sentiu-se arder. E não podia esperar pelo retorno dele. Olhou para as pernas. Por viver tanto tempo em ambientes fechados, suas pernas haviam ficado brancas, muito sedutoras, semelhantes ao tom de pele branco como giz das chinesas, aquela palidez doentia de estufa que os homens, particularmente os peruanos de pele escura, adoravam. Olhou para a barriga livre de imperfeições, sem uma única linha que não devesse estar ali. O pelo púbico agora cintilava vermelho-ouro ao sol.

"Como será que ele me vê?", ela se perguntou. Levantou-se e trouxe um espelho comprido para perto da janela. Colocou-o no chão, encostado em uma cadeira. A seguir, sentou-se defronte do espelho no tapete e, olhando para ele, abriu as pernas lentamente. A visão era encantadora. A pele era perfeita, a vulva, rosada e plena. Pensou na vulva como uma folha de grindélia, com seu leite secreto, que a pressão de um dedo podia trazer à superfície, a umidade odorosa que surge como a umidade das conchas do mar. Foi assim que Vênus nasceu do mar, com essa pequena amêndoa de mel salgado dentro dela, que apenas as carícias podiam retirar dos recantos ocultos de seu corpo.

Mathilde ficou imaginando se poderia retirar aquela umidade de seu cerne misterioso. Abriu os dois pequenos lábios da vulva com os dedos e começou a alisá-la com suavidade felina. Alisou-a para frente e para trás, como Martinez fazia com os dedos morenos e mais nervosos. Lembrou dos dedos morenos em sua pele, do forte constraste entre eles, da espessura dos dedos, cujo aspecto prometia machucar a pele em vez de provocar prazer ao toque. Como ele a tocava delicadamente, pensou Mathilde, como segurava a vulva entre os dedos, como se estivesse tocando um veludo. Ela segurou a vulva como ele, com o indicador e o polegar. Com a outra mão livre continuou as carícias. Sentiu a mesma sensação de dissolvência que sentia sob os dedos de Martinez. De algum lugar estava surgindo um líquido salgado, cobrindo os lábios do sexo; ele brilhava entre os lábios.

Então Mathilde quis saber qual era sua aparência quando Martinez dizia a ela para se virar. Deitou-se sobre o lado esquerdo e expôs a bunda para o espelho. Agora podia ver o sexo pelo outro lado. Mexeu-se como mexia para Martinez. Viu a mão aparecer sobre a pequena colina formada pela bunda, que começou a afagar. A outra mão foi para o meio das pernas e revelou-se no espelho por trás. Essa mão alisou o sexo para frente e para trás. Inseriu então o indicador e começou a friccioná-lo. Nessa hora ficou tomada pelo desejo de ser possuída por ambos os lados, e inseriu o outro indicador no ânus. Agora, ao se mexer para a frente, sentia o dedo da dianteira e, ao oscilar para trás, sentia o outro dedo, como sentia nas vezes em que Martinez e um amigo a acariciavam ao mesmo tempo. A aproximação do orgasmo excitou-a, começou a fazer gestos convulsivos, como que para puxar o último fruto de um galho, puxando, puxando o galho para trazer tudo abaixo em um orgasmo selvagem, que veio enquanto se observava no espelho, vendo as mãos se movendo, o mel brilhando, o sexo e a bunda brilhando, inteiramente molhada entre as pernas.

Depois de ver seus movimentos no espelho, Mathilde entendeu a história que um marinheiro lhe contou – como os marinheiros do navio dele haviam feito uma mulher de borracha para si mesmos, para matar o tempo e satisfazer os desejos que sentiam durante os seis ou sete meses no mar. A mulher fora feita com formosura e proporcionava-lhes uma ilusão perfeita. Os marinheiros a amavam. Levavam-na para a cama. Tinha sido feita de modo que cada orifício pudesse satisfazê-los. Possuía a qualidade que um velho índio certa vez atribuiu à jovem esposa: logo depois do casamento, a esposa era amante de todos os jovens da fazenda. O senhor chamou o velho índio para informá-lo da conduta escandalosa da jovem esposa e aconselhá-lo a vigiá-la melhor. O índio sacudiu a cabeça ceticamente e respondeu: "Bem, não vejo por que eu deveria me preocupar tanto com isso. Minha esposa não é feita de sabão, ela não vai gastar".

Assim era com a mulher de borracha. Os marinheiros consideravam-na incansável e submissa – uma companhia verdadeiramente maravilhosa. Não havia ciúmes, nem brigas entre eles, nem possessividade. A mulher de borracha era muitíssimo amada. Mas, apesar de sua inocência, de sua índole flexível e bondosa, de sua generosidade, de seu silêncio, apesar de sua fidelidade aos marinheiros, ela transmitiu sífilis para todos eles.

Mathilde riu ao se lembrar do jovem marinheiro peruano que havia contado a história, de como ele havia descrito deitar-se em cima da mulher de borracha, como se em um colchão de ar, e de como ela às vezes o fazia saltar longe simplesmente por causa da elasticidade. Mathilde sentia-se exatamente como a mulher de borracha quando usava ópio. Como era prazerosa a sensação de total abandono! Sua única ocupação era contar o dinheiro que os amigos lhe deixavam.

Um deles, Antônio, não parecia contente com o luxo das instalações de Mathilde. Sempre rogava para que ela fosse visitá-lo. Era pugilista e tinha o jeito de um homem que sabe como fazer as mulheres trabalharem para sustentá-lo. Possuía ao mesmo tempo a elegância necessária para deixar as mulheres orgulhosas dele, o aspecto arrumado de um vadio e um comportamento suave que, dava para sentir, podia se transformar em violência no momento necessário. E em seus olhos havia a expressão do gato que inspira um desejo de acariciar, mas que não ama ninguém, que jamais se sente no dever de reagir ao impulso que desperta.

Tinha uma amante que combinava bem com ele, que o igualava em força e vigor, capaz de aguentar murros com bravura; uma mulher que ostentava sua feminilidade com honra e não carecia da pena dos homens; uma mulher de verdade, que sabia que uma luta vigorosa era um maravilhoso estimulante para o sangue (a pena somente enfraquece o sangue) e que as melhores reconciliações só podiam vir depois do combate. A mulher sabia que, quando Antônio não estava com ela, estava com a francesa usando ópio, mas não se importava muito, como se não soubesse absolutamente onde ele estava.

Hoje ele tinha acabado de escovar o bigode com satisfação e estava se preparando para uma festa de ópio. Para aplacar a amante, começou a beliscar suas nádegas e dar tapinhas. Ela era uma mulher de aparência incomum, com um pouco de sangue africano. Os seios eram mais empinados do que os de qualquer mulher que ele já vira, localizados quase que paralelamente à linha dos ombros, completamente redondos e grandes. Foram aqueles seios que de início o atraíram. O fato de estarem localizados de forma tão provocante, tão perto da boca, apontando para cima, provocou de algum modo uma resposta imediata nele. Foi como se o sexo dele tivesse uma afinidade peculiar com aqueles seios, e, mal os seios se apresentaram no puteiro onde ele a encontrou, seu sexo ergueu-se para desafiá-los em pé de igualdade.

Ele experimentou a mesma condição todas as vezes em que foi ao puteiro. Finalmente tirou a mulher da casa e foi morar com ela. No começo só conseguia fazer amor com os seios. Eles o assombravam, obsediavam. Quando inseria o pênis na boca da mulher, os seios pareciam apontar famintos na direção dele, e Antônio pousava-o entre os seios, apertando-os contra o pênis com as mãos. Os mamilos eram grandes e endureciam como um caroço de fruta na boca dele.

Inflamada pelas carícias, a mulher era deixada com a metade inferior do corpo completamente menosprezada. As pernas tremiam, implorando por violência, o sexo se abria, mas ele não dava atenção. Enchia a boca com os seios e pousava o pênis ali; gostava de ver o esperma borrifá-los. O resto do corpo dela se contorcia no espaço, pernas e sexo anelando-se como uma folha a cada carícia, golpeando o ar, e finalmente ela colocava suas próprias mãos lá e se masturbava.

Nessa manhã, quando estava de saída, ele repetiu as carícias. Mordeu os seios. Ela ofereceu o sexo, mas ele não quis. Fez com que ela se ajoelhasse defronte dele e colocou o pênis em sua boca. Ela esfregou os seios nele. Às vezes isso a fazia gozar. Depois ele saiu e andou descansadamente até a casa de Mathilde. Encontrou a porta entreaberta. Entrou com passos felinos, que não fizeram nenhum ruído no tapete. Encontrou Mathilde no chão em frente ao espelho. Ela estava de quatro olhando-se no espelho por entre as pernas.

Ele disse:

– Não se mexa, Mathilde. Essa é uma pose que eu adoro.

Agachou-se por cima dela como um gato gigante, e o pênis entrou nela. Deu a Mathilde o que não dava à amante. O peso dele fez com que por fim Mathilde caísse e se estatelasse no tapete. Ele ergueu a bunda dela com as duas mãos e arremeteu contra ela sem parar. O pênis parecia feito de ferro quente. Era comprido e estreito, e Antônio o mexia em todas as direções e saltava dentro dela com uma agilidade que Mathilde nunca conhecera. Ele acelerou os movimentos ainda mais e disse com voz rouca:

– Goze agora, goze agora, goze agora, estou mandando. Dê para mim agora. Dê para mim. Como você nunca deu antes. Entregue-se agora.

Com essas palavras ela começou a se arremessar contra ele furiosamente, e o orgasmo veio como um raio, atingindo-os ao mesmo tempo.

Os outros encontraram-nos ainda entrelaçados em cima do tapete. Riram ao ver o espelho que testemunhara o enlace. Começaram a preparar os cachimbos de ópio. Mathilde estava lânguida. Martinez começou seu sonho de mulheres distendidas e de sexo aberto. Antônio manteve a ereção e pediu a Mathilde para se sentar em cima dele, o que ela fez.

Quando a festa de ópio acabou e todos, menos Antônio, haviam partido, ele repetiu o pedido para que ela o acompanhasse ao seu recanto especial. O ventre de Mathilde ainda ardia em função das investidas e golpes dele, e ela consentiu, pois desejava estar com ele e repetir o enlace.

Caminharam em silêncio pelas ruelas do bairro chinês. Mulheres do mundo inteiro sorriam para eles das janelas abertas, paradas nas soleiras a convidá-los. Alguns dos cômodos ficavam à vista da rua. Apenas uma cortina ocultava as camas. Podia-se ver os casais enlaçados. Havia sírias usando seu traje nativo, mulheres árabes com joias cobrindo os corpos seminus, japonesas e chinesas acenando de maneira dissimulada, africanas grandonas acocoradas em rodinhas, tagarelando. Um puteiro estava cheio de prostitutas francesas vestindo combinações curtas cor-de-rosa, tricotando e costurando como se estivessem em casa. Elas sempre saudavam os transeuntes com promessas de suas especialidades.

As casas eram pequenas, fracamente iluminadas, poeirentas, enevoadas pela fumaça, cheias de vozes sombrias, murmúrios de bêbados, de gente fazendo amor. As chinesas enfeitavam o ambiente e o deixavam mais confuso com biombos e cortinas, lanternas, incenso aceso, budas de ouro. Era um labirinto de joias, flores de papel, tapeçarias de seda e tapetes, com mulheres tão variadas quanto os modelos e cores, convidando os homens que passavam para dormir com elas.

Era nesse bairro que Antônio tinha um cômodo. Ele conduziu Mathilde pela escada caindo aos pedaços, abriu uma porta quase imprestável e a empurrou para dentro. Não havia mobília. Havia uma esteira chinesa no chão, e sobre ela jazia um homem em andrajos, um homem tão macilento, com um ar tão doentio que Mathilde recuou.

– Oh, você está aqui – disse Antônio um pouco irritado.

– Não tinha para onde ir.

– Você sabe que não pode ficar aqui. A polícia está atrás de você.

– Sim, sei.

– Suponho que foi você que roubou aquela cocaína outro dia. Sei que só pode ter sido você.

– Sim – falou o homem, de um jeito sonolento e indiferente.

Então Mathilde viu que o corpo dele estava coberto de arranhões e pequenas feridas. O homem fez um esforço para se sentar. Segurava uma ampola em uma mão e uma caneta tinteiro e um canivete na outra mão.

Ela o observou horrorizada.

Ele quebrou o topo da ampola com o dedo, sacudindo fora os caquinhos. Então, em vez de inserir uma agulha hipodérmica, inseriu a caneta tinteiro e puxou o líquido. Com o canivete, fez uma incisão no braço já coberto de feridas antigas e outras mais recentes, inseriu a caneta tinteiro na incisão e injetou a cocaína no corpo.

– Ele é pobre demais para conseguir uma agulha de injeção – disse Antônio. – E não dei dinheiro a ele porque pensei que poderia evitar que ele roubasse. Mas foi isso que ele decidiu fazer.

Mathilde quis ir embora. Mas Antônio não deixou. Queria que ela usasse cocaína com ele. O homem estava deitado de costas, de olhos fechados. Antônio pegou uma agulha e deu uma injeção em Mathilde.

Deitaram-se no chão, e ela foi tomada por um entorpecimento esmagador. Antônio disse:

– Você se sente como morta, não é?

Foi como se tivessem lhe dado éter. A voz dele parecia vir de muito longe. Ela gesticulou para mostrar que sentia como se estivesse desmaiando. Ele disse:

– Vai passar.

Então começou um sonho horripilante. Ao longe estava a silhueta do homem prostrado, deitado de costas na esteira, depois a silhueta de Antônio, muito grande e escura. Antônio pegou o canivete e inclinou-se sobre Mathilde. Ela sentiu o pênis de Antônio dentro de si, macio e prazeroso, ela mexia-se em gestos lentos, relaxados, vacilantes. O pênis foi retirado. Ela sentiu-o deslizar para fora na umidade sedosa entre as pernas, mas ela não estava satisfeita e fez um gesto como que para reavê-lo. A seguir no pesadelo Antônio segurou o canivete aberto e inclinou-se sobre as pernas abertas de Mathilde e tocou-a com a ponta do canivete, empurrando-o levemente para dentro. Mathilde não sentiu dor, nem teve energia para se mexer, estava hipnotizada por aquele canivete aberto. Então ficou loucamente consciente do que estava acontecendo – não era um pesadelo. Antônio estava observando a ponta do canivete tocar a entrada do sexo. Mathilde gritou. A porta se abriu. Era a polícia, que tinha vindo buscar o ladrão de cocaína.

Mathilde foi salva do homem que muitas vezes havia retalhado a abertura sexual de prostitutas e que por esse motivo jamais tocava sua amante ali. Ele ficou a salvo apenas enquanto morou com ela, enquanto a provocação dos seios dela manteve sua atenção afastada do sexo, da mórbida atração pelo que ele chamava de "feridinha da mulher", que ele ficava tão violentamente tentado a alargar.

O internato

Essa é uma história da vida no Brasil há muitos anos, em locais distantes da cidade, onde os costumes de um catolicismo rigoroso ainda prevaleciam. Meninos de boa linhagem eram mandados para internatos dirigidos por jesuítas, que mantinham os severos hábitos da Idade Média. Os meninos dormiam em camas de madeira, levantavam-se ao amanhecer, iam à missa antes do desjejum, confessavam-se todos os dias e eram constantemente observados e espionados. A atmosfera era austera e repressora. Os padres faziam suas refeições separados e criavam uma aura de santidade em torno de si mesmos. Eram afetados no modo de gesticular e de falar.

Entre eles havia um jesuíta de pele muito escura que possuía sangue indígena, o rosto de um sátiro, orelhas grandes coladas na cabeça, olhos penetrantes, uma boca com lábios licenciosos que estava sempre salivando, cabelo espesso e cheiro de um animal. Por baixo da longa túnica marrom, os meninos com frequência notavam uma saliência que os mais jovens não conseguiam explicar e da qual os mais velhos riam pelas costas. Aquela saliência aparecia inesperadamente a qualquer hora – enquanto a turma lia *Dom Quixote* ou Rabelais, ou às vezes enquanto ele simplesmente observava os meninos, e um menino em particular, o único de cabelo loiro em toda a escola, com olhos e pele de menina.

Ele gostava de sair sozinho com esse menino e mostrar-lhe livros de sua coleção particular. Estes continham reproduções de cerâmica inca nas quais havia frequentes representações de homens se enfrentando. O menino fazia perguntas que o velho padre tinha que responder de maneira evasiva. Outras vezes as figuras eram bastante claras; um membro comprido saía do meio de um homem e penetrava no outro por trás.

Na confissão, esse padre crivava os meninos de perguntas. Quanto mais inocentes pareciam, mais intimamente ele os questionava na escuridão do pequeno confessionário. Os meninos ajoelhados não podiam ver o padre sentado lá dentro. A voz baixa saía através de uma janelinha gradeada, perguntando: "Você já teve fantasias sexuais? Você pensou em mulheres? Você tentou imaginar uma mulher nua? Como você se comporta na cama à noite? Você já se tocou? Você já se acariciou? O que você faz de manhã ao se levantar? Você tem ereção? Você já tentou olhar para os outros meninos enquanto se vestem? Ou no banho?".

O menino que não soubesse de nada logo aprenderia o que era esperado dele e seria ensinado por aquelas perguntas. O menino que sabia tinha prazer em confessar em detalhes suas emoções e sonhos. Um menino sonhava todas as noites. Ele não sabia qual era a aparência de uma mulher, como ela era. Mas tinha visto índios fazendo amor com uma vicunha, que parecia um veado delicado. E sonhava em fazer amor com vicunhas e acordava todo molhado todas as manhãs. O velho padre encorajava tais confissões. Escutava com uma paciência interminável. Impunha estranhas punições. Um menino que se masturbava continuamente recebia ordem de ir à capela com ele quando não havia ninguém por perto, para mergulhar o pênis na água benta e com isso ser purificado. A cerimônia era executada à noite em grande segredo.

Havia um menino muito rebelde que parecia um pequeno príncipe mouro, de rosto escuro, traços nobres, comportamento majestoso e um corpo lindo, tão liso que nenhum osso jamais aparecia, esguio e polido como uma estátua. Esse menino revoltava-se contra o hábito de se usar camisolas de dormir. Estava acostumado a dormir nu, e o camisolão o sufocava, abafava. Por isso, todas as noites ele o vestia como todos os outros meninos, e depois tirava-o secretamente debaixo das cobertas e finalmente adormecia sem ele.

Todas as noites o velho jesuíta fazia rondas, vigiando para que nenhum menino visitasse o outro na cama, ou se masturbasse, ou conversasse no escuro com o vizinho. Quando chegava à cama do indisciplinado, erguia a coberta lenta e cautelosamente e olhava o corpo nu. Se o garoto acordava, ele ralhava.

– Vim ver se você estava dormindo sem o camisolão de novo!

Mas se o garoto não acordava, ele contentava-se com um olhar bem-demorado pelo corpo juvenil adormecido.

Certa vez, durante a aula de anatomia, quando estava parado no estrado do professor, e o garoto loiro com jeito de menina olhava fixo para ele de seu assento, a proeminência sob a túnica do padre tornou-se óbvia para todos.

Ele perguntou para o menino loiro:
– Quantos ossos o homem tem em seu corpo?
O menino loiro respondeu mansamente:
– Duzentos e oito.
Uma outra voz de menino veio do fundo da sala:
– Mas o padre Dobo tem duzentos e nove!

Pouco depois desse incidente, os meninos foram levados para um passeio botânico. Dez deles se perderam. Entre eles estava o delicado menino loiro. Eles se viram em uma floresta, longe dos professores e do resto da escola. Sentaram-se para descansar e decidir sobre o que fazer. Começaram a comer frutas silvestres. Como começou ninguém sabe, mas depois de um tempo o menino loiro foi jogado na grama, despido, virado de barriga para baixo e todos os outros nove meninos o molestaram, tomando-o como uma prostituta, brutalmente. Os meninos experientes penetraram-no no ânus para satisfazer o desejo, enquanto os menos experientes usaram a fricção entre as pernas do garoto, cuja pele era suave como a de uma mulher. Cuspiram nas mãos e esfregaram saliva em seus pênis. O menino loiro gritou, chorou e esperneou, mas todos o seguraram e usaram até ficarem satisfeitos.

O anel

No Peru, é costume entre os índios a troca de anéis no noivado, anéis que lhes pertencem há bastante tempo. Tais anéis às vezes têm a forma de uma corrente.

Um índio muito bonito apaixonou-se por uma mulher peruana de descendência espanhola, mas houve violenta oposição por parte da família dela. Os índios passavam por preguiçosos e degenerados, dizia-se que geravam filhos fracos e instáveis, especialmente ao casar com sangue espanhol.

A despeito da oposição, os jovens realizaram a cerimônia de noivado entre amigos. O pai da garota apareceu durante os festejos e ameaçou: se um dia encontrasse o índio usando o anel de corrente que a garota já havia dado a ele, arrancaria-o do dedo da maneira mais sangrenta, e cortaria o dedo fora, se necessário. Os festejos foram arruinados pelo incidente. Voltaram todos para casa, e os jovens separaram-se com promessas de se encontrar secretamente.

Depois de muitas dificuldades, encontraram-se certa noite e beijaram-se ardorosamente por um longo tempo. A mulher ficou exaltada com os beijos. Estava pronta para se entregar, sentindo que aquele podia ser o último momento deles juntos, pois a fúria de seu pai crescia a cada dia. Mas o índio estava determinado a se casar com ela, determinado a não possuí-la em segredo. Então ela percebeu que ele não estava com o anel no dedo. Seus olhos o questionaram. Ele disse em seu ouvido:

– Estou usando, mas não onde possa ser visto. Estou usando onde ninguém pode ver, onde ele me impedirá de tomar você ou qualquer outra mulher até estarmos casados.

– Não entendo – disse a mulher. – Onde está o anel?

Ele então pegou a mão dela, conduziu-a até certa parte entre as pernas. Os dedos da mulher sentiram o pênis primeiro, e, a seguir, ele guiou os dedos, e ela sentiu o anel ali na base. Ao toque da mão dela, entretanto, o pênis endureceu e ele gritou porque o anel apertava-o e provocava uma dor excruciante.

A mulher quase desmaiou de horror. Era como se ele quisesse mutilar e matar o desejo em si mesmo. Ao mesmo tempo, a ideia do pênis preso e cingido pelo anel dela inflamou-a sexualmente, de modo que seu corpo ficou quente e sensível a todos os tipos de fantasias eróticas. Ela continuou a beijá-lo, e ele implorou que não, porque aquilo provocava-lhe uma dor cada vez maior.

Alguns dias depois, o índio estava de novo em agonia, mas não conseguiu tirar o anel. Um médico teve que ser chamado, e o anel foi limado.

A mulher foi vê-lo e se ofereceu para fugir com ele. O índio aceitou. Eles montaram em cavalos e viajaram juntos uma noite inteira até uma cidade vizinha. Lá ele escondeu a mulher em um quarto e saiu em busca de emprego em uma fazenda. Ela não saiu do quarto até o pai cansar de procurá-la. O guarda-noturno da cidade era o único que sabia de sua presença. O guarda-noturno era um homem jovem e havia ajudado a escondê-la. Da janela, ela podia vê-lo andando de um lado para o outro carregando as chaves das casas e dizendo:

– A noite está clara e está tudo bem na cidade.

Quando alguém chegava tarde, batia palmas e chamava o guarda-noturno. Este abria a porta. Enquanto o índio estava fora, o guarda-noturno e a mulher tagarelavam inocentemente.

Ele contou de um crime ocorrido recentemente na aldeia: os índios que deixaram a montanha e o trabalho nas fazendas, e foram para a selva e tornaram-se selvagens e bestiais. Seus rostos mudaram das feições esguias e nobres para traços bestiais e grosseiros.

Tal transformação ocorrera recentemente em um índio que havia sido o homem mais bonito da aldeia, gracioso, quieto, com um humor estranho e uma sensualidade reservada. Ele tinha ido para a selva e ganhado dinheiro caçando. Depois havia retornado. Estava com saudades. Voltou pobre e perambulou por lá sem ter uma casa. Ninguém o reconheceu ou lembrou dele.

Então ele pegou uma garotinha na estrada e retalhou seus órgãos sexuais com uma faca comprida usada para tirar o couro de animais. Não a violou, mas pegou a faca e inseriu no sexo, e retalhou-a com ela. A aldeia inteira ficou em polvorosa. Não conseguiam decidir como puni-lo. Uma prática indígena muito antiga seria evocada para tal fim. Os ferimentos do índio seriam abertos, e neles seria inserida cera misturada com um ácido corrosivo que os índios conheciam, para que a dor redobrasse. Depois ele seria açoitado até a morte.

Enquanto o guarda-noturno contava essa história para a mulher, o amante voltou do trabalho. Ele a viu inclinada para fora da janela olhando o guarda-noturno. Correu até o quarto e apareceu diante dela com o cabelo negro revolto em volta do rosto, os olhos cheios de raios faiscantes de fúria e ciúme. Começou a amaldiçoá-la e a torturá-la com perguntas e dúvidas.

Desde o acidente com o anel, o pênis dele permanecera sensível. O ato sexual era acompanhado de dor e por isso ele não podia entregar-se à prática tanto quanto desejava. O pênis inchava e doía durante dias. Ele vivia com medo de que não estivesse satisfazendo a amante e de que ela pudesse amar um outro. Quando viu o alto guarda-noturno falando com ela, teve certeza de que estavam mantendo um caso pelas suas costas. Quis machucá-la, quis que ela sofresse fisicamente de algum modo, como ele havia sofrido por ela. Forçou-a a descer as escadas com ele até o porão, onde os vinhos eram mantidos em tonéis sob um telhado de vigas.

Amarrou uma corda em uma das vigas. A mulher pensou que ele fosse bater nela. Não podia entender por que ele estava preparando uma roldana. Então ele amarrou as mãos dela e começou a puxar a corda, de modo que o seu corpo foi erguido no ar e todo o peso recaiu nos pulsos, provocando grande dor.

Ela chorou e jurou que era fiel, mas ele estava louco. Quando ela desmaiou enquanto ele puxava a corda de novo, o homem voltou a si. Desceu e começou a abraçá-la e acariciá-la. Ela abriu os olhos e sorriu para ele.

Ele foi dominado pelo desejo e se atirou em cima dela. Pensou que ela resistiria, que estaria furiosa depois da dor que suportara. Mas ela não opôs resistência. Continuou a sorrir para ele. E quando ele tocou o sexo, descobriu que ela estava molhada. Ele tomou-a com fúria, e ela respondeu com a mesma exaltação. Foi a melhor noite que eles já tiveram juntos, deitados no escuro lá no chão frio do porão.

Maiorca

Eu estava passando o verão em Maiorca, em Deya, perto do mosteiro onde George Sand e Chopin ficaram. De manhã cedo, montávamos em burricos e percorríamos a dura e difícil estrada até o mar, montanha abaixo. Levava cerca de uma hora, em uma lenta labuta ao longo das trilhas de terra vermelha, das pedras, dos penedos traiçoeiros, através das oliveiras prateadas, até as aldeias de pescadores lá embaixo, formadas por barracos construídos contra os flancos da montanha.

Todo dia eu ia até a enseada, onde o mar entrava em uma pequena baía redonda tão transparente que se podia nadar até o fundo e ver os recifes de coral e plantas incomuns.

Uma estranha história sobre o local era contada pelos pescadores. As mulheres de Maiorca eram muito inacessíveis, puritanas e religiosas. Quando nadavam, usavam antiquados trajes de banho compridos com enormes saiotes e meias pretas. A maioria não confiava absolutamente em nadar e deixava isso para as desavergonhadas mulheres europeias que passavam os verões por lá. Os pescadores também condenavam os trajes de banho modernos e o comportamento obsceno dos europeus. Viam os europeus como nudistas, que esperavam apenas a menor oportunidade para ficarem completamente despidos e deitarem-se nus ao sol como pagãos. Também viam com desaprovação as festas de banho à meia-noite, uma inovação dos americanos.

Há alguns anos, a filha de dezoito anos de um pescador estava andando ao longo da beira da praia certa noite, pulando de pedra em pedra, o vestido branco colado ao corpo. Nessa caminhada, sonhando e observando o efeito da lua sobre o mar, o suave bater das ondas a seus pés, ela chegou a uma baía escondida, onde notou que alguém estava nadando. Ela só podia ver a cabeça movendo-se, e às vezes um braço. O nadador estava bastante longe. Então ela ouviu uma voz suave chamando:

– Venha nadar. Está ótimo.

Aquilo foi dito em espanhol com sotaque estrangeiro.

– Olá, Maria – disse a voz; era, portanto, alguém conhecido. Devia ser uma das jovens americanas que tomavam banho ali durante o dia.

Ela respondeu:

– Quem é?

– Evelyn – disse a voz. – Venha nadar comigo!

Era muito tentador. Maria poderia facilmente tirar o vestido branco e usar apenas a combinação branca curta. Ela olhou em toda a volta. Não havia ninguém por perto. O mar estava calmo e pontilhado pelo luar. Pela primeira vez Maria entendeu o amor dos europeus pelos banhos à meia-noite. Tirou o vestido. Ela tinha cabelo negro comprido, um rosto pálido, olhos verdes oblíquos, mais verdes que o mar. Tinha um corpo lindo, com seios empinados, pernas compridas, um corpo escultural. Sabia nadar melhor do que qualquer outra mulher da ilha. Deslizou para dentro d'água e iniciou as braçadas leves na direção de Evelyn.

Evelyn nadou por baixo d'água, foi até Maria e agarrou suas pernas. Uma provocava a outra na água. A semiescuridão e a touca de banho tornavam difícil ver os rostos nitidamente. As americanas tinham vozes que pareciam de garotos.

Evelyn lutou com Maria, abraçou-a embaixo d'água. Subiram à tona para respirar, rindo, nadando despreocupadamente, para perto e para longe uma da outra. A combinação de Maria boiava em volta dos ombros e tolhia seus movimentos. Finalmente, saiu de vez, e ela ficou seminua. Evelyn nadou por baixo dela e tocou-a de brincadeira, lutando e mergulhando por baixo e entre as pernas de Maria.

Evelyn abria as pernas de modo que a amiga pudesse mergulhar entre elas e reaparecer do outro lado. Boiava e deixava a amiga nadar por baixo de suas costas arqueadas.

Maria viu que ela também estava nua. Então sentiu Evelyn abraçá-la por trás de repente, cobrindo todo o seu corpo com o dela. A água estava morna, como um travesseiro exuberante, tão salgada que as sustentava, ajudava-as a boiar e nadar sem esforço.

– Você é linda, Maria – disse a voz grave, e Evelyn manteve os braços em volta dela. Maria queria se afastar, mas deixou-se ficar pelo calor da água, pelo contato constante do corpo da amiga. Deixou-se abraçar. Não sentiu os seios da amiga, mas sabia que as jovens americanas que tinha visto não tinham seios. O corpo de Maria era lânguido e ela queria fechar os olhos.

De repente, o que ela sentiu entre as pernas não foi uma mão, mas outra coisa, algo tão inesperado, tão perturbador que ela gritou. Aquela não era Evelyn coisa nenhuma, mas um jovem, o irmão mais moço de Evelyn, e ele havia enfiado o pênis ereto por entre as pernas dela. Ela gritou mas ninguém ouviu, e o grito foi apenas algo que ela fora treinada para esperar de si mesma. Na realidade, o abraço dele pareceu-lhe tão tranquilizante, quente e carinhoso quanto a água. A água, o pênis e as mãos conspiravam para inflamar o corpo dela. Ela tentou nadar para longe. Mas o garoto nadou por baixo de seu corpo, acariciou-a, agarrou suas pernas e então envolveu-a de novo por trás.

Lutaram na água, mas cada movimento apenas afetava-a ainda mais psicologicamente, tornando-a mais consciente do corpo dele contra o seu, das mãos dele sobre ela. A água balançava seus seios para frente e para trás como dois pesados nenúfares a flutuar. Ele os beijou.

Com o movimento constante, ele não podia possuí-la de verdade, mas o pênis tocava o cume mais vulnerável do sexo dela o tempo todo, e Maria estava perdendo as forças. Nadou para a praia, e ele a seguiu. Caíram na areia. As ondas ainda batiam neles quando lá deitaram-se ofegantes, nus. O garoto então tomou a jovem, o mar veio e banhou-os, levando embora o sangue da virgindade.

A partir daquela noite, eles encontravam-se apenas àquela hora. Ele a possuía lá na água, balançando, flutuando. Os movimentos ondulantes do corpo deles enquanto desfrutavam um do outro pareciam fazer parte do mar. Descobriram um apoio para os pés em uma rocha e ficavam juntos, acariciados pelas ondas e trêmulos do orgasmo.

Quando eu descia para a praia à noite, com frequência sentia como se pudesse vê-los nadando juntos, fazendo amor.

Artistas e modelos

Certa manhã fui chamada a um estúdio no Greenwich Village, onde um escultor estava começando uma estatueta. O nome dele era Millard. Ele já tinha uma versão tosca da figura que desejava e chegara ao estágio em que precisava de uma modelo.

A estatueta usava um vestido colante, e o corpo era mostrado em todas as suas linhas e curvas. O escultor pediu para que eu me despisse completamente porque não conseguia trabalhar de outro modo. Parecia tão absorto na estatueta e me olhava de maneira tão indiferente que consegui me despir e assumir a pose sem hesitação. Embora eu fosse bastante inocente naquele tempo, ele me fez sentir como se meu corpo não fosse diferente de meu rosto, como se eu fosse a mesma coisa que a estatueta.

Enquanto trabalhava, Millard falava sobre sua antiga vida em Montparnasse, e o tempo passava rápido. Não sei se as histórias dele tinham como propósito afetar minha imaginação, mas ele não dava sinais de interesse por mim. Gostava de recriar a atmosfera de Montparnasse para si mesmo. Essa é uma das histórias que me contou:

"A mulher de um pintor moderno era ninfomaníaca. Era tuberculosa, creio. Tinha um rosto branco como giz, olhos negros ardentes profundamente encovados no rosto, com pálpebras pintadas de verde. Tinha uma silhueta voluptuosa, que cobria muito vistosamente de cetim negro. A cintura era fina em relação ao resto do corpo. Em volta da cintura, usava um imenso cinto grego de prata, com cerca de quinze centímetros de largura, cravejado de pedras. O cinto era fascinante. Parecia o cinto de uma escrava. Dava para se sentir que no fundo ela *era* escrava – de seu apetite sexual. Dava para perceber que a única coisa que alguém tinha que fazer era agarrar o cinto e abri-lo para que ela caísse em seus braços. Era bem parecido com o cinto de castidade exibido no Museu Cluny, que dizem que os cruzados colocavam em suas esposas, um cinto de prata muito largo com um apêndice pendente que cobria o sexo e o mantinha chaveado durante as cruzadas. Alguém me contou a maravilhosa história de um cruzado que colocou um cinto de castidade na esposa e deixou a chave aos cuidados de seu melhor amigo para o caso de ele morrer. Mal havia cavalgado umas poucas milhas quando viu o amigo cavalgando furiosamente atrás dele, gritando:

– Você me deu a chave errada!

Eram essas as sensações que o cinto de Louise inspirava em todo mundo. Ao vê-la chegar em um café, os olhos famintos nos examinando, procurando uma reação, um convite para se sentar, sabíamos que ela estava à solta para a caçada do dia. O marido não tinha como não saber daquilo. Era uma figura de dar pena, sempre à procura dela, sendo informado pelos amigos de que ela estava em outro café e depois em mais um outro, aos quais ele ia, o que dava tempo a ela de escapulir com alguém para um quarto de hotel. Depois, todo mundo tentava informá-la de que o marido estava à sua procura. Finalmente, desesperado, ele começou a pedir aos amigos para que a possuíssem, de modo que pelo menos ela não caísse nas mãos de estranhos.

Ele tinha pavor de estranhos, dos sul-americanos em particular, e dos negros e cubanos. Tinha ouvido comentários sobre a extraordinária potência sexual deles e sentia que, se a esposa caísse em suas mãos, jamais voltaria para ele. Louise, entretanto, depois de ter dormido com quase todos os melhores amigos dele, finalmente conheceu um estrangeiro.

Era cubano, um tremendo mulato, extraordinariamente bonito, com um cabelo comprido e liso como o dos indianos, e feições lindas, marcantes e nobres. Ele praticamente morava no Dome até encontrar uma mulher que desejasse. Então desapareciam por dois ou três dias, trancando-se em um quarto de hotel, e não reapareciam até que ambos estivessem saciados. Ele acreditava em fazer de uma mulher um festim completo, tanto que nenhum dos dois desejasse ver o outro de novo. Só quando aquilo estava encerrado é que ele voltava a se sentar no café, conversando de maneira brilhante. Ele era, além disso, um notável pintor de afrescos.

Quando ele e Louise se conheceram, saíram juntos imediatamente. Antônio ficou poderosamente fascinado pela brancura da pele dela, pela abundância dos seios, pela cintura esguia, pelo cabelo loiro comprido, liso, espesso. E ela ficou fascinada pela cabeça e pelo corpo poderoso dele, por sua lentidão e calma. Para ele tudo era motivo de riso. Ele dava a sensação de que o mundo inteiro estava fechado naquele momento e de que só existia aquele festim sensual, de que não haveria amanhã, nem encontros com mais ninguém – de que só havia aquele quarto, aquela tarde, aquela cama.

Quando ela postou-se perto da grande cama de ferro, à espera, ele disse:

– Fique com o cinto.

E começou a rasgar lentamente o vestido dela em torno do cinto. Calmamente e sem esforço, rasgou-o em tiras como se fosse feito de papel. Louise tremia devido à força das mãos dele. Ficou nua, exceto pelo pesado cinto de prata. Ele soltou o cabelo dela sobre os ombros. E só então reclinou-a de costas sobre a cama e beijou-a interminavelmente, com as mãos em cima dos seios. Ela sentiu o peso doloroso tanto do cinto de prata quanto das mãos dele apertando sua carne nua com muita força. O apetite sexual subia-lhe à cabeça como loucura, deixando-a cega. Era tão urgente que ela não podia esperar. Não podia esperar sequer que ele se despisse. Mas

Antônio ignorou seus movimentos impacientes. Não só continuou a beijá-la como se estivesse sorvendo toda a sua boca, língua e fôlego com a grande boca morena, como suas mãos a machucaram, apertando a carne profundamente, deixando marcas e dor por tudo. Ela estava úmida e trêmula, abrindo as pernas e tentando montar nele. Tentou abrir suas calças.

– Temos tempo – ele disse. – Temos muito tempo. Vamos ficar dias neste quarto. Temos muito tempo para nós dois.

Então, ele se afastou e se despiu. Tinha um corpo moreno dourado, um pênis tão liso quanto o resto do corpo, grande, firme como um bastão de madeira polida. Ela lançou-se sobre ele e o levou à boca. Os dedos dele foram a todos os lugares, dentro do ânus, dentro do sexo; a língua foi para dentro da boca e das orelhas dela. Ele mordeu os mamilos, beijou e mordeu a barriga. Ela tentava satisfazer a fome esfregando-se contra a perna dele, mas ele não deixava. Ele a dobrava como se ela fosse de borracha, torcia-a em todas as posições. Com as duas mãos fortes, ele pegava qualquer parte dela que lhe apetecesse e levava-a à boca como um pedaço de comida, sem se importar em como o resto do corpo dela ficava. Desse modo, pegou a bunda entre as duas mãos, manteve-a firme na boca, mordeu e beijou. Ela implorou:

– Venha, Antônio, venha, não posso esperar mais!

Mas ele não a tomou.

A essa altura, a fome no ventre dela era como um incêndio devastador. Pensou que fosse enlouquecer. O que quer que ela tentasse fazer para chegar ao orgasmo, ele frustrava. Até mesmo se ela o beijava muito longamente ele se soltava. Quando ela se mexia, o cinto fazia um som tilintante, como a corrente de uma escrava. Ela agora de fato era escrava daquele enorme homem moreno. Ele governava como um rei. O prazer dela estava subordinado a ele. Ela percebeu que nada podia fazer contra sua força e vontade. Ele exigia submissão. O desejo morreu dentro dela de pura exaustão. Toda a tensão abandonou seu corpo. Ela ficou macia como algodão. Ele aprofundou-se nisso com regozijo ainda maior. Sua escrava, sua possessão, um corpo alquebrado, ofegante, maleável, ficando cada vez mais mole sob seus dedos. As mãos dele revistaram cada canto do corpo, não deixaram nada intocado, amassando-o, amassando-o para adequá-lo ao seu capricho, inclinando-o para adequá-lo à sua boca, sua língua, comprimindo-o contra seus grandes dentes brilhantes, marcando-a como dele.

Pela primeira vez, a fome que estivera na superfície da pele dela, como uma irritação, recuou para uma parte mais profunda do corpo. Recuou e se multiplicou, e tornou-se um núcleo de fogo que esperava para explodir no tempo e no ritmo dele. O toque dele era como uma dança na qual os dois corpos transformavam-se e deformavam-se em novas formas, novos arranjos, novos modelos. Em um momento estavam acoplados como gêmeos, encaixados como colheres, o pênis contra o traseiro dela, os seios ondulando como ondas sob as mãos dele, dolorosamente despertos, conscientes, sensíveis. A seguir ele estava agachado como um grande leão sobre o corpo de Louise, que estava de bruços com os dois punhos embaixo de si para erguer-se até o pênis. Ele entrou pela primeira vez e preencheu-a como ninguém jamais havia feito, tocando as profundezas do ventre.

O mel jorrava dela. Quando ele metia, o pênis fazia barulhinhos de sucção. Todo o ar era extraído do ventre devido ao modo como o pênis o preenchia, e ele gingava interminavelmente para dentro e para fora do mel, tocando a extremidade do ventre; porém, assim que a respiração dela se acelerava, ele o retirava, todo lustroso, e dedicava-se a outra forma de carícia. Deitava-se de costas na cama, de pernas abertas, o pênis ereto, e fazia Louise sentar em cima, engoli-lo até a base, de modo que o pelo pubiano dela roçasse no dele. Antônio a segurava e fazia com que dançasse em círculos em volta do pênis. Ela tombava sobre ele, roçava os seios contra seu peito e procurava a boca dele, depois aprumava-se de novo e retomava os movimentos em volta do pênis. Às vezes ela se erguia um pouquinho, de modo que mantivesse apenas a cabeça do pênis dentro de seu sexo, e mexia-se de leve, muito de leve, apenas o suficiente para mantê-lo dentro de si, tocando a borda do sexo, que estava vermelha e inchada e prendia o pênis como uma boca. Então, movendo-se subitamente para baixo, engolfando todo o pênis e ofegando de prazer, ela tombava sobre o corpo dele e procurava sua boca de novo. As mãos dele permaneciam sobre a bunda dela o tempo todo, agarrando-a para forçar seus movimentos, de forma que ela não pudesse acelerar de repente e gozar.

Ele tirou-a da cama, colocou-a de quatro no chão e disse:

– Mexa-se.

Ela começou a rastejar pelo quarto, o cabelo loiro comprido cobrindo-a pela metade, o cinto vergando a cintura para baixo. Ele então ajoelhou-se por trás e inseriu o pênis, com todo seu corpo em cima dela, também movendo-se sobre os joelhos de ferro e os braços compridos. Depois de desfrutá-la por trás, ele deslizou a cabeça por baixo dela para que pudesse mamar nos seios exuberantes como se ela fosse um animal, mantendo-a no lugar com as mãos e a boca. Ambos estavam arquejando e se contorcendo, e só então ele a suspendeu, carregou-a até a cama e pôs as pernas dela em volta de seu pescoço. Possuiu-a violentamente, e eles tremeram e se sacudiram ao gozar juntos. Ela afastou-se de repente e soluçou histericamente. O orgasmo havia sido tão forte que pensou que fosse enlouquecer, com um ódio e um deleite diferentes de tudo o que ela já experimentara. Ele estava sorrindo, arquejante; deitaram-se e dormiram".

No dia seguinte, Millard falou sobre Mafouka, artista homem-mulher de Montparnasse.

"Ninguém sabia exatamente o que ela era. Vestia-se como homem. Era miúda, esguia, de peito chato. Usava cabelo curto, liso. Tinha um rosto de garoto. Jogava bilhar como um homem. Bebia como homem, com o pé na barra do bar. Contava histórias obscenas como um homem. Seus desenhos tinham uma força que não se encontra no trabalho de uma mulher. Mas seu nome tinha um som feminino, seu andar era feminino, e diziam que tinha pênis. Os homens não sabiam exatamente como tratá-la. Às vezes davam-lhe tapinhas nas costas com sentimentos fraternais.

Ela morava com duas garotas em um estúdio. Uma era modelo; a outra, cantora de boate. Mas ninguém sabia que relacionamento havia entre elas. As duas garotas pareciam ter um relacionamento de marido e mulher. O que Mafouka era delas? Elas jamais respondiam quaisquer perguntas. Montparnasse sempre gostou de saber tais coisas, e com detalhes. Alguns homossexuais se sentiram atraídos por Mafouka e ensaiado aproximações dela ou dele. Mas ela os repeliu. Reclamou vivamente e rechaçou-os com veemência.

Um dia eu estava um tanto quanto bêbado e dei uma passada no estúdio de Mafouka. Ao entrar, ouvi risadinhas no mezanino. As duas garotas obviamente estavam fazendo amor. As vozes ficavam mais baixas e suaves, depois violentas e ininteligíveis, e se tornavam gemidos e suspiros. A seguir vinha um silêncio.

Mafouka apareceu e me encontrou de orelha em pé, escutando. Eu disse:

– Por favor, deixe-me entrar e vê-las.

– Tudo bem – disse Mafouka. – Venha atrás de mim, devagar. Elas não vão parar se pensarem que é apenas eu. Elas gostam de que eu as veja.

Subimos os degraus estreitos. Mafouka gritou:
— Sou eu.

Não houve interrupção nos ruídos. Ao chegarmos, me abaixei para que não pudessem me ver. Mafouka foi até a cama. As duas garotas estavam nuas. Elas apertavam seus corpos um contra o outro e se esfregavam. A fricção dava-lhes prazer. Mafouka inclinou-se sobre elas, acariciou-as. Elas disseram:

— Venha, Mafouka, deite-se com a gente.

Mas ela as deixou e me levou para o andar de baixo de novo.

— Mafouka — eu disse — o que você é? Você é homem ou mulher? Por que você mora com essas duas garotas? Se você é homem, por que não tem a sua própria garota? Se você é mulher, por que não tem um homem de vez em quando?

Mafouka sorriu para mim.

— Todo mundo quer saber. Todo mundo sente que não sou um rapaz. As mulheres sentem. Os homens não sabem ao certo. Sou artista.

— O que você quer dizer, Mafouka?

— Quero dizer que, como muitos artistas, sou bissexual.

— Sim, mas a bissexualidade dos artistas está em sua natureza. Pode ser um homem com a natureza de uma mulher, mas não com o físico ambíguo que você tem.

— Tenho um corpo hermafrodita.

— Oh, Mafouka, deixe-me ver seu corpo.

— Você não vai fazer amor comigo?

— Prometo.

Ela tirou primeiro a camisa e mostrou o torso de um rapaz. Não tinha seios, apenas mamilos, marcados como os de um rapaz. Então baixou as calças. Estava usando calcinhas femininas, cor da pele, com renda. Tinha pernas e coxas de mulher. Eram lindamente torneadas, opulentas. Ela estava usando meias e ligas de mulher. Eu disse:

— Deixe-me tirar suas ligas. Adoro ligas.

Ela estendeu a perna muito elegantemente, com o movimento de uma bailarina. Baixei a liga devagar. Segurei um pezinho gracioso em minha mão. Olhei as pernas, que eram perfeitas. Baixei a meia e vi uma pele bonita e lisa de mulher. Os pés eram graciosos e estavam cuidadosamente tratados. As unhas estavam cobertas de esmalte vermelho. Eu estava cada vez mais intrigado. Acariciei a perna dela. Ela disse:

— Você prometeu que não faria amor comigo.

Levantei-me. Então ela tirou as calcinhas. E vi que, embaixo do delicado pelo pubiano encaracolado, ela trazia um pequeno pênis atrofiado, como o de uma criança. Ela deixou que eu a olhasse – ou o olhasse, como achei que deveria dizer naquele momento.

— Por que você usa nome de mulher, Mafouka? Você de fato é um rapaz, exceto pela compleição das pernas e braços.

Então, Mafouka riu, dessa vez um riso de mulher, muito feminino e divertido. Ela disse:

— Venha ver.

Deitou-se de costas no sofá, abriu as pernas e mostrou-me uma abertura de vulva perfeita, rosada e tenra, por trás do pênis.

— Mafouka!

Meu desejo despertou. O mais estranho desejo. A sensação de querer possuir tanto um homem quanto uma mulher na mesma pessoa. Ela viu minha comoção e se sentou. Tentei cativá-la com uma carícia, mas ela se esquivou.

— Não gosta de homens? – perguntei. – Você nunca teve um homem?

— Sou virgem. Não gosto de homens. Sinto desejo apenas por mulheres, mas não posso tê-las como um homem faria. Meu pênis é como o de uma criança, não consigo ter ereção.

— Você é um verdadeiro hermafrodita, Mafouka — falei. — É isso que o nosso tempo parece ter produzido, pois rompeu-se a tensão entre masculino e feminino. A maior parte das pessoas é metade um e metade outro. Mas eu nunca havia visto isso antes, de verdade, fisicamente. Isso deve deixá-la muito infeliz. Você é feliz com as mulheres?

— Eu desejo as mulheres, mas sofro porque não posso tê-las como um homem e também porque, quando elas me tomam como lésbica, ainda sinto uma certa insatisfação. Mas não sou atraída pelos homens. Me apaixonei por Matilda, a modelo. Mas não consegui mantê-la. Ela encontrou uma lésbica de verdade para si, uma que ela sentiu que ela pode satisfazer. Meu pênis sempre deu a ela a sensação de que não sou uma verdadeira lésbica. E ela sabe que não tem poder sobre mim, embora eu seja atraída por ela. Então as duas garotas formaram uma outra ligação. Fico no meio delas, eternamente insatisfeita. Além disso, não gosto da companhia das mulheres. São fúteis e individualistas. Agarram-se aos seus mistérios e segredos, simulam e fingem. Gosto mais do caráter dos homens.

— Pobre Mafouka.

— Pobre Mafouka. Sim, quando nasci não sabiam que nome me dar. Nasci em um vilarejo na Rússia. Pensaram que eu era um monstro e que talvez devesse ser destruído para meu próprio bem. Quando vim para Paris, sofri menos. Descobri que era um bom artista."

Tão logo eu saía do estúdio do escultor, sempre parava em um café da vizinhança e ponderava sobre tudo o que Millard havia contado. Imaginava se algo parecido com aquilo estava acontecendo à minha volta, aqui no Greenwich Village, por exemplo. Comecei a gostar de posar devido ao aspecto audacioso da coisa. Convidada por um pintor chamado Brown, decidi comparecer a uma festa em um sábado à noite. Estava ansiosa e curiosa a respeito de tudo.

Aluguei um vestido de noite do departamento de roupas do Clube de Modelos de Arte, com uma capa e sapatos. Duas modelos foram comigo, uma garota ruiva, Mollie, e uma escultural, Ethel, a favorita dos escultores.

As histórias contadas pelo escultor sobre a vida em Montparnasse passavam pela minha cabeça o tempo todo, e agora eu tinha a sensação de que estava entrando naquele mundo. Minha primeira decepção foi ver que o estúdio era bastante pobre e malmobiliado – dois sofás sem almofadas, lâmpadas nuas, sem nada dos enfeites que eu imaginava serem necessários para uma festa.

As garrafas estavam no chão, junto a copos e xícaras lascadas. Uma escada conduzia a um mezanino onde Brown mantinha suas pinturas. Uma cortina diáfana ocultava o lavatório e um fogãozinho a gás. Na frente do quarto havia uma pintura erótica de uma mulher sendo possuída por dois homens. Ela estava em estado de convulsão, com o corpo arqueado, os olhos revirados. Os homens a cobriam, um com o pênis dentro dela, o outro com o pênis em sua boca. Era uma pintura em tamanho natural e muito bestial. Todos olhavam para ela, admirando-a. Fiquei fascinada. Foi a primeira pintura desse tipo que vi, e me deu um tremendo choque de sentimentos confusos.

Próximo a esta havia outra ainda mais impressionante. Retratava um cômodo pobremente mobiliado, ocupado por uma enorme cama de ferro. Um homem de mais ou menos uns quarenta anos estava sentado na cama, com roupas velhas, rosto não barbeado, boca babada, pálpebras caídas, queixo caído, uma expressão completamente degenerada. Havia tirado as calças pela metade, e em seus joelhos estava sentada uma garotinha com uma saia bem curtinha, a quem ele estava dando um doce. As perninhas nuas dela repousavam sobre as pernas cabeludas dele.

Depois de ver aquelas duas pinturas, senti o que se sente ao beber, uma súbita tontura na cabeça, um calor pelo corpo, uma confusão dos sentidos. Alguma coisa desperta no corpo, nebulosa e indistinta, uma nova sensação, um novo tipo de apetite e inquietação.

Olhei para as outras pessoas na sala. Mas elas já tinham visto tanto daquilo que a coisa não mais as afetava. Elas riam e comentavam.

Uma modelo estava falando de suas experiências em uma loja de roupa íntima:

"Respondi a um anúncio que pedia uma modelo para posar com roupa íntima para desenhos. Eu já havia feito aquilo muitas vezes antes, e pagavam o preço normal de um dólar por hora. Geralmente, vários artistas me desenhavam ao mesmo tempo, e havia muita gente em volta – secretárias, estenógrafas, meninos de recado. Dessa vez o lugar estava vazio. Era apenas um escritório com uma mesa, arquivos e materiais de desenho. Um homem estava sentado à minha espera em frente à sua mesa de desenho. Recebi uma pilha de roupa íntima e encontrei um biombo onde eu podia me trocar. Comecei vestindo uma anágua. Posei por quinze minutos de cada vez, enquanto ele fazia os desenhos.

Trabalhávamos em silêncio. Quando ele fazia um sinal, eu ia para trás do biombo e me trocava. Havia peças íntimas de cetim em modelos adoráveis, com remates rendados e bordados finos. Vesti um sutiã e calcinhas. O homem fumava e desenhava. No fim da pilha havia calcinhas e um sutiã inteiramente de renda negra. Eu havia posado nua várias vezes e não me importei em vestir aquilo. Eram muito bonitos.

Eu olhava pela janela a maior parte do tempo, não para o homem desenhando. Depois de um tempo sem ouvir o barulho do lápis trabalhando, virei-me levemente na direção dele, sem querer perder a pose. Ele estava sentado atrás da mesa de desenho vidrado em mim. Então percebi que ele estava com o pênis para fora e em uma espécie de transe.

Pensando que aquilo poderia significar problemas para mim, visto que estávamos sozinhos no escritório, fui para trás do biombo e comecei a me vestir.

Ele disse:

— Não vá. Não vou tocar em você. Apenas adoro ver mulheres em roupas íntimas atraentes. Não vou me mexer daqui. E, se você quiser que eu lhe pague mais, tudo o que tem a fazer é vestir minha peça íntima favorita e posar por quinze minutos. Eu lhe darei mais cinco dólares. Você pode pegá-la sozinha. Está bem em cima da sua cabeça, aí na prateleira.

Bem, peguei a embalagem. Era a mais adorável peça íntima que já se viu — a mais fina renda negra, de fato parecia uma teia de aranha, e as calcinhas tinham fendas atrás e na frente, fendas e bordas de renda fina. O sutiã era talhado de forma a expor os mamilos através de triângulos. Hesitei porque fiquei pensando se aquilo não iria excitar o homem demais, se ele não iria me atacar.

Ele disse:

— Não se preocupe. Não gosto realmente de mulheres. Nunca toco nelas. Gosto somente de roupa íntima. Gosto apenas de ver mulheres em roupas íntimas adoráveis. Se tentasse tocar em você, eu ficaria impotente na mesma hora. Não vou me mexer daqui.

Ele colocou o desenho de lado e ficou sentado ali com o pênis para fora. De vez em quando o pênis tremia. Mas ele não se mexeu da cadeira.

Decidi colocar a roupa íntima. Os cinco dólares foram uma tentação para mim. Ele não era muito forte, e senti que eu poderia me defender. Então fiquei parada ali com as calcinhas, fazendo voltas para que ele me visse por todos os ângulos.

Então ele disse:
– Basta.
Parecia transtornado, e o rosto estava congestionado. Ele disse para eu me vestir rápido e ir embora. Entregou-me o dinheiro na maior pressa e eu fui embora. Tive a sensação de que ele estava apenas esperando eu partir para se masturbar.

Conheci homens como esse, que roubam o sapato de alguém, de uma mulher atraente, de modo que podem segurar o objeto e se masturbar enquanto olham para ele".

Todos estavam rindo da história dela.
– Acho – disse Brown – que quando crianças somos muito mais inclinados a ser fetichistas de alguma maneira. Lembro de me esconder dentro do guarda-roupa de minha mãe e de me sentir em êxtase ao cheirar as roupas dela e tocá-las. Mesmo hoje não consigo resistir a uma mulher que esteja usando um véu, tule ou penas, pois isso desperta as estranhas sensações que tive dentro daquele guarda-roupa.

Enquanto ele falava, lembrei do modo como eu me escondia no guarda-roupa de um homem jovem quando tinha apenas treze anos, pelo mesmo motivo. Ele tinha vinte e cinco anos e me tratava como uma garotinha. Eu estava apaixonada por ele. Sentada ao seu lado no carro em que ele levava todos nós para grandes passeios, eu ficava em êxtase apenas por sentir a perna dele ao lado da minha. À noite eu ia para a cama e, depois de apagar a luz, pegava uma lata de leite condensado na qual havia feito um furinho. Ficava sentava no escuro sugando o doce com uma sensação voluptuosa por todo o meu corpo que não conseguia explicar. Na época pensei que estar apaixonada e sugar o leite condensado estavam relacionados. Bem mais tarde lembrei disso quando provei esperma pela primeira vez.

Mollie lembrou que na mesma idade ela gostava de comer gengibre enquanto cheirava bolas de cânfora. O gengibre dava ao seu corpo uma sensação de calor e languidez, enquanto as bolas de cânfora deixavam-na um pouco tonta. Ela se colocava em uma espécie de estado drogado daquela maneira, permanecendo assim por horas.

Ethel virou-se para mim e disse:

– Tomara que você jamais case com um homem que não ame sexualmente. Foi o que eu fiz. Amo tudo nele, o modo como se comporta, o rosto, o corpo, o modo como trabalha, como me trata, suas ideias, o jeito de sorrir, conversar, tudo exceto o homem sexual que há nele. Pensei que amasse antes de casarmos. Não há absolutamente nada de errado com ele. É um amante perfeito. É emotivo e romântico, demonstra grande sentimento e grande prazer. É sensível e adorável. Na noite passada, veio à minha cama enquanto eu dormia. Eu estava semiadormecida, de modo que não consegui me controlar, como geralmente faço, porque não quero ferir os sentimentos dele. Ele veio para o meu lado e começou a me possuir muito lenta e demoradamente. Em geral tudo acaba rapidamente, o que torna a coisa suportável. Eu não o deixo nem mesmo me beijar, se consigo evitar. Detesto a boca dele na minha. Geralmente viro o rosto, que foi o que fiz na noite passada. Bem, lá estava ele, e o que você acha que eu fiz? De repente, comecei a bater nele no ombro, com os punhos fechados, enquanto ele desfrutava, cravei minhas unhas nele, e ele tomou isso como um sinal de que eu estava gostando, ficando meio louca de prazer, e foi em frente. Então sussurrei o mais baixo que pude: "Eu te odeio". E aí me perguntei se ele teria ouvido. O que ele pensaria? Ficaria magoado? Como ele mesmo estava parcialmente adormecido, simplesmente me deu um beijo de boa noite e voltou para a sua cama. Na manhã seguinte, fiquei esperando para ver o que ele ia dizer. Ainda pensava que ele talvez tivesse me ouvido dizer "Eu te odeio". Mas não, devo ter elaborado a frase sem dizê-la. E tudo o que ele disse foi: "Você ficou bem louca na noite passada, sabe", e sorriu, como se aquilo tivesse lhe agradado.

Brown ligou o fonógrafo e começamos a dançar. O pouco álcool que eu bebera tinha subido à minha cabeça. Senti o universo inteiro dilatar-se. Tudo parecia muito suave e simples. De fato, tudo parecia descer correndo por uma colina nevada onde eu podia deslizar sem esforço. Senti uma grande amistosidade, como se conhecesse toda aquela gente intimamente. Mas escolhi o mais tímido dos pintores para dançar comigo. Senti que, como eu, ele de algum modo fingia estar muito familiarizado com aquilo. Senti que no fundo, no fundo ele estava um pouco constrangido. Os outros pintores estavam acariciando Ethel e Mollie enquanto dançavam. Ele não ousou fazê-lo. Eu ria comigo mesma por tê-lo descoberto. Brown viu que meu pintor não estava tomando nenhuma iniciativa e interpôs-se entre nós para uma dança. Ficou fazendo comentários astuciosos sobre virgens. Imaginei se estaria se referindo a mim. Como ele podia saber? Apertou-se contra mim, e me afastei dele. Voltei para o jovem pintor tímido. Uma ilustradora estava flertando com ele, provocando-o. Ele ficou igualmente feliz por eu voltar. Então fomos dançar, recolhendo-nos à nossa timidez. Agora todos à nossa volta estavam se beijando, se enlaçando.

A ilustradora havia tirado a blusa e estava dançando de anágua. O pintor tímido disse:

– Se ficarmos aqui, em breve teremos que deitar no chão e fazer amor. Você quer ir embora?

– Sim, quero ir embora – falei.

Saímos. Em vez de fazer amor, ele falava, falava. Eu ouvia aturdida. Ele tinha uma ideia de um quadro comigo. Queria me pintar como uma mulher submarina, nebulosa, transparente, verde, pálida, exceto pela boca bem vermelha e pela flor bem vermelha que eu usaria no cabelo. Será que eu posaria para ele? Não respondi muito rápido devido aos efeitos da bebida, e ele disse em tom de desculpas:

– Você está chateada por eu não ter sido bruto?

– Não, não estou chateada. Escolhi você porque sabia que não seria bruto.

– É a minha primeira festa – disse ele, humildemente – e você não é o tipo de mulher que se possa tratar... daquele jeito. Como você se tornou modelo? O que fazia antes disso? Sei que uma modelo não tem que ser uma prostituta, mas tem que lidar com um monte de manuseio e investidas.

– Dou conta disso muito bem – falei, sem apreciar absolutamente essa conversa.

– Fico preocupado com você. Conheço alguns artistas que são muito objetivos enquanto trabalham, sei bem disso. Eu mesmo me sinto assim. Mas sempre tem um momento antes e depois, quando a modelo está se despindo e se vestindo, que me perturba. É a surpresa inicial de ver o corpo. O que você sentiu na primeira vez?

– Absolutamente nada. Me senti como se já fosse uma pintura. Ou uma estátua. Olhei para meu próprio corpo como se fosse um objeto, um objeto impessoal.

Eu estava cada vez mais triste, triste devido à inquietação e à ânsia. Senti que nada iria acontecer comigo. Me sentia desesperada pelo desejo de ser mulher, de mergulhar na vida. Por que eu ficava escravizada à necessidade de primeiro estar apaixonada? Onde minha vida começaria? Eu entrava em cada estúdio esperando um milagre que não acontecia. Para mim parecia que uma grande corrente passava em volta de mim e que eu estava de fora. Tinha que achar alguém que sentisse o mesmo que eu. Mas onde? Onde?

O escultor era vigiado pela esposa, eu podia ver isso. Ela entrava no estúdio muito frequentemente, de forma inesperada. E ele ficava amedrontado. Eu não sabia o que o amedrontava. Me convidaram para passar duas semanas na casa de campo deles, onde eu continuaria a posar – ou melhor, ela me convidou. Disse que o marido não gostava de parar de trabalhar durante as férias. Mas logo que ela saiu ele se virou para mim e disse:

– Trate de achar uma desculpa para não ir. Ela vai infernizar você. Ela não está bem, tem obsessões. Acha que tudo que é mulher que posa para mim é minha amante.

Houve dias caóticos de correr de um estúdio para outro com pouquíssimo tempo para o almoço, posando para capas de revista, ilustrações para matérias de periódicos e anúncios. Podia ver meu rosto em todo lugar, até no metrô. Ficava imaginando se as pessoas me reconheciam.

O escultor havia se tornado meu melhor amigo. Eu aguardava ansiosamente o término da estatueta. Contudo, quando cheguei certa manhã, vi que ele a arruinara. Disse que tinha tentado trabalhar nela sem mim. Mas não pareceu infeliz ou preocupado. Fiquei bastante triste, e para mim aquilo teve um forte aspecto de sabotagem, pois a estatueta pareceu ter sido estragada por uma grande inépcia. Vi que ele estava feliz por recomeçar tudo de novo.

Foi no teatro que conheci John e descobri o poder de uma voz. Ela fluiu por mim como notas de órgão, fazendo-me vibrar. Quando ele repetiu meu nome e errou a pronúncia, soou como uma carícia. Era a voz mais grave e encorpada que eu já tinha ouvido. Eu mal podia olhar para ele. Percebi que seus olhos eram grandes, de um azul intenso e magnético, que ele era grande, um tanto inquieto. Os pés se mexiam nervosamente, como os de um cavalo de corrida. Senti a presença dele toldando tudo o mais – o teatro, a amiga sentada à minha direita. E ele se comportou como se eu o tivesse encantado, hipnotizado. Ele seguiu falando, olhando para mim, mas eu não estava ouvindo. Em um instante eu não era mais uma garotinha. Cada vez que ele falava, eu me sentia caindo em uma espiral vertiginosa, caindo nas malhas de uma voz maravilhosa. Era uma verdadeira droga. Quando John finalmente me "roubou", conforme ele disse, chamou um táxi.

Não dissemos mais nenhuma palavra até chegarmos ao apartamento dele. Ele não me tocou. Não precisou. A sua presença havia me afetado de tal maneira que eu sentia como se ele houvesse me acariciado por um longo tempo.

Apenas disse meu nome duas vezes, como se o achasse bonito o suficiente para repetir. Ele era alto, arrebatador. Os seus olhos eram tão intensamente azuis que, quando piscavam, por um segundo era como um diminuto clarão de um relâmpago, dando uma sensação de medo, medo de uma tempestade que engolfaria uma pessoa por completo.

Então ele me beijou. A língua dele deu voltas em torno da minha, volteou, volteou e volteou, e então parou para tocar apenas a ponta. Enquanto me beijava, ele levantou minha saia lentamente. Tirou minhas ligas, minhas meias. Então me ergueu e me carregou para a cama. Eu estava tão liquefeita que senti que ele já me penetrara. Para mim era como se a voz dele tivesse me aberto, aberto todo o meu corpo para ele. Ele percebeu isso, e por isso ficou espantado por sentir resistência ao pênis.

Parou para olhar meu rosto. Viu a enorme receptividade emocional, e então pressionou com mais força. Senti o rompimento e a dor, mas o calor derreteu tudo, o calor da voz dele em minha orelha, dizendo:

– Você me quer tanto quanto eu a quero?

Então o prazer dele o fez gemer. Todo o peso dele em cima de mim, comprimindo meu corpo, a fisgada de dor desvanecida. Senti o deleite de ter sido aberta. Fiquei deitada ali, em um semissonho.

John disse:

– Machuquei você. Você não gostou.

Não consegui dizer: "Quero de novo". Minha mão tocou o seu pênis. Acariciei-o. O pênis levantou-se de um salto, bem duro. Ele me beijou até eu sentir uma nova onda de desejo, um desejo de responder completamente. Mas ele disse:

– Agora irá doer. Espere um pouquinho. Você pode ficar comigo a noite toda? Vai ficar?

Vi que havia sangue em minha perna. Fui me lavar. Senti que eu ainda não fora tomada, que aquilo era apenas uma pequena parte da ruptura. Eu queria ser possuída e conhecer deleites ofuscantes. Caminhei vacilantemente e caí na cama de novo.

John estava adormecido, o corpo volumoso ainda curvado da mesma maneira que quando estava encostado em mim, o braço estirado onde minha cabeça estivera apoiada. Deslizei para o lado dele e fiquei semiadormecida. Quis tocar o pênis de novo. Fiz isso muito delicadamente, sem querer acordá-lo. Então dormi e fui acordada pelos beijos dele. Estávamos flutuando em um mundo escuro de carne, sentindo apenas a carne macia vibrando, e cada toque era um deleite. Ele agarrou meus quadris com firmeza junto de si. Ele estava com medo de me machucar. Abri as pernas. Quando ele inseriu o pênis doeu, mas o prazer foi maior. Havia uma pequena camada externa de dor e, mais profundamente, o prazer pela presença do pênis mexendo-se lá. Empurrei-me para a frente, para ir ao encontro dele.

Dessa vez ele ficou passivo. Ele disse:

– Você mexe, agora é sua vez de desfrutar.

Desse modo, para não sentir dor, mexi-me delicadamente em volta do pênis. Coloquei os punhos fechados embaixo das costas para me erguer na direção dele. Ele pôs minhas pernas em seus ombros. Aí a dor ficou mais forte e ele recuou.

Deixei-o pela manhã, atordoada, mas com uma nova satisfação por sentir que estava me aproximando da paixão. Fui para casa e dormi até ele telefonar.

– Quando você vem? – ele disse. – Tenho que ver você de novo. Logo. Vai posar hoje?

– Sim, tenho que ir. Irei depois de posar.

– Por favor, não pose – ele disse. – Por favor, não pose. Fico desesperado ao pensar nisso. Venha me ver primeiro. Quero falar com você. Por favor, venha me ver primeiro.

Fui até ele.

– Oh – ele disse, abrasando meu rosto com o sopro de seu desejo – não consigo suportar o pensamento de você posando, se expondo. Você não pode mais fazer isso. Tem que me deixar cuidar de você. Não posso casar com você porque tenho uma esposa e filhos. Deixe-me cuidar de você até vermos como poderemos escapar. Deixe-me conseguir um lugarzinho onde eu possa ir vê-la. Você não deve posar. Você pertence a mim.

Desse modo ingressei em uma vida secreta e, quando era de se esperar que eu estivesse posando para todo mundo, na verdade estava aguardando por John em um lindo quarto. Ele trazia um presente cada vez que vinha, um livro, papel de carta colorido para eu escrever. Eu ficava inquieta, esperando.

O único a ser informado do segredo foi o escultor, porque ele percebeu o que estava acontecendo. Ele não ia deixar que eu parasse de posar e me questionou. Ele tinha previsto como minha vida seria.

Na primeira vez que tive um orgasmo com John eu chorei, pois foi tão forte e tão maravilhoso que não acreditei que pudesse acontecer constantemente. Os únicos momentos dolorosos eram aqueles passados à espera. Eu tomava banho, espalhava esmalte nas unhas, me perfumava, pintava os mamilos, penteava o cabelo, colocava um *négligé**, e todos os preparativos voltavam minha imaginação para as cenas que se seguiriam.

---

* Chambre feminino muito solto, geralmente de tecido leve, como seda ou cetim. (N.E.)

Queria que ele me encontrasse no banho. Ele dizia que estava a caminho. Mas não chegava. Com frequência ficava retido até mais tarde. Na hora em que chegava, eu estava fria, ressentida. A espera arrasava com meus sentimentos. Eu me revoltava. Uma vez não atendi quando ele tocou a campainha. Então ele bateu gentilmente, humildemente, e aquilo me comoveu, por isso abri a porta. Mas estava furiosa e queria magoá-lo. Não correspondi ao beijo. Ele ficou magoado até sua mão deslizar por baixo do meu *negligé* e descobrir que eu estava molhada, apesar de ter mantido minhas pernas bem fechadas. Ele ficou contente de novo e forçou sua entrada.

Então o puni ao não corresponder sexualmente, e ele ficou magoado outra vez, pois apreciava o meu prazer. John sabia o quanto me dava de prazer pelas pulsações violentas do coração, pelas mudanças na voz, pela contração das minhas pernas. E daquela vez fiquei deitada como uma puta. Aquilo realmente o magoou.

Nunca podíamos sair juntos. Ele era muito conhecido, e sua esposa também. Ele era produtor. A esposa era dramaturga.

Quando John descobriu o quanto esperar por ele me enfurecia, não tentou remediar. Chegava cada vez mais tarde. Dizia que chegaria às dez e então aparecia à meia-noite. Por isso, um dia descobriu que eu não estava lá quando chegou. Aquilo deixou-o frenético. Pensou que eu não fosse voltar. Senti que ele estava fazendo aquilo de propósito, que gostava que eu ficasse furiosa. Depois de dois dias ele implorou, e voltei. Nós dois estávamos muito exaltados e furiosos.

Ele disse:

– Você voltou a posar. Você gosta disso. Gosta de se exibir.

– Por que você me faz esperar tanto? Você sabe que isso acaba com o meu desejo. Me sinto fria quando você chega tarde.

– Não tão fria – ele disse.

Fechei as pernas com força, ele não conseguiu sequer me tocar. Mas então ele enfiou-se rapidamente por trás e me acariciou.

– Não tão fria – ele disse.

Na cama ele empurrou o joelho entre minhas pernas e forçou-as a se abrirem.

– Quando você está furiosa – ele disse – sinto que estou estuprando você. Então sinto que você me ama tanto que não consegue resistir a mim, vejo que você está molhada, e gosto da sua resistência e também da sua derrota.

– John, você vai me deixar tão furiosa que vou deixá-lo.

Então ele ficou amedrontado. Me beijou. Prometeu não repetir aquilo.

O que eu não conseguia entender era como, apesar de nossas brigas, ser amada por John apenas me deixava mais sensível. Ele havia despertado meu corpo. Agora eu tinha um desejo ainda maior de me abandonar a todos os caprichos. Ele deve ter percebido, pois, quanto mais me acariciava, me despertava, mais temia que eu voltasse a posar. Lentamente, voltei. Tinha tempo de sobra para mim, estava sozinha demais com meus pensamentos sobre John.

Millard ficou especialmente feliz em me ver. Ele devia ter estragado a estatueta de novo, e agora eu sabia que de propósito, de modo que podia me manter na pose que gostava.

Na noite anterior, ele havia fumado maconha com amigos. Ele disse:

– Você sabia que isso muitas vezes dá às pessoas a sensação de que se transformaram em animais? Na noite passada, uma mulher ficou completamente tomada por essa transformação. Caiu de quatro e andou por lá como uma cachorra. Tirou as roupas. Queria dar de mamar. Queria que todos nós agíssemos como filhotes, que nos estatelássemos no chão e sugássemos seus seios. Manteve-se apoiada nas mãos e joelhos e ofereceu os seios para todos nós. Queria que andássemos como cachorros – atrás dela. Insistiu para que a penetrássemos nessa posição, por trás, e eu o fiz, mas aí fiquei terrivelmente tentado a mordê-la enquanto me agachava em cima dela. Mordi o ombro dela com mais força do que jamais mordi qualquer outra pessoa. A mulher não se assustou. Eu sim. Aquilo me fez voltar a mim. Me levantei e então vi que um amigo meu estava a seguindo de quatro, sem acariciá-la ou penetrá-la, mas apenas cheirando, exatamente como um cachorro faria, e aquilo me fez lembrar tanto da minha primeira impressão sexual que provocou uma dolorosa ereção. Quando criança, no interior, tínhamos uma serva que viera da Martinica, uma garota grandona. Ela usava saias volumosas e um lenço colorido na cabeça. Era uma mulata bem clara, muito bonita. Ela nos fazia brincar de esconde-esconde. Quando era minha vez de me esconder, ela me ocultava embaixo da saia, sentando-se. E lá ficava eu, meio sufocado, escondido entre as suas pernas. Lembro do odor sexual que emanava dela e que me atiçava mesmo quando garoto. Uma vez tentei tocá-la, mas ela me deu um tapa na mão.

Eu estava posando em silêncio e ele se aproximou para me medir com um instrumento. Então senti a mão dele em minhas coxas, acariciando-me bem de leve. Sorri para ele. Eu estava parada no estrado de modelo, e agora ele acariciava minhas pernas como se me modelasse em argila. Beijou meus pés, passou as mãos por minhas pernas várias vezes e pela bunda. Recostou-se nas minhas pernas e me beijou. Ergueu-me e me colocou no chão. Me apertou contra si, acariciando minhas costas, ombros e nuca. Tremi um pouco. Suas mãos eram macias e flexíveis. Tocou-me como tocaria uma estatueta, muito carinhosamente, por tudo.

Então fomos até o sofá. Ele me deitou de bruços ali. Tirou as roupas e veio por cima de mim. Senti o pênis contra minha bunda. Ele deslizou as mãos em volta de minha cintura e me ergueu bem de leve, para que pudesse me penetrar. Ergueu-me em sua direção ritmadamente. Fechei os olhos para senti-lo melhor e escutar o som do pênis deslizando para dentro e para fora na umidade. Ele me empurrava tão violentamente que fazia uns estalinhos, o que me deliciava.

Os dedos dele cravaram-se em minha carne. Suas unhas eram afiadas e machucavam. Ele me inflamou tanto com suas vigorosas investidas que minha boca abriu e fiquei mordendo a manta do sofá. Então nós dois ouvimos um som na mesma hora. Millard ergueu-se velozmente, pegou as roupas e correu escada acima até o balcão onde mantinha a escultura. Esgueirei-me para trás do biombo.

Houve uma segunda batida na porta do estúdio, e a esposa dele entrou. Eu tremia, não de medo, mas pelo choque de ter parado no meio. A esposa de Millard viu o estúdio vazio e foi embora. Millard apareceu vestido. Eu disse:

– Me espere um minuto – e comecei a me vestir também. O momento tinha sido destruído. Eu ainda estava molhada e trêmula. Quando coloquei as calcinhas, a seda me afetou como uma mão. Não consegui mais suportar a tensão e o desejo. Coloquei as duas mãos sobre meu sexo como Millard tinha feito e o pressionei, fechando os olhos e imaginando Millard a me acariciar. E gozei, estremecendo da cabeça aos pés.

Millard queria estar comigo de novo, mas não no estúdio, onde poderíamos ser surpreendidos pela esposa, por isso deixei-o encontrar um outro local. Pertencia a um amigo. A cama estava colocada em uma alcova recôndita, havia espelhos acima dela e pequenas luminárias fracas. Millard deixou todas as luzes apagadas, disse que queria ficar no escuro comigo.

— Já vi seu corpo e o conheço muito bem, agora quero senti-lo, de olhos fechados, apenas para sentir a pele e a maciez de sua carne. Suas pernas são tão rijas e fortes, mas tão macias ao toque. Adoro seus pés com os dedos livres e separados como os dedos da mão, não apinhados; e as unhas dos pés tão belamente pintadas; e a penugem das suas pernas.

Ele passou as mãos por todo o meu corpo, comprimindo-as contra a carne, sentindo cada curva.

— Se minha mão ficar aqui no meio de suas pernas – ele disse – você sente, você gosta, quer que chegue mais perto?

— Mais perto, mais perto – falei.

— Quero ensinar-lhe uma coisa – disse Millard. – Você deixa?

Ele inseriu o dedo em meu sexo.

— Agora, quero que você se contraia em volta do meu dedo. Existe um músculo aí que pode se contrair e se soltar em torno do pênis. Tente.

Tentei. O dedo ali era tantalizante. Visto que ele não estava mexendo, tentei me mexer no interior do ventre e senti o músculo que ele havia mencionado, debilmente no começo, abrindo e fechando em volta do dedo.

Millard disse:

— Sim, assim. Faça mais forte, mais forte.

Fiz, abrindo, fechando, abrindo, fechando. Era como uma boquinha lá dentro, apertando-se em volta do dedo. Queria engoli-lo, sugá-lo, e desse modo continuei tentando.

Então Millard disse que ia inserir o pênis e não se mexer, e que eu devia continuar a me mexer por dentro. Tentei agarrá-lo com cada vez mais força. O movimento estava me excitando, e senti que chegaria ao orgasmo a qualquer momento, mas, depois de tê-lo agarrado diversas vezes, sugando o pênis, Millard de repente gemeu de prazer e começou a meter rapidamente, já que ele mesmo não conseguia mais conter o orgasmo. Simplesmente continuei o movimento interno e senti o orgasmo também, da maneira mais profunda e maravilhosa, bem no fundo do útero.

Ele disse:
– John já tinha lhe mostrado isso?
– Não.
– O que ele lhe mostrou?
– Isso – eu disse. – Você se ajoelha por cima de mim e mete.

Millard obedeceu. O pênis não tinha muito vigor, pois o orgasmo fora há pouco, mas ele o enfiou, empurrando com a mão. Então estendi as duas mãos e acariciei as bolas, coloquei dois dedos na base do pênis e esfreguei enquanto ele se mexia. Millard ficou instantaneamente excitado, o pênis endureceu, e ele começou a se mexer para dentro e para fora de novo. Então parou.

– Não devo ser tão exigente – ele disse com um tom de voz estranho. – Você ficará cansada para John.

Deitamos e descansamos, fumando. Fiquei me indagando se Millard sentia mais do que desejo sensual, se meu amor por John o acabrunhava. Embora sempre houvesse um tom de mágoa em suas palavras, ele continuou a me fazer perguntas: "John possuiu você hoje? Ele a possuiu mais de uma vez? Como ele fez?"

Nas semanas que se seguiram, Millard ensinou-me muitas coisas que eu não tinha feito com John, e tão logo eu aprendia, tentava com John. Finalmente John começou a se perguntar onde eu estava aprendendo novas posições. Ele sabia que eu não havia feito amor antes de conhecê-lo. A primeira vez que apertei meus músculos para agarrar o seu pênis ele ficou pasmo.

Os dois relacionamentos secretos tornaram-se difíceis para mim, mas eu apreciava o perigo e a intensidade.

Lilith

Lilith era sexualmente fria, e seu marido sabia disso parcialmente, apesar dos fingimentos dela. Isso levou ao seguinte incidente.

Ela não consumia açúcar porque não queria ficar mais roliça do que era, e usava um substituto para o açúcar: pilulazinhas brancas que sempre carregava na bolsa. Um dia ficou sem e pediu ao marido para que comprasse algumas a caminho de casa. Então ele trouxe um frasquinho conforme ela havia pedido, e Lilith colocou duas pílulas no café após o jantar.

Os dois ficaram lá sentados, e ele a olhava com a expressão de branda tolerância que estampava com frequência, diante das explosões nervosas dela, das crises de egotismo, de autocensura, de pânico. Ele reagia a todo o comportamento dramático dela com um bom humor e paciência inabaláveis. Ela sempre esbravejava sozinha, enfurecia-se sozinha, passando por vastas convulsões emocionais nas quais ele não tomava parte.

Aquilo possivelmente era um símbolo da tensão sexual que não ocorria entre eles. Ele recusava todos os desafios e hostilidades primitivos e violentos dela, recusava-se a entrar naquela arena emocional com ela e responder às suas necessidades de ciúmes, de medos, de batalhas.

Talvez se ele tivesse aceitado os desafios e jogado os jogos de que ela gostava, talvez então ela tivesse sentido a presença dele com um impacto físico maior. Mas o marido de Lilith não conhecia os prelúdios do desejo sensual, não conhecia nenhum dos estimulantes que certas naturezas selvagens requerem, e, por isso, em vez de responder tão logo via a esposa ficar elétrica, com o rosto mais lívido, os olhos relampejantes, o corpo inquieto e aos trancos como um cavalo de corrida, ele recuava para trás daquela parede de compreensão objetiva, daquela troça e aceitação, exatamente como alguém que observa um animal no zoológico e sorri de seus trejeitos, mas não é induzido àquele estado de espírito. Era isso que deixava Lilith em estado de desolação – de fato, como um animal selvagem em um deserto total.

Quando ela esbravejava e sua temperatura subia, o marido não era visto em lugar nenhum. Ele era como um céu plácido olhando para ela lá de cima e esperando que a tempestade se consumisse por si. Se ele, como um animal igualmente primitivo, tivesse aparecido na outra extremidade daquele deserto, encarando-a com a mesma tensão elétrica de cabelo, pele e olhos, se tivesse aparecido com o mesmo corpo selvagem, abrindo caminho à força pesadamente e querendo algum pretexto para saltar, abraçar com fúria, sentir o calor e a força do oponente, então poderiam ter rolado juntos, e as mordidas poderiam ter se tornado de outro tipo, e o bote poderia ter se tornado um enlace, e os puxões de cabelo poderiam ter juntado bocas, juntado dentes, juntado línguas. E a partir da fúria os genitais poderiam ter roçado um no outro, emitindo fagulhas, e os dois corpos teriam entrado um no outro para dar fim àquela formidável tensão.

Assim, naquela noite ele estava sentado com a tal expressão nos olhos, e ela estava sentada sob uma lâmpada pintando um objeto furiosamente, como se, depois de pintá-lo, fosse devorá-lo por inteiro. Então ele disse:

– Sabe, não foi açúcar que eu trouxe e que você tomou no jantar. Foi cantárida, um pó que deixa as pessoas excitadas.

Lilith ficou estarrecida.

– E você me deu isso?

– Sim, quis ver se iria afetá-la, pensei que poderia ser muito agradável para nós dois.

– Oh, Billy – ela disse –, que peça para pregar em mim. E prometi a Mabel que iríamos juntas ao cinema.

Não posso desapontá-la. Ela ficou trancada em casa por uma semana. Imagine se isso começar a fazer efeito no cinema.

– Bem, se você prometeu, deve ir. Mas ficarei esperando por você.

Assim, em um estado de febre e alta tensão, Lilith foi encontrar Mabel. Não ousou confessar o que o marido havia feito. Recordou-se de todas as histórias que tinha ouvido sobre a cantárida. Os homens haviam feito grande uso dela na França do século XVIII. Lembrou da história de um certo aristocrata que, aos quarenta anos de idade, quando já estava um pouquinho fatigado pela atividade sexual assídua com todas as mulheres atraentes de seu tempo, apaixonou-se tão violentamente por uma dançarina de apenas vinte anos de idade que passou três dias e noites inteiros com ela em intercurso sexual – com a ajuda da cantárida. Lilith tentou imaginar como poderia ser tal experiência, como aquilo poderia tomar conta dela em um momento inesperado, fazendo com que tivesse que correr para casa e confessar o desejo ao marido.

Ao sentar no cinema às escuras, não conseguia olhar para a tela. Sua cabeça estava um caos. Sentou-se tensa na ponta da cadeira, tentando sentir os efeitos da droga. Deteve-se com um sobressalto quando notou primeiramente que havia sentado com as pernas bem abertas, a saia acima dos joelhos.

Pensou que aquilo fosse uma manifestação de sua já crescente febre sexual. Tentou lembrar se já havia sentado antes naquela posição no cinema. Viu as pernas abertas como a mais obscena posição jamais imaginada, e percebeu que a pessoa sentada na fila em frente à dela, que estava postada bem mais abaixo, teria condições de ver por baixo da saia e regalar-se com o espetáculo de suas calcinhas novinhas e das ligas que havia comprado exatamente naquele dia. Tudo parecia conspirar para a noite de orgia. Ela devia ter previsto tudo intuitivamente quando foi comprar calcinhas debruadas com renda fina e ligas em um tom de coral intenso, que combinavam muito bem com suas esguias pernas de dançarina.

Lilith juntou as pernas, furiosa. Pensou que, se aquele ânimo sexual selvagem se apoderasse dela justo agora, não saberia o que fazer. Será que se levantaria de repente, diria que estava com dor de cabeça e iria embora? Ou poderia voltar-se para Mabel – Mabel sempre tivera adoração por ela. Será que ela ousaria voltar-se para Mabel e acariciá-la? Ela tinha ouvido falar de mulheres que se acariciavam no cinema. Uma amiga dela havia se sentado desse jeito na escuridão do cinema, e muito lentamente sua acompanhante havia desenganchado a abertura lateral de sua saia, enfiado a mão em seu sexo e a afagado até ela gozar. Essa amiga havia repetido com frequência a delícia de se sentar imóvel, controlando a metade superior do corpo, sentada ereta e imóvel, enquanto uma mão acariciava-a no escuro, secretamente, lentamente, misteriosamente. Era isso que aconteceria a Lilith agora? Ela jamais havia acariciado uma mulher. Às vezes pensava consigo mesma como deveria ser maravilhoso acariciar uma mulher, a forma arredondada da bunda, a maciez da barriga, aquela pele particularmente macia no meio das pernas, e tentava se acariciar na cama no escuro, apenas para imaginar qual deveria ser a sensação de tocar uma mulher. Ela havia acariciado os próprios seios muitas vezes, imaginando que eram os de uma outra mulher.

Fechando os olhos naquele momento, recordou-se do corpo de Mabel em trajes de banho, Mabel com os seios muito redondos quase irrompendo do traje de banho, a boca carnuda e sorridente. Como deveria ser fabuloso! Mesmo assim, entre suas pernas não havia um calor de natureza tal que a levasse a perder o controle e estender a mão na direção de Mabel. As pílulas ainda não haviam surtido efeito. Ela estava fria, até mesmo contraída no meio das pernas; havia ali um retesamento, uma tensão.

Ela não conseguia relaxar. Se tocasse em Mabel agora, não poderia dar sequência a um gesto mais audacioso. Será que Mabel estava usando uma saia com fecho na lateral, será que Mabel gostaria de ser acariciada? Lilith estava cada vez mais inquieta. A todo momento em que se esquecia de si mesma, as pernas estiravam-se abertas de novo, naquela pose que lhe parecia tão obscena, tão convidativa, como aqueles gestos que tinha visto nas dançarinas balinesas, abrindo-se e se estirando, deixando o sexo desprotegido.

O filme chegou ao fim. Lilith dirigiu o carro em silêncio pelas vias escuras. Os faróis recaíram sobre um carro parado ao lado da estrada e iluminaram de súbito um par que não se acariciava da maneira romântica usual. A mulher estava sentada sobre os joelhos do homem e de costas para ele, que se erguia tenso na direção dela, com o corpo inteiro na pose de um homem atingindo o clímax sexual. Estava em tal estado que não conseguiu parar quando as luzes recaíram sobre ele. Estirou-se retesado como que para sentir a mulher sentada em cima dele, e ela se mexia como uma pessoa semidesmaiada de prazer.

Lilith engoliu em seco com a visão, e Mabel disse:
– Com certeza nós os pegamos na melhor hora.

E riu. Então Mabel conhecia aquele clímax que Lilith desconhecia e queria conhecer. Lilith quis perguntar: "Como é isso?". Mas ela logo saberia. Seria impelida a dar vazão a todos aqueles desejos geralmente experimentados apenas em fantasias, em longos devaneios que preenchiam suas horas quando estava sozinha em casa. Ficava pintando e pensava: "Agora entra um homem por quem estou muito apaixonada. Ele entra na sala e diz: 'Deixe-me despi-la'. Meu marido jamais me despe – ele se despe por si e então vai para a cama, e, se me quer, apaga a luz. Mas esse homem vai vir e me despir lentamente, peça por peça. Isso vai me dar bastante tempo para senti-lo, sentir as mãos dele em mim. Antes de mais nada, ele vai soltar o cinto, tocar minha cintura com as duas mãos e dizer: 'Que cintura linda você tem, como ela se curva para dentro, como é estreita'. E então vai abrir minha blusa muito lentamente, e sentirei as mãos dele desabotoando cada botão e tocando meus seios de pouquinho em pouquinho, até que saiam da blusa, e aí vai amá-los e sugar os mamilos como uma criança, machucando-me um pouquinho com os dentes, e vou sentir todos aqueles arrepios pelo corpo inteiro, soltando cada pequeno nervo retesado e me dissolvendo. Ele vai ficar impaciente com a saia, vai rasgá-la um pouquinho. Ele estará em grande estado de desejo. Não vai apagar a luz. Ficará olhando para mim com aquele desejo, me admirando, venerando, aquecendo meu corpo com suas mãos, esperando até eu estar completamente inflamada, cada pedacinho da minha pele".

Será que a cantárida estava fazendo efeito? Não, ela estava lânguida, com a fantasia começando de novo, tudo outra vez – mas era só isso. Contudo, a visão do casal no automóvel, o estado de êxtase deles era algo que ela queria conhecer.

Quando chegou em casa, o marido estava lendo. Olhou para ela e sorriu maliciosamente. Ela não quis confessar que não fora afetada. Estava imensamente desapontada consigo mesma. Que mulher fria que era, a quem nada conseguia afetar – nem mesmo aquilo que certa vez fizera um nobre do século XVIII fazer amor por três noites e três dias sem parar. Que monstro que ela era. Nem mesmo o marido deveria saber daquilo. Ele riria dela. No fim iria em busca de uma mulher mais sensível.

Assim, ela começou a se despir na frente dele, caminhando de um lado para o outro seminua, escovando o cabelo em frente ao espelho. Usualmente ela jamais fazia isso. Não queria que ele a desejasse. Não gostava daquilo. Era algo para ser feito rapidamente, só para agradá-lo. Para ela era um sacrifício. A excitação e o deleite dele eram um tanto repulsivos para ela. Lilith sentia-se como uma puta que estivesse recebendo dinheiro por aquilo. Era uma puta que não tinha sentimentos e, em troca do amor e da devoção dele, entregava o corpo vazio e insensível. Sentiu vergonha de estar tão morta dentro do corpo.

Mas quando ela finalmente enfiou-se na cama, ele disse:

– Acho que a cantárida não fez efeito suficiente em você. Estou com sono. Acorde-me se você...

Lilith tentou dormir, mas ficou o tempo todo esperando ficar maluca de desejo. Depois de uma hora, levantou-se e foi para o banheiro. Pegou o tubinho e tomou umas dez pílulas, pensando: "Agora vai dar". E esperou. Durante a noite o marido veio para sua cama. Mas ela estava tão retesada no meio das pernas que nenhuma umidade aflorou, e ela teve que umedecer o pênis com saliva.

Na manhã seguinte, ela acordou em prantos. O marido interrogou-a. Ela contou a verdade. Então ele riu.

– Mas Lilith, foi uma peça que preguei em você. Não havia cantárida nenhuma. Apenas preguei uma peça em você.

Porém, daquele momento em diante Lilith ficou obcecada pela ideia de que deveria haver meios artificiais de inflamá-la. Tentou todas as fórmulas de que ouviu falar. Experimentou beber enormes xícaras de chocolate com grande quantidade de baunilha. Experimentou comer cebolas. O álcool não a afetava como afetava as outras pessoas, porque de saída ela já ficava predisposta contra ele. Ela não conseguia esquecer de si mesma.

Lilith tinha ouvido falar de umas bolinhas que eram usadas como afrodisíaco nas Índias Orientais. Mas como obtê-las? Onde procurá-las? As mulheres das Índias Orientais inseriam as bolinhas na vagina. Eram feitas de uma borracha bem macia, com uma superfície delicada como a pele. Quando introduzidas no sexo, moldavam-se na forma dele e então se mexiam quando a mulher se mexia, moldando-se sensivelmente a cada movimento dos músculos, causando um assanhamento muito mais excitante do que um pênis ou dedo. Lilith gostaria de encontrar uma e mantê-la dentro de si dia e noite.

Marianne

Posso me intitular cafetina de uma casa de prostituição literária, cafetina de um grupo de escritores famintos que produzem erótica para vender para um "colecionador". Fui a primeira a escrever, e todos os dias entregava meu trabalho para uma jovem datilografar de modo caprichado.

Essa jovem, Marianne, era pintora, e datilografava à noite para ganhar um dinheiro. Tinha uma auréola de cabelos dourados, olhos azuis, rosto redondo, seios fartos e firmes, mas tinha a tendência de ocultar a opulência de seu corpo em vez de exibi-la, de disfarçá-la sob trajes boêmios disformes, jaquetas folgadas, saias de colegial, capas de chuva. Ela vinha de uma cidade pequena. Tinha lido Proust, Krafft-Ebing, Marx, Freud.

E tivera, claro, muitas aventuras sexuais, mas existe um tipo de aventura na qual o corpo não participa realmente. Ela estava se iludindo. Pensava que, tendo deitado com homens, acariciado-os e feito todos os gestos prescritos, havia experimentado vida sexual.

Mas era tudo fachada. De fato, seu corpo estivera entorpecido, informe, ainda não amadurecido. Nada a havia tocado muito profundamente. Ainda era virgem. Eu podia sentir isso quando ela entrava na sala. Do mesmo modo que um soldado não deseja admitir que está amedrontado, Marianne não queria admitir que era fria, frígida. Mas estava fazendo psicanálise.

Ao entregar-lhe minha erótica para datilografar, não podia deixar de me indagar qual seria o efeito sobre ela. Junto com um destemor e curiosidade intelectuais, havia um puritanismo que ela lutava muito para não expor, e que me foi revelado acidentalmente ao descobrir que ela jamais havia tomado um banho de sol nua, que a simples ideia a intimidava.

O que ela recordava com mais persistência era de uma noite com um homem ao qual ela não correspondeu, e que então, quando estava indo embora do estúdio, ele apertou-a com força contra a parede, ergueu uma das pernas dela e meteu. O estranho é que na hora ela não sentiu nada, mas depois, cada vez que lembrava da cena, ficava fogosa e inquieta. As pernas afrouxavam, e ela daria qualquer coisa para sentir aquele corpo grande apertando-a de novo, encostando-a na parede, deixando-a sem escapatória, e então possuindo-a.

Um dia ela se atrasou para me trazer o trabalho. Fui ao estúdio dela e bati na porta. Ninguém atendeu. Abri a porta. Marianne devia ter saído para fazer alguma coisa.

Fui até a máquina de escrever para ver como o trabalho estava indo e vi um texto que não reconheci. Pensei que talvez eu estivesse esquecendo do que escrevia. Mas não podia ser isso. Aquilo não era meu. Comecei a ler. E então entendi.

No meio de seu trabalho, Marianne fora tomada pelo desejo de registrar suas próprias experiências. O que ela escreveu foi o seguinte:

"Existem coisas que, ao serem lidas, fazem com que você se dê conta de que não viveu nada, não sentiu nada, não experimentou nada até o momento. Hoje vejo que a maior parte do que me aconteceu foi clínico, anatômico. Lá estavam os sexos se tocando, misturando, mas sem quaisquer faíscas, selvageria, sensação. Como posso obter isso? Como posso começar a *sentir – sentir*? Quero me apaixonar de tal maneira que a mera visão de um homem, mesmo a uma quadra de distância, me abale e trespasse, enfraqueça e me faça tremer, amolecer e ficar molhada no meio das pernas. É assim que quero me apaixonar, tão intensamente que o mero pensamento dele me provoque um orgasmo.

Nessa manhã, enquanto eu estava pintando, bateram muito suavemente na porta. Fui abri-la e lá estava parado um jovem bastante bonito, mas tímido, constrangido, por quem me agradei de imediato.

Ele deslizou para dentro do estúdio, não olhou em volta, manteve os olhos fixados em mim como que suplicando e disse:

– Um amigo me mandou. Você é pintora; quero um trabalho. Queria saber se você faria... fará?

A fala dele ficou enrolada. Ele corou. Parecia uma mulher, pensei.

Eu disse:

– Entre e sente-se – pensando que isso o deixaria à vontade.

Então ele reparou em minhas pinturas. Eram abstratas. Ele disse:

– Mas você sabe desenhar imagens realistas, não sabe?

– Claro que sei.

Mostrei-lhe meus desenhos.

– São muito fortes – disse ele, entrando em um transe de admiração por um de meus desenhos de um atleta musculoso.

– Você quer um retrato seu?

– Hum, sim... sim e não. Quero um retrato. Ao mesmo tempo, é um tipo de retrato incomum que quero, não sei se você vai... concordar.

– Concordar com o quê? – perguntei.

– Bem – ele finalmente desembuchou –, você faria esse tipo de retrato para mim?

E apontou para o atleta nu.

Ele esperava alguma reação minha. Eu estava tão acostumada à nudez masculina na escola de arte que sorri ante a timidez dele. Não achei que houvesse nada de esquisito no pedido, embora fosse ligeiramente diferente ter um modelo nu pagando ao artista para desenhá-lo. Foi tudo que me ocorreu, e disse a ele. Enquanto isso, com o direito de observar que é dado aos pintores, estudei seus olhos violeta, o pelo fino, dourado, macio das mãos, o cabelo fino na ponta das orelhas. Ele tinha um ar de fauno e um jeito esquivo feminino que me atraíam.

A despeito da timidez, ele tinha um ar saudável e um tanto aristocrático. As mãos eram delicadas e flexíveis. Ele se cuidava bem. Mostrei um certo entusiasmo profissional que pareceu encantá-lo e encorajá-lo. Ele disse:

– Você gostaria de começar agora mesmo? Tenho algum dinheiro aqui. Posso trazer o resto amanhã.

Apontei para um canto da sala onde havia um biombo escondendo minhas roupas e o lavatório. Mas ele voltou os olhos violeta na minha direção e perguntou inocentemente:

– Posso me despir aqui?

Fiquei levemente constrangida, mas respondi que sim. Ocupei-me pegando papel de desenho e carvão, empurrando uma cadeira e afiando meu carvão. Pareceu-me que ele era excepcionalmente lento no despir, que estava esperando minha atenção. Olhei para ele audaciosamente, como se estivesse começando meu estudo, com o bastão de carvão na mão.

Ele estava se despindo de maneira espantosamente estudada, como se fosse uma ocupação seleta, um ritual. Em dado momento, me olhou bem dentro dos olhos e sorriu, mostrando os belos dentes alinhados, e sua pele era tão delicada que capturava a luz que se derramava pela janela e a conservava como um tecido de cetim.

Naquele momento o carvão em minhas mãos adquiriu vida e pensei no prazer que seria desenhar os traços daquele jovem, quase como que o acariciando. Ele havia tirado o casaco, a camisa, os sapatos, as meias. Só restavam as calças. Ele a segurou como uma *stripteaser* segura as dobras de seu vestido, ainda me olhando. Eu ainda não conseguia entender o vislumbre de prazer que animava seu rosto.

Então ele se inclinou, abriu o cinto, e as calças escorregaram. Ficou completamente nu diante de mim e no mais óbvio estado de excitação sexual. Quando vi aquilo, houve um momento de suspense. Se eu protestasse, perderia meu cachê, do qual eu necessitava muitíssimo.

Tentei ler seus olhos. Pareciam dizer: 'Não se irrite. Perdoe-me'.

Desse modo, tentei desenhar. Foi uma experiência estranha. Se eu desenhava a cabeça, o pescoço, os braços, tudo bem. Tão logo meus olhos vagueavam pelo resto de seu corpo, podia ver o efeito sobre ele. O sexo apresentava um tremor quase imperceptível. Fiquei tentada a esboçar a protuberância tão calmamente quanto eu havia esboçado o joelho. Mas a virgem defensiva dentro de mim ficou perturbada. Pensei: 'Devo desenhar atenta e lentamente para ver se a crise passa, ou ele pode extravazar a excitação em cima de mim'. Mas não, o jovem não fez nenhum movimento. Estava petrificado e contente. Eu era a única perturbada, e não sabia por quê.

Quando terminei, ele vestiu-se calmamente de novo e pareceu absolutamente sob controle. Caminhou até mim, apertou minha mão educadamente e disse:

– Posso vir amanhã no mesmo horário?".

O manuscrito terminava aqui, e Marianne entrou no estúdio, sorrindo.

– Não foi uma aventura estranha? – perguntou.

– Sim, e eu gostaria de saber como você se sentiu depois que ele foi embora.

– Posteriormente – ela confessou – fui eu que fiquei excitada o dia inteiro, lembrando do corpo dele e do lindo sexo rígido. Olhei meus desenhos, e em um deles acrescentei a imagem completa do incidente. Eu estava realmente atormentada pelo desejo. Mas um homem daquele tipo está interessado apenas em que eu *olhe* para ele.

Aquilo deveria ter permanecido como uma simples aventura, mas para Marianne tornou-se mais importante. Pude vê-la ficar cada vez mais obcecada pelo jovem. Evidentemente, a segunda sessão repetiu a primeira. Nada foi dito. Marianne não revelou nenhuma emoção. Ele não admitiu a condição de prazer em que imergia por ela perscrutar seu corpo. Dia após dia ela descobria maravilhas cada vez maiores. Cada detalhe do corpo dele era perfeito. Se ao menos ele apenas evidenciasse algum pequeno interesse pelos detalhes do corpo dela, mas ele não o fazia. E Marianne foi definhando e sucumbindo por causa do desejo insatisfeito.

Ela também era afetada pelo copiar constante das aventuras de outras pessoas, pois agora todos de nosso grupo que escreviam entregavam-lhe os manuscritos porque ela era de confiança. Todas as noites a pequena Marianne, com seus seios fartos e maduros, curvava-se sobre a máquina de escrever e datilografava palavras tórridas sobre violentos acontecimentos físicos. Certos fatos afetavam-na mais que outros.

Ela gostava de violência. Por isso a situação com o jovem era a mais impossível das situações para ela. Marianne não podia crer que ele permanecesse em uma condição de excitação física e desfrutasse tão claramente do simples fato de os olhos dela estarem fixos nele, como se ela o estivesse acariciando.

Quanto mais passivo e introvertido ele era, mais ela queria violência. Sonhava em forçar a vontade dele, mas como se poderia forçar a vontade de um homem? Visto que não conseguia tentá-lo com sua presença, como faria com que ele a desejasse?

Marianne gostaria que ele adormecesse e ela pudesse ter uma chance de acariciá-lo, e ele a tomasse enquanto estivesse semiconsciente, semiadormecido. Ou gostaria que ele entrasse no estúdio enquanto ela estivesse se vestindo e que a visão de seu corpo o inflamasse.

Uma vez, quando o esperava, tentou deixar a porta entreaberta enquanto se vestia, mas ele desviou o olhar e pegou um livro.

Ele era impossível de estimular, a não ser fitando-o. E àquela altura Marianne estava em um frenesi de desejo por ele. O desenho estava chegando ao fim. Ela conhecia cada parte do corpo dele, a cor da pele, tão dourada e luminosa, cada contorno dos músculos e, acima de tudo, o sexo constantemente ereto, liso, polido, firme, tentador.

Ela se aproximou para ajeitar um pedaço de cartolina branca que lançava um reflexo mais alvo ou mais sombras no corpo dele. E então, finalmente, perdeu o controle e caiu de joelhos defronte ao sexo ereto. Não o tocou, mas apenas olhou e murmurou:

– Como é bonito!

Ele ficou visivelmente afetado com aquilo. O sexo inteiro tornou-se mais rígido de prazer. Ela ajoelhou-se bem perto dele – estava quase ao alcance de sua boca –, mas de novo disse apenas:

– Como é bonito!

Como ele não se mexeu, Marianne chegou mais perto, seus lábios abriram-se levemente, e delicadamente, muito delicadamente, tocou a ponta do sexo com a língua. Ele ainda estava observando o rosto dela e o modo como a língua meneava e acariciava a ponta do sexo.

Ela o lambeu gentilmente, com a delicadeza de um gato, então inseriu uma pequena porção na boca e fechou os lábios em volta. O sexo dele estremeceu.

Marianne refreou-se e não fez mais por medo de encontrar resistência. E, quando parou, ele não a encorajou a continuar. Parecia contente. Marianne sentiu que aquilo era tudo que ela poderia pedir dele. Pôs-se de pé e voltou ao trabalho. Por dentro, ela estava em um turbilhão. Imagens violentas passavam-lhe pelos olhos.

Lembrou de filmes vulgares que tinha visto em Paris certa vez, de vultos rolando na grama, mãos tateando, calças brancas sendo abertas por mãos ávidas, carícias, carícias e prazer fazendo os corpos se enroscarem e ondularem, prazer fluindo sobre as peles como água, fazendo com que ondulassem quando a onda de prazer capturava barrigas ou quadris, ou quando corria espinha acima ou pernas abaixo.

Mas ela se controlou com o conhecimento intuitivo que uma mulher possui sobre as preferências do homem que ela deseja. Ele permaneceu em transe, o sexo ereto, o corpo tremendo de leve às vezes, como se o prazer o percorresse a partir da memória da boca de Marianne se abrindo para tocar o pênis liso.

No dia seguinte a esse episódio, Marianne repetiu a pose de veneração, seu êxtase ante a beleza do sexo dele. Ela se ajoelhou e rezou de novo para o estranho falo que exigia apenas admiração. Lambeu-o de novo muito delicada e vibrantemente, enviando tremores de prazer do sexo para o corpo dele, beijou-o de novo, circundando-o com os lábios como uma fruta maravilhosa, e ele tremeu de novo. Então, para espanto dela, uma gota minúscula de uma substância leitosa e salgada dissolveu-se em sua boca, a precursora do desejo, e ela aumentou a pressão e os movimentos da língua.

Quando viu que ele estava derretido de prazer, ela parou, prevendo que, se o privasse agora, talvez ele fizesse um gesto voltado para a satisfação. De início ele não fez nenhum movimento. O sexo palpitava, e ele estava atormentado pelo desejo; então, de repente, ela ficou espantada ao ver a mão dele movendo-se na direção do sexo como se ele fosse se satisfazer por si.

Marianne ficou desesperada. Afastou a mão dele, colocou o sexo na boca de novo e circundou as partes sexuais dele com ambas as mãos, acariciou-o e absorveu-o até ele gozar.

Ele inclinou-se com gratidão, ternura, e murmurou:

– Você é a primeira mulher, a primeira mulher, a primeira mulher...

Fred se mudou para o estúdio. Mas, conforme Marianne esclareceu, ele não progrediu além da aceitação de suas carícias. Deitavam-se nus na cama, e Fred agia como se ela absolutamente não tivesse sexo. Recebia os tributos dela freneticamente, mas Marianne era deixada com seu desejo não atendido. Tudo o que ele fazia era colocar as duas mãos entre as pernas dela. Enquanto ela o acariciava com a boca, as mãos dele abriam seu sexo como uma flor, e ele buscava o pistilo. Quando sentia as contrações dela, ele acariciava com vontade a abertura palpitante. Marianne conseguia corresponder, mas de algum modo aquilo não satisfazia a voracidade pelo corpo dele, por seu sexo, e ela ansiava ser possuída por ele mais completamente, ser penetrada.

Ocorreu a ela mostrar a Fred os manuscritos que estava datilografando. Achou que isso poderia estimulá-lo. Deitavam-se na cama e liam juntos. Ele lia em voz alta, com prazer. Prolongava-se nas descrições. Lia e relia, e mais uma vez tirava as roupas e se exibia, mas não importava o nível que sua excitação atingisse, ele não fazia mais do que isso.

Marianne queria que ele fizesse psicanálise. Contou o quanto sua própria análise a liberara. Ele ouviu com interesse, mas resistiu à ideia. Ela insistiu com Fred para que ele também escrevesse, para que registrasse suas experiências.

No começo ele era tímido quanto a isso, envergonhado. Então, quase sub-repticiamente, começou a escrever, escondendo as páginas quando ela entrava na sala, usando um toco de lápis, escrevendo como se fosse uma confissão criminosa. Ela leu por acidente o que ele havia escrito. Ele estava desesperadamente necessitado de dinheiro. Havia penhorado sua máquina de escrever, o casaco de inverno e o relógio, e não havia mais nada para penhorar.

Ele não podia permitir que Marianne cuidasse dele. Dadas as circunstâncias, ela extenuava os olhos datilografando, trabalhava até tarde da noite e nunca ganhava além do necessário para o aluguel e um suprimento muito pequeno de comida. Por isso ele foi ao colecionador para quem Marianne entregava os manuscritos e pôs à venda seu próprio manuscrito, desculpando-se por estar escrito à mão. O colecionador, achando-o difícil de ler, inocentemente deu-o para Marianne datilografar.

Desse modo, Marianne viu-se com o manuscrito do amante em mãos. Ela leu avidamente antes de datilografar, incapaz de controlar a curiosidade, em busca do segredo de sua passividade. O que ela leu foi o seguinte:

"Na maior parte do tempo, a vida sexual é secreta. Todo mundo conspira para que assim seja. Mesmo os melhores amigos não contam um ao outro os detalhes de sua vida sexual. Aqui com Marianne vivo em uma atmosfera estranha. Falamos, lemos e escrevemos sobre a vida sexual.

Lembrei de um incidente que havia esquecido completamente. Aconteceu quando eu tinha uns quinze anos e ainda era sexualmente inocente. Minha família havia arranjado um apartamento em Paris que possuía muitas sacadas e portas que davam para essas sacadas. No verão, eu costumava andar nu pelo meu quarto. Uma vez estava fazendo isso com as portas abertas e percebi que uma mulher estava me observando do outro lado da rua.

Ela estava sentada em sua sacada me observando, completamente à vontade, e algo me levou a fingir que eu não havia reparado nela em absoluto. Temi que ela pudesse ir embora se soubesse que eu estava ciente de sua presença.

E ser observado por ela deu-me o mais extraordinário prazer. Eu andava por lá ou ficava na cama. Ela jamais se mexia. Repetimos essa cena todos os dias durante uma semana, mas no terceiro dia tive uma ereção.

Será que ela podia detectar a ereção do outro lado da rua, será que podia ver? Comecei a me tocar, sentindo o tempo todo o quanto ela estava atenta a cada um de meus gestos. Fui banhado por uma deliciosa excitação. De onde eu estava, podia ver a silhueta exuberante dela. Olhando direto para ela dessa vez, brinquei com meu sexo e finalmente fiquei tão excitado que gozei.

A mulher não deixou de me olhar por um momento sequer. Será que ela faria um sinal? Será que se excitou ao me observar? Deve ter. No dia seguinte, aguardei sua presença ansioso. Ela apareceu na mesma hora, sentou-se na sacada e olhou na minha direção. Daquela distância eu não podia saber se ela estava sorrindo ou não. Deitei em minha cama de novo.

Não tentamos nos encontrar na rua, embora fôssemos vizinhos. Tudo de que me lembro é do prazer obtido com aquilo, que nenhum outro prazer jamais igualou. Fico excitado com a mera recordação daqueles episódios. Marianne me dá o mesmo prazer de algum modo. Gosto do jeito ávido com que ela me olha, me admirando, venerando".

Quando Marianne leu isso, sentiu que jamais superaria a passividade dele. Chorou um pouco, sentindo-se traída como mulher. Contudo, ela o amava. Ele era sensível, gentil, terno. Jamais feriu os sentimentos dela. Não era exatamente protetor, mas era fraternal, atento ao humor dela. Tratava-a como a artista da família, respeitava sua pintura, carregava as telas, queria ser útil.

Marianne era monitora em uma aula de pintura. Ele adorava acompanhá-la até lá de manhã sob o pretexto de carregar suas pinturas. Mas ela logo percebeu que ele tinha outro motivo. Estava apaixonadamente interessado pelos modelos. Não neles pessoalmente, mas na experiência de posar. Ele queria ser modelo.

Marianne revoltou-se com aquilo. Se ele não obtivesse um prazer sexual ao ser olhado ela não teria se importado. Mas sabendo disso, era como se ele fosse se entregar a toda classe. Ela não podia suportar tal pensamento. Brigou com ele.

Mas ele estava obcecado pela ideia e finalmente foi aceito como modelo. Naquele dia, Marianne recusou-se a ir à aula. Ficou em casa e chorou como uma mulher ciumenta que sabe que o amante está com outra mulher.

Marianne se enfureceu. Rasgou os desenhos dele como se quisesse rasgar a imagem dele de seus olhos, a imagem do corpo dourado, liso, perfeito. Mesmo que os estudantes fossem indiferentes aos modelos, ele estava reagindo aos olhos deles, e Marianne não conseguia suportar tal coisa.

O incidente começou a separá-los. Era como se, quanto mais prazer ela lhe desse, mais ele sucumbisse ao vício e o perseguisse incessantemente.

Em breve eles estavam completamente afastados. E Marianne ficou sozinha de novo a datilografar nossas histórias eróticas.

A mulher de véu

CERTA VEZ, GEORGE foi a um bar sueco de que gostava e sentou-se a uma mesa para desfrutar de uma noite ociosa. Reparou que na mesa ao lado estava um casal muito distinto e belo, o homem cortês e vestido elegantemente, a mulher toda de negro, com um véu sobre o rosto radiante e joias cintilantes e coloridas. Ambos sorriram para ele. Não diziam nada um ao outro, como se fossem velhos conhecidos e não houvesse necessidade de falar.

Os três observavam a atividade no bar – casais bebendo juntos, uma mulher bebendo sozinha, um homem em busca de aventura – e pareciam estar pensando nas mesmas coisas.

Finalmente, o homem elegantemente vestido puxou conversa com George, que teve então a chance de observar a mulher em detalhe e considerá-la ainda mais bela. Mas exatamente quando esperava que ela se juntasse à conversa, a mulher disse ao seu acompanhante algumas palavras que George não conseguiu pegar, sorriu e saiu de mansinho. George ficou desconcertado. Foi-se o seu prazer naquela noite. Além do mais, ele tinha somente uns poucos dólares para gastar e não podia convidar o homem para beber com ele e quem sabe descobrir um pouco mais sobre a mulher. Para sua surpresa, foi o homem quem se virou e lhe disse:

– Você aceitaria tomar um drinque comigo?

George aceitou. A conversa foi desde experiências com hotéis no Sul da França até a confissão de George de que estava precisando desesperadamente de dinheiro. A resposta do homem indicou que era extremamente fácil obter dinheiro. Mas não foi adiante para dizer como. Fez George confessar um pouquinho mais.

George tinha uma fraqueza comum a muitos homens: quando estava com um humor comunicativo, adorava relatar suas façanhas. E o fazia em linguagem fascinante. Insinuou que, mal botava o pé na rua, alguma aventura aparecia do nada, que ele jamais enfrentava a falta de uma noite ou de uma mulher interessante.

Seu acompanhante sorria e escutava.

Quando George acabou de falar, o homem disse:

– Foi isso que imaginei no momento em que o vi. Você é o sujeito que estou procurando. Estou enfrentando um problema extremamente delicado. Algo absolutamente singular. Não sei se você já lidou muito com mulheres difíceis, neuróticas. Não? Posso ver pelas suas histórias. Bem, eu sim. Talvez eu as atraia. Nesse momento, estou na mais intrincada das situações. Nem sei como sair dela. Preciso de sua ajuda. Você diz que precisa de dinheiro. Bem, posso sugerir um modo bastante agradável de ganhar algum. Ouça com atenção. Existe uma mulher rica e absolutamente linda – de fato, perfeita. Ela poderia ser amada com devoção por quem quer que lhe agradasse, poderia casar com quem quer que lhe agradasse. Mas por um perverso infortúnio de sua natureza ela só gosta do desconhecido.

– Mas todo mundo gosta do desconhecido – disse George, pensando imediatamente em viagens, encontros inesperados, situações insólitas.

– Não, não do jeito que ela gosta. Ela se interessa apenas por homens que nunca tenha visto antes e que jamais verá de novo. E por um homem desses ela é capaz de fazer qualquer coisa.

George estava ardendo de curiosidade para perguntar se a mulher era aquela que estivera sentada à mesa com eles. Mas não se atreveu. O homem parecia bastante infeliz por ter que contar aquela história – de fato, parecia forçado a contar. Ele prosseguiu:

– Tenho que zelar pela felicidade dessa mulher. Eu faria qualquer coisa por ela. Devotei minha vida a satisfazer seus caprichos.

– Compreendo – disse George. – Eu poderia me sentir do mesmo modo em relação a ela.

– Então – disse o estranho elegante –, se você quiser vir comigo, talvez possa resolver suas dificuldades financeiras por uma semana, e, de quebra, quem sabe, o seu desejo de aventura.

George exultou de prazer. Saíram juntos do bar. O homem chamou um táxi. No táxi, deu cinquenta dólares para George. A seguir, disse que era obrigado a vendá-lo, que George não devia ver a casa para onde estava indo, nem a rua, uma vez que jamais repetiria a experiência.

Agora George estava em um turbilhão de curiosidade, com visões da mulher que tinha visto no bar a assombrá-lo, vendo a todo instante sua boca fulgurante e seus olhos ardentes por trás do véu. Ele havia gostado especialmente do cabelo dela. Ele gostava de cabelos espessos que pesavam sobre o semblante, um fardo gracioso, perfumado e farto. Era uma de suas paixões.

O percurso não foi muito longo. Ele submeteu-se docilmente ao mistério. A venda foi retirada de seus olhos antes de sair do táxi para não chamar a atenção do taxista e do porteiro, mas o estranho sabiamente contava com o fulgor das luzes da entrada para deixar George completamente cego. Ele não conseguiu ver nada além de luzes brilhantes e espelhos.

George foi conduzido a um dos ambientes mais suntuosos que já tinha visto – todo branco e espelhado, com plantas exóticas, mobília requintada revestida de damasco e um tapete tão fofo que os passos deles não eram ouvidos. Foi levado de uma sala a outra, cada uma de uma tonalidade diferente, todas espelhadas, de modo que perdeu toda a noção de perspectiva. Finalmente chegaram à última. Ele ficou boquiaberto.

Estava em um quarto com uma cama de dossel armada sobre um estrado. Havia peles no chão, cortinas brancas vaporosas nas janelas e espelhos, muitos espelhos. Ele ficou contente por poder produzir aquelas repetições de si mesmo, infinitas reproduções de um homem bonito, a quem o mistério da situação conferira uma luminescência de expectativa e vivacidade que ele jamais provara. Qual podia ser o significado daquilo? Ele não teve tempo de se perguntar.

A mulher que estivera no bar entrou no quarto, e assim que ela entrou, o homem que o trouxera ao local desapareceu.

Ela havia trocado de vestido. Estava usando um espetacular longo de cetim que deixava os ombros nus e era mantido no lugar por um franzido. George teve a sensação de que o vestido cairia com um só gesto, desprenderia-se dela como um estojo cintilante e por baixo apareceria a pele reluzente, que resplandecia como cetim e era igualmente suave ao toque.

Ele teve que se segurar. Ainda não conseguia acreditar que aquela mulher linda estava se oferecendo a ele, um completo estranho.

Sentiu-se acanhado também. O que ela esperava dele? O que buscava? Teria ela um desejo insatisfeito?

Ele tinha apenas uma noite para dar a ela todos seus dotes de amante. Jamais a veria de novo. Será que ele poderia encontrar o segredo de sua natureza e possuí-la mais de uma vez? Ficou imaginando quantos homens haviam estado naquele quarto.

Ela era extraordinariamente adorável, com algo de cetim e veludo em si. Os olhos eram negros e úmidos, a boca fulgurava, a pele refletia a luz. O corpo era perfeitamente proporcionado. Tinha as linhas angulosas de uma mulher esguia somadas a uma fartura provocante.

A cintura era muito fina, o que dava aos seios uma proeminência ainda maior. As costas eram como as de uma dançarina, e cada meneio realçava a opulência dos quadris. Ela sorriu para ele. A boca macia e farta estava entreaberta. George aproximou-se dela e pousou os lábios sobre os ombros nus. Nada poderia ser mais macio do que a pele dela. Que tentação de afastar o frágil vestido dos ombros e expor os seios que esticavam o cetim. Que tentação de despi-la imediatamente.

Mas George sentiu que aquela mulher não podia ser tratada tão sumariamente, que ela requeria sutileza e sagacidade. Ele jamais havia dispensado tamanho pensamento e talento artístico a cada um de seus movimentos. Parecia determinado a transformar aquilo em um longo cerco e, como ela não mostrava nenhum sinal de pressa, ele demorou-se nos ombros nus, inalando o aroma tênue e maravilhoso que emanava do corpo dela.

Ele poderia tê-la tomado naquele exato instante, tão potente era o encanto que ela lançava, mas primeiro ele queria que ela desse um sinal, queria que ficasse alvoroçada, e não macia e maleável como cera nos dedos dele.

Ela parecia espantosamente fria; obediente, mas sem sentimentos. Nenhum arrepio em sua pele, e, embora a boca estivesse aberta para o beijo, não correspondia.

Ficaram parados perto da cama sem falar. Ele passou as mãos pelas curvas de cetim do corpo dela, como que para se familiarizar com ele. Ela ficou impassível. Ele deslizou lentamente até ficar de joelhos enquanto beijava e acariciava o corpo dela. Seus dedos sentiram que ela estava nua sob o vestido. Ele levou-a para a beira da cama, e ela se sentou. Ele tirou os chinelos dela. Segurou os pés em suas mãos.

Ela sorriu para ele, gentil e convidativamente. Ele beijou-lhe os pés, e suas mãos correram por baixo das dobras do vestido longo, sentindo as pernas lisas até as coxas.

Ela entregou os pés às mãos dele, manteve-os pressionados contra o peito de George, enquanto as mãos dele corriam por suas pernas de alto a baixo sob o vestido. Se a pele dela era tão macia ao longo das pernas, como seria então perto do sexo, onde é sempre mais macia? As coxas dela estavam unidas, de modo que ele não pôde continuar a explorar. Ele se ergueu e inclinou-se sobre ela, beijando-a até uma posição reclinada. Quando ela se recostou, as pernas abriram-se levemente.

Ele passou as mãos por todo o corpo da mulher, como que para atiçar cada pequena parte, afagando-a novamente dos ombros aos pés antes de tentar esgueirar a mão por entre as pernas dela, agora mais abertas, de forma que ele quase conseguia alcançar o sexo.

Com os beijos, o cabelo dela se desalinhara, e o vestido havia caído dos ombros e descobrira os seios parcialmente. Ele afastou-o por completo com a boca, revelando os seios que estivera esperando para ver, tentadores, rijos e com a mais delicada das peles, com mamilos rosados como os de uma garotinha.

A frouxidão dela quase o fez desejar machucá-la para inflamá-la de algum modo. As carícias inflamavam George, mas não ela. Seu sexo era frio e macio ao toque de seus dedos, obediente, mas sem vibrações.

George começou a pensar que o mistério da mulher residia em não ser capaz de ser inflamada. Mas não era possível. Seu corpo prometia tanta sensualidade... A pele era tão sensível, a boca tão farta. Era impossível que ela não sentisse. Então ele a acariciou contínua, enlevadamente, como se não tivesse a menor pressa, esperando que a chama se acendesse nela.

Havia espelhos por toda a volta, repetindo a imagem da mulher ali deitada, o vestido caído dos ombros, os lindos pés nus pendendo da cama, as pernas levemente abertas por baixo do vestido.

Ele tinha que arrancar o vestido por inteiro, deitar na cama com ela, sentir todo o corpo da mulher contra o seu. Começou a baixar o vestido, e ela o ajudou. Seu corpo emergiu como Vênus saindo do mar. Ele ergueu-a para acomodá-la totalmente na cama, e sua boca não deixou de beijar cada parte do corpo dela em nenhum instante.

Então uma coisa estranha aconteceu. Quando ele se inclinou para deleitar os olhos com a beleza do sexo dela, o tecido rosado, ela estremeceu, e George quase gritou de júbilo.

Ela murmurou:

– Tire a roupa.

Ele se despiu. George tinha noção de seu poder nu. Ele ficava mais à vontade nu do que vestido porque havia sido um atleta, nadador, caminhante, montanhista. E então sabia que poderia agradá-la.

A mulher olhou para ele.

Estaria satisfeita? Quando ele se inclinou por cima dela, ela correspondeu mais? George não saberia dizer. Àquela altura, ele a desejava tanto que mal podia esperar para tocá-la com a ponta de seu sexo, mas ela o deteve. Queria beijá-lo a afagá-lo. Pôs-se a fazer isso com tamanha avidez que George viu-se com todo o traseiro dela perto do rosto, em condições de beijá-lo e acariciá-lo à vontade.

Naquele momento, ele foi tomado pelo desejo de explorar e tocar cada recanto do corpo da mulher. Separou a abertura do sexo com dois dedos, deleitou os olhos com a pele cintilante, o delicado fluxo de mel, o pelo enroscando-se em volta de seus dedos. A boca de George ficou cada vez mais ávida, como se houvesse se transformado em um órgão sexual, capaz de um desfrute tal que, se continuasse afagando a carne dela com a língua, ele atingiria algum prazer absolutamente desconhecido. Ao abocanhar a carne dela com tal sensação deliciosa, sentiu outra vez um tremor de prazer na mulher. Então forçou-a a se afastar do sexo dele, por medo de que a mulher experimentasse todo o prazer apenas beijando-o, e que ele fosse privado de sentir-se dentro do ventre dela. Era como se ambos houvessem ficado vorazmente famintos pelo gosto de carne. E então as duas bocas fundiram-se uma na outra, em busca das línguas serpenteantes.

O sangue dela agora fervia. Pela lentidão, ele, enfim, parecia ter conseguido. Os olhos dela reluziam, radiantes, a boca não conseguia se afastar do corpo dele. E finalmente ele a possuiu, quando ela se ofereceu, abrindo a vulva com seus dedos adoráveis, como se não pudesse esperar mais. Mesmo então eles suspenderam o prazer e ela o sentiu sossegadamente, contida.

Então, ela apontou para o espelho e disse rindo:

– Olhe, parece que não estamos fazendo amor, é como se eu estivesse apenas sentada no seu colo, e você, seu safado, está com ele dentro de mim todo esse tempo, e está até tremendo. Ah, não posso mais fingir que não tenho nada por dentro. Isso está me fazendo arder. Mexa agora, mexa!

Ela atirou-se por cima dele para poder girar em torno do pênis ereto, obtendo com essa dança erótica um prazer que a fez gritar. Ao mesmo tempo, um lampejo chamejante de êxtase varou o corpo de George.

Apesar da intensidade do encontro sexual, ela não perguntou o nome dele quando George partiu, nem lhe pediu que voltasse. Deu-lhe um beijinho nos lábios quase doloridos e o mandou embora. Durante meses a memória daquela noite o assombrou, e ele não conseguiu repetir a experiência com mulher alguma.

Um dia, encontrou um amigo que acabara de ser regiamente pago por alguns artigos e que o convidou para uns drinques. Ele contou a George a espetacular história de uma cena que testemunhara. Ele estava gastando dinheiro a rodo em um bar quando um homem muito distinto aproximou-se e sugeriu um agradável passatempo – observar uma magnífica cena de amor. Como o amigo de George era um *voyeur* inveterado, a sugestão foi prontamente aceita. Ele foi levado a uma casa misteriosa, para dentro de um suntuoso apartamento, e escondido em uma sala escura, onde viu uma ninfomaníaca fazer amor com um homem especialmente bem dotado e potente.

O coração de George parou.

– Descreva-a – disse ele.

O amigo descreveu a mulher com quem George fizera amor, até mesmo o vestido de cetim. Também descreveu a cama de dossel, os espelhos, tudo. O amigo de George havia pago cem dólares pelo espetáculo, mas tinha valido a pena, pois durara horas.

Pobre George. Durante meses ficou desconfiado das mulheres. Não podia crer em tamanha perfídia e tamanha encenação. Ficou obcecado com a ideia de que todas as mulheres que o convidavam para seus apartamentos estavam escondendo algum espectador atrás de uma cortina.

Elena

Enquanto esperava o trem para Montreux, Elena olhou as pessoas à sua volta na plataforma. Cada viagem despertava nela a mesma curiosidade e esperança que se sente antes da cortina se abrir no teatro, a mesma ansiedade e expectativa alvoroçantes.

Ela selecionou vários homens com os quais poderia ter gostado de falar, indagando-se se eles partiriam no trem com ela ou se estavam apenas se despedindo de outros passageiros. Seus anseios eram vagos, poéticos. Se fosse brutalmente questionada sobre o que estava esperando, poderia ter respondido: *"Le merveilleux"*.* Era uma fome que não vinha de nenhuma região específica de seu corpo. Era verdade o que alguém dissera sobre ela depois de Elena ter criticado um escritor que havia conhecido: "Você não consegue vê-lo como ele realmente é, você não consegue ver ninguém como realmente é. Ele sempre vai parecer decepcionante porque você está esperando *alguém*".

Ela estava esperando alguém – cada vez que uma porta se abria, cada vez que ia a uma festa, a qualquer reunião de pessoas, cada vez que entrava em um café, no teatro.

Nenhum dos homens que ela selecionara como companhias desejáveis para a viagem embarcou no trem. Então ela abriu o livro que estava carregando. Era *O amante de Lady Chatterley*.

Mais tarde, Elena não lembraria de nada da viagem, exceto uma sensação de tremendo ardor corporal, como se tivesse bebido uma garrafa inteira do mais seleto Burgundy, e um sentimento de grande fúria pela descoberta de um segredo que lhe pareceu ser criminosamente negado

---
* O maravilhoso, em francês no original. (N.E.).

a todas as pessoas. Primeiro, descobriu que nunca havia experimentado as sensações descritas por Lawrence; segundo, que aquela era a natureza de sua fome. Mas havia outra verdade da qual ela estava agora totalmente ciente. Alguma coisa havia criado nela um estado de defesa permanente contra a simples possibilidade da experiência, um ímpeto de evadir-se de todas as situações de prazer e expansão. Muitas vezes ela havia parado bem no ponto crítico, e então fugido. Ela mesmo era culpada pelo que havia perdido, ignorado.

Era a mulher do livro de Lawrence que jazia submersa, enovelada dentro dela, enfim exposta, sensibilizada, como que preparada para a chegada do *alguém* atrás de uma profusão de carícias

Uma nova mulher emergiu no trem em Caux. Aquele não era o local onde ela gostaria de ter começado a jornada. Caux ficava no topo de uma montanha, isolada, debruçando-se sobre o lago Genebra. Era primavera, a neve estava derretendo, e, à medida que o trenzinho resfolegava montanha acima, Elena irritava-se com a lentidão dele, com os gestos lentos dos suíços, os movimentos lentos dos animais, a paisagem estática e pesada, enquanto seu ânimo e seus sentimentos precipitavam-se como torrentes renascidas. Ela não planejava ficar muito tempo. Iria descansar até seu novo livro estar pronto para ser publicado.

Caminhou da estação até um chalé que parecia uma casa de conto de fadas, e a mulher que abriu a porta parecia uma bruxa. Ela cravou os olhos negros como carvão em Elena, e então disse-lhe para entrar. Pareceu a Elena que toda a casa fora construída para a mulher, com portas e mobília menores que o usual. Não era ilusão, pois a mulher virou-se para ela e disse:

– Serrei as pernas de minhas mesas e cadeiras. Gosta da minha casa? Eu a chamo de Casutza, "casinha" em romeno.

Elena tropeçou em uma massa de sapatos de neve, jaquetas, chapéus de pele, capas e bengalas perto da entrada. Aquelas coisas haviam transbordado de dentro do armário e sido deixadas ali no chão. Os pratos do café da manhã ainda estavam na mesa.

Os sapatos da bruxa soavam como tamancos de madeira enquanto ela andava pelas escadas. Ela tinha voz de homem e um pequeno sombreado de pelos pretos em torno dos lábios, como o bigode de um adolescente. Sua voz era intensa, grave.

Ela mostrou o quarto de Elena. Ele dava para um terraço, dividido por tabiques de bambu, que se estendia ao longo da parte ensolarada da casa, de frente para o lago. Elena logo estava deitada ao sol, embora tivesse horror de trajes de banho. Eles a deixavam ardente e torridamente consciente de todo o seu corpo. Às vezes ela se acariciava. Fechava os olhos e recordava cenas de *O amante de Lady Chatterley*.

Durante os dias seguintes, deu longas caminhadas. Sempre chegava atrasada para o almoço. Com isso, Madame Kazimir encarava-a raivosamente e não conversava enquanto a servia. Todos os dias vinha gente tratar com Madame Kazimir dos pagamentos da hipoteca da casa. Ameaçavam vendê-la. Era evidente que, se fosse privada da casa, sua concha protetora, seu casco de tartaruga, ela morreria. Ao mesmo tempo, expulsava hóspedes dos quais não gostava e se recusava a receber homens.

Finalmente ela rendeu-se em função de uma família – marido, esposa e uma garotinha – que chegou certa manhã vinda diretamente do trem, cativada pela aparência fantástica da Casutza. Não muito depois estavam sentados na varanda perto de Elena e tomando o café da manhã ao sol.

Um dia, Elena encontrou o homem andando sozinho rumo ao pico da montanha atrás do chalé. Ele caminhava rápido, sorriu para ela ao passar e continuou como se perseguido por inimigos. Ele havia tirado a camisa para receber os raios de sol em cheio. Ela viu o magnífico torso já dourado de um atleta. A cabeça dele era juvenil, vivaz, mas coberta de cabelo acinzentado. Os olhos não eram exatamente humanos. Tinham o olhar fixo, hipnótico, de um domador de animais, algo de autoritário, violento. Elena tinha visto aquela expressão nos gigolôs que ficavam parados nas esquinas do bairro de Montmartre, com seus bonés e lenços de cores berrantes.

A não ser pelos olhos, o homem era aristocrático. Seus movimentos eram juvenis e inocentes. Ele gingava ao andar, como se estivesse um pouco bêbado. Toda a sua força centrou-se no olhar que deu a Elena, e ele então sorriu inocentemente, desenvoltamente, e seguiu adiante. Elena foi detida pelo olhar e quase encolerizou-se pela audácia. Mas o sorriso juvenil dissolveu o efeito cáustico dos olhos, deixando-a com sensações que ela não conseguiu elucidar. Ela deu a volta.

Quando chegou à Casutza, ela estava inquieta. Queria partir. O desejo de se evadir já estava entrando em ação. Com isso, ela reconheceu que estava enfrentando um perigo. Pensou em retornar para Paris. No fim, ficou.

Certo dia, o piano que estava enferrujando no andar de baixo começou a jorrar música. As notas levemente desafinadas soavam como os pianos de barzinhos pés-sujos. Elena sorriu. O estranho estava se distraindo. Estava de fato brincando com a natureza do piano, dando-lhe um som completamente alheio à sua decrepitude burguesa, em nada parecido com o que fora tocado nele antes por garotas suíças de tranças compridas.

A casa ficou subitamente alegre, e Elena quis dançar. O piano parou, mas não antes de enredá-la como um fantoche mecânico. Sozinha na varanda, ela girou sobre os pés como um pião. De modo totalmente inesperado, uma voz de homem muito próxima dela disse:

– Afinal existe gente viva nesta casa! – e riu.

Ele estava olhando tranquilamente pelas frestas do bambu, e ela pôde ver o vulto grudado ali como um animal aprisionado.

– Não quer dar uma caminhada? – ele perguntou. – Acho que esse lugar é uma tumba. É a Casa dos Mortos. Madame Kazimir é a Grande Petrificadora. Vai nos transformar em estalactites. Teremos permissão para verter uma lágrima por hora, pendendo do teto de alguma caverna, lágrimas de estalactite.

Assim, Elena e o vizinho puseram-se em marcha. A primeira coisa que ele disse foi:

– Você tem o hábito de dar a volta, começar uma caminhada e dar a volta. Isso é muito mau. É o primeiro dos crimes contra a vida. Acredito na audácia.

– As pessoas expressam audácia de várias maneiras – disse Elena. – Em geral dou a volta, como você disse, e então vou para casa e escrevo um livro que se torna a obsessão dos censores.

– Esse é um uso inadequado das forças naturais – replicou o homem.

– Mas então – disse Elena – uso meu livro como dinamite, coloco-o onde quero que a explosão ocorra, e daí abro meu caminho com ele!

Enquanto ela dizia essas palavras, ocorreu uma explosão em um ponto qualquer da montanha onde estava sendo construída uma estrada, e eles riram da coincidência.

– Então você é escritora – ele disse. – Sou um homem de todos os ofícios: pintor, escritor, músico, vagabundo. A esposa e a filha foram alugadas temporariamente, em nome das aparências. Fui forçado a usar o passaporte de um amigo. Esse amigo foi forçado a me emprestar a esposa e a filha. Sem elas eu não estaria aqui. Tenho o dom de irritar a polícia francesa. Não assassinei minha zeladora, embora devesse. Ela me provocou bastante várias vezes.

Como outros revolucionários da boca pra fora, simplesmente exaltei a revolução em voz alta demais por muitas noites no mesmo café, e um policial à paisana era um de meus mais fervorosos seguidores – seguidor, de fato! Meus melhores discursos são feitos sempre quando estou bêbado. Você jamais esteve lá – prosseguiu o homem –, você nunca vai a cafés. A mulher mais obsedante é aquela que não pode ser encontrada no café lotado quando estamos procurando por ela, a que deve ser caçada e buscada através dos disfarces de suas histórias.

Sorridentes, os olhos dele permaneceram em cima dela durante todo o tempo em que conversaram. Estavam fixos nela, com perfeito conhecimento dos subterfúgios e simulações de Elena, e agiam como um catalisador sobre ela, enraizando-a no lugar onde estava, com o vento levantando sua saia como a de uma bailarina, enfunando seu cabelo como se ela fosse zarpar a todo pano. Ele estava ciente da sua habilidade de se tornar invisível. Mas a força dele era maior, e podia mantê-la enraizada ali pelo tempo que desejasse. Só quando ele virava a cabeça para outro lado ela ficava novamente livre. Mas não estava livre para escapar dele.

Depois de três horas de caminhada, deitaram-se em uma cama de folhas de pinheiro com vista para um chalé. Uma pianola tocava. Ele sorriu para ela e disse:

– Seria um lugar maravilhoso para passar o dia e a noite. Você gostaria?

Deixou-a fumar em silêncio, deitada sobre as folhas de pinheiro. Ela não respondeu. Sorriu.

Depois andaram até o chalé e ele pediu uma refeição e um quarto. A refeição deveria ser levada para o quarto. Ele deu as ordens suavemente, sem deixar dúvidas quanto aos seus desejos. Sua firmeza nos pequenos gestos deu a Elena a sensação de que ele igualmente varreria para longe todos os obstáculos aos seus desejos maiores.

Ela não ficou tentada a fazer o que sempre fazia, a esquivar-se dele. Um sentimento de exaltação estava surgindo nela, de alcançar aquele pináculo de emoção que a precipitaria para fora de si mesma para sempre, que a entregaria a um estranho. Ela nem mesmo sabia o nome dele, nem ele o dela. A nudez dos olhos dele em cima dela era como uma penetração. Ao subir as escadas, ela estava tremendo.

Quando se encontraram a sós no quarto com a imensa cama pesadamente entalhada, ela primeiro deslocou-se para a sacada, e ele a seguiu. Ela sentiu que o gesto que ele faria seria possessivo, do qual não poderia se esquivar. Esperou. O que aconteceu ela não esperava.

Não foi ela que hesitou, mas aquele homem cuja autoridade levara-a até ali. Ele parou defronte a Elena subitamente frouxo, desajeitado, os olhos inquietos. Com um sorriso de desarmar, disse:

– Você deve saber, claro, que é a primeira mulher real que já conheci, uma mulher que eu poderia amar. Forcei você até aqui. Quero ter certeza de que você quer estar aqui. Eu...

Ante esse reconhecimento de timidez, ela foi imensamente tocada pela ternura, uma ternura que nunca experimentara antes. A força dele estava se curvando perante ela, hesitando antes da efetivação do sonho que havia crescido entre eles. A ternura engolfou-a. Foi ela quem se deslocou até ele e ofereceu sua boca.

Então ele a beijou, com as duas mãos sobre os seus seios. Ela sentiu seus dentes. Ele beijou o pescoço onde as veias palpitavam, e a garganta, com as mãos em volta do pescoço como se fosse separar a cabeça dela do resto do corpo. Ela foi dominada pelo desejo de ser inteiramente possuída. Enquanto a beijava, ele a despiu. As roupas caíram em volta dela, e eles ainda estavam juntos de pé se beijando. Então, sem olhar para ela, ele a carregou para a cama, com a boca ainda em seu rosto, garganta e cabelos.

As carícias dele tinham uma estranha qualidade, às vezes eram suaves e ternas, outras vezes ferozes, como as carícias que ela previra quando os olhos dele fixaram-se nela, as carícias de um animal selvagem. Havia um quê de animalesco nas mãos, que ele mantinha espalhadas por todas as partes do corpo dela, e que pegavam seu sexo e os pelos como se quisessem arrancá-los do corpo, como se agarrassem terra e grama juntas.

Quando fechava os olhos, Elena sentia que ele tinha muitas mãos que a tocavam por tudo, e muitas bocas, que passavam muito rapidamente sobre ela, e os dentes, afiados como os de um lobo, enterravam-se nas partes mais carnudas. Agora nu, ele estava estirado por cima dela em todo o comprimento. Ela desfrutou o peso dele por cima de si, desfrutou ser esmagada sob o corpo dele. Queria que ele ficasse grudado nela da boca aos pés. Arrepios percorriam seu corpo. Ele sussurrava de vez em quando, disse-lhe para erguer as pernas como ela nunca havia feito, até os joelhos tocarem o queixo; sussurrou para que ela se virasse, e esparramou as mãos por seu traseiro. Descansou dentro dela, deitou-se de costas e esperou.

Ela então se afastou, ergueu-se parcialmente, o cabelo desgrenhado e os olhos entorpecidos, e viu-o deitado de costas através de uma certa névoa. Escorregou cama abaixo até a boca alcançar o pênis. Começou a beijar em volta. O pênis sacudia levemente a cada beijo. Ele ficou olhando para ela. Sua mão estava sobre a cabeça dela e a empurrou para baixo, para que a boca dela caísse sobre o pênis. A mão permaneceu sobre Elena enquanto ela moveu-se para cima e para baixo e depois tombou, tombou com um suspiro de prazer insuportável, tombou sobre a barriga dele e ali permaneceu, de olhos fechados, saboreando o deleite.

Ela não conseguia olhar para ele enquanto ele a olhava. Os olhos de Elena ficavam embaçados pela violência de seus sentimentos. Quando olhou para ele, foi magneticamente compelida a tocar sua carne outra vez, com a boca ou as mãos, ou com todo o corpo. Roçou todo o corpo contra o dele, com luxúria animal, desfrutando a fricção. Então deitou-se de lado e ali ficou, tocando a boca dele como se a estivesse modelando ininterruptamente, como um cego que quer descobrir o formato da boca, dos olhos, do nariz, para verificar o formato dele, o toque de sua pele, o comprimento e a textura do cabelo, o corte do cabelo atrás das orelhas. Seus dedos eram delicados ao fazer isso, mas de repente tornavam-se frenéticos, apertavam a carne profundamente e o machucavam, como que para certificar-se violentamente da realidade daquele homem.

Essas eram as sensações externas dos corpos descobrindo um ao outro. De tanto se tocar, ficaram entorpecidos. Os gestos ficaram lentos e vagos. As mãos ficaram pesadas. A boca dele jamais fechava.

Como o mel fluía dela... Ele molhou os dedos demoradamente, depois o sexo, então moveu-a de modo que ela ficou por cima, com as pernas atiradas por cima das pernas dele, e, enquanto ele a possuía, podia ver o pênis entrando nela, e ela também podia ver. Viram seus corpos ondular juntos em busca do clímax. Ele estava esperando por ela, observando seus movimentos.

Como ela não acelerou os movimentos, ele mudou de posição, fazendo-a deitar de costas. Agachou-se por cima, de modo que podia possuí-la com mais força, tocando o fundo do ventre, tocando as paredes de carne sem parar, e ela então experimentou a sensação de que dentro do ventre algumas novas células despertavam, novos dedos, novas bocas, que respondiam à entrada dele e juntavam-se ao movimento rítmico, de que aquela sucção estava se tornando gradualmente mais e mais prazerosa, como se a fricção houvesse estimulado novas camadas de desfrute. Ela se mexeu mais rápido para provocar o clímax, e, ao ver isso, ele apressou os movimentos dentro dela e incitou-a a gozar com ele, com palavras, com as mãos a acariciá-la e, finalmente, com a boca grudada na dela, de modo que as línguas moviam-se no mesmo ritmo do ventre e do pênis, e o clímax foi se espalhando entre a boca e o sexo dela em contracorrentes de prazer crescente até ela gritar, metade soluço e metade riso, pela inundação de deleite por seu corpo.

Quando Elena retornou à Casutza, Madame Kazimir recusou-se a falar com ela. Carregou sua condenação de um lado para o outro de forma silenciosa, mas tão intensa que podia ser sentida por toda a casa.

Elena adiou o retorno a Paris. Pierre não podia retornar. Eles se encontravam todos os dias, ficando às vezes a noite inteira fora da Casutza. O sonho prosseguiu ininterrupto por dez dias, até uma mulher vir despertá-los. Foi numa noite em que Elena e Pierre estavam fora. A esposa dele a recebeu. Elas se trancaram juntas. Madame Kazimir tentou escutar o que diziam, mas elas flagraram sua cabeça em uma das janelinhas.

A mulher era russa. Invulgarmente bonita, com olhos violeta e cabelos negros, feições com um ar egípcio. Não falava muito. Parecia imensamente perturbada. Quando Pierre chegou na manhã seguinte, encontrou-a lá. Evidentemente, ficou bastante surpreso. Elena sentiu um choque de ansiedade inexplicável. Temeu a mulher imediatamente. Sentiu seu amor em perigo. Contudo, quando Pierre encontrou-a horas mais tarde, explicou tudo com base em seu trabalho. A mulher fora enviada com ordens. Ele tinha que ir adiante. Havia recebido trabalho para fazer em Genebra. Ele fora salvo das complicações em Paris mediante um acordo de que a partir de então teria que obedecer ordens. Ele não disse a Elena: "Venha comigo para Genebra". Ela esperou pelas palavras dele.

– Quanto tempo ficará ausente?
– Não sei.

– Você está indo com...? – Ela não conseguiu sequer repetir o nome da mulher.

– Sim, ela está no comando.

– Se não vou mais vê-lo, Pierre, diga-me ao menos a verdade.

Mas nem a forma de se expressar nem as palavras pareciam vir do homem que ela conhecia intimamente. Ele parecia estar dizendo o que fora mandado dizer, nada mais. Havia perdido toda a autoridade pessoal. Estava falando como se mais alguém estivesse ouvindo. Elena ficou em silêncio. Então Pierre aproximou-se e sussurrou:

– Não estou apaixonado por mulher alguma. Nunca estive. Sou apaixonado pelo meu trabalho. Com você eu estava em grande perigo. Visto que podíamos andar juntos, que estávamos tão próximos um do outro de tantas maneiras, fiquei tempo demais com você. Esqueci do meu trabalho.

Elena repetiria essas palavras para si mesma muitas e muitas vezes. Lembrava do rosto dele enquanto falava, os olhos não mais fixos nela em concentração obsessiva, mas os olhos de um homem que obedecia ordens, não as leis do desejo e do amor.

Pierre, que fizera mais do que qualquer ser humano para arrancá-la das cavernas de sua vida secreta e reclusa, agora atirava-a em recessos mais profundos de medo e dúvida. A queda foi a maior que ela já experimentara, porque Elena se aventurara muito longe na emoção e se entregara a isso.

Ela jamais questionou as palavras de Pierre nem cogitou segui-lo. Deixou a Casutza depois dele. No trem, recordou o rosto dele como era antes, tão franco, dominador e, ainda assim, também vulnerável e submisso de alguma maneira.

O aspecto mais aterrorizante de seus sentimentos era que Elena não era capaz de se retrair como antes, fechar-se para o mundo, ficar surda, daltônica e atirar-se em alguma fantasia prolongada, como havia feito quando garota para suplantar a realidade. Estava obcecada com preocupações quanto à sua segurança, ansiosa a respeito da vida perigosa que levava; percebeu que Pierre não penetrara apenas seu corpo, mas também seu próprio ser. Sempre que pensava na pele dele, no cabelo que o sol tingira de um belo dourado, nos olhos verdes resolutos, oscilantes apenas no momento em que se curvou sobre ela para tomar sua boca entre os lábios fortes, sua carne vibrava, ainda reagia à imagem, e ela se torturava.

Depois de horas de uma dor tão vívida e forte que pensou que fosse despedaçá-la completamente, Elena caiu em um estranho estado de letargia, um semissono. Foi como se algo dentro dela houvesse se partido. Deixou de sentir dor ou prazer. Ficou entorpecida. A viagem inteira tornou-se irreal. Seu corpo estava morto de novo.

Depois de oito anos de separação, Miguel voltou a Paris. Miguel voltou, mas não trouxe nenhuma alegria ou alívio a Elena, pois ele mesmo era o próprio símbolo de sua primeira derrota. Miguel foi seu primeiro amor.

Quando ela o conheceu, eram apenas crianças, dois primos perdidos em um enorme jantar de família com muitos primos, tios e tias. Miguel fora magneticamente atraído por Elena, seguindo-a como uma sombra, escutando cada palavra dela, palavras que ninguém conseguia ouvir, pois a voz dela era muito baixa e diáfana.

Daquele dia em diante, Miguel escreveu cartas para ela, veio vê-la de vez em quando durante as férias escolares – uma ligação romântica, na qual um usava o outro como personificação da lenda, história ou romance que haviam lido. Elena era a heroína, Miguel era o herói.

Quando se encontravam, eram envoltos por tamanha irrealidade que não conseguiam se tocar. Nem mesmo davam-se as mãos. Ficavam exaltados na presença um do outro, planavam juntos nas alturas, eram movidos pelas mesmas sensações. Ela foi a primeira a experimentar uma sensação mais profunda.

Foram a um baile juntos, alheios à beleza deles. Outras pessoas estavam lá. Elena viu todas as outras jovens fitarem Miguel e tentarem atrair a atenção dele.

Aí ela o viu objetivamente, fora daquela cálida devoção na qual o envolvera. Ele estava a poucos metros, um jovem muito alto e garboso, de movimentos leves, graciosos e fortes, músculos e nervos como os de um leopardo, com um andar deslizante, mas pronto para dar o bote. Os olhos eram verde-folha, fluidos. A pele era luminosa, um misterioso brilho de sol reluzia através dela, como a de algum animal marinho fosforescente. A boca era farta, com um ar de fome sensual e os dentes perfeitos de um animal predador.

E pela primeira vez ele a viu fora da lenda em que a envolvera, viu-a ser perseguida por todos os homens, o corpo jamais estático, mantido sempre em movimento, leve sobre os pés, flexível, quase evanescente, tantalizante. A qualidade que levava todos a caçarem-na era algo de violentamente sensual, vivo, natural; a boca carnuda era ainda mais vívida por causa do corpo delicado que se movia com a fragilidade do tule.

Aquela boca, emoldurada em um rosto do outro mundo, da qual saía uma voz que tocava diretamente na alma, fascinava Miguel de tal forma que este não deixava outros rapazes dançarem com ela. Ao mesmo tempo, nenhuma parte do corpo dele a tocava, exceto quando dançavam. Os olhos de Elena arrastavam-no para dentro dela, e para dentro de mundos onde ele ficava entorpecido como uma pessoa drogada.

Mas Elena, ao dançar com ele, tornou-se consciente do corpo, como se de repente este tivesse se transformado em carne – carne ardente, na qual cada passo da dança lançava uma chama. Ela desejou tombar na direção da boca dele, entregar-se à misteriosa embriaguez.

A embriaguez de Miguel era de outro tipo. Ele se comportava como se estivesse seduzido por uma criatura irreal, uma fantasia. Seu corpo estava morto para o dela. Quanto mais se aproximava dela, mais forte sentia o tabu a cercá-la, e ficava imobilizado, como se estivesse defronte a uma imagem sacra. Tão logo entrava na presença de Elena, sucumbia a uma espécie de castração.

Enquanto o corpo dela era atiçado pela proximidade, Miguel não conseguiu achar nada para fazer além de dizer seu nome:

– Elena!

Com isso, seus braços, pernas e sexo ficaram tão paralisados que ele parou de dançar. Ao murmurar o nome dela, Miguel tomou consciência da mãe, da mãe como ele a vira quando pequeno, ou seja, uma mulher maior que as outras mulheres, imensa, abundante, com as curvas de sua maternidade transbordando das roupas brancas folgadas, os seios nos quais ele se nutrira e aos quais se manteve agarrado além da idade necessária, até a época em que começou a ficar consciente do grande mistério sombrio da carne.

Por isso, cada vez que via os seios de mulheres grandes, exuberantes, que lembravam sua mãe, ele experimentava o desejo de sugar, mastigar, morder e até machucá-los, de comprimi-los contra o rosto, de se sufocar sob a plenitude arrebatadora, mas não sentia desejo de possuir com penetração sexual.

Quanto a Elena, quando a conheceu ela tinha os seios pequeninos de uma garota de quinze anos, o que despertou um certo desdém em Miguel. Elena não possuía nenhum dos atributos eróticos da mãe dele. Miguel jamais ficou tentado a despi-la. Jamais a imaginou como mulher. Ela era uma imagem, como as imagens de santinhas, imagens de heroínas de livros, como as pinturas de mulheres.

Somente putas possuíam órgãos sexuais. Miguel tinha visto tais mulheres muito cedo, quando os irmãos mais velhos arrastaram-no aos puteiros. Enquanto os irmãos tomavam as mulheres, ele acariciava-lhes os seios. Faminto, enchia a boca com aqueles seios. Mas ficou amedrontado com o que viu entre as pernas delas. Para ele, pareceu uma boca enorme, úmida e faminta. Sentiu que jamais poderia satisfazê-la. Ficou amedrontado com a fenda atrativa, os lábios rígidos sob os dedos que os alisavam, o líquido que surgia como saliva de uma pessoa faminta. Ele imaginou aquela fome da mulher como algo tremendo, voraz, insaciável. Pareceu-lhe que o pênis seria engolido para sempre. As putas que ele teve a oportunidade de ver possuíam sexos grandes, lábios grandes e duros nos sexos, nádegas grandes.

O que restou a Miguel para voltar seus desejos? Garotos, garotos sem aberturas gulosas, garotos com sexos como o dele, que não o amedrontavam, cujos desejos ele podia satisfazer.

Por isso, na mesma noite em que Elena experimentou aquele ferrão de desejo e ardor em seu corpo, Miguel descobriu a solução intermediária, um garoto que o inflamou sem tabus, medos e dúvidas.

Elena, completamente inocente sobre o amor entre garotos, foi para casa e soluçou a noite inteira devido ao distanciamento de Miguel. Ela jamais estivera tão bonita; sentia o amor dele, a devoção. Então por que ele não a tocou? A dança juntou-os, mas ele não ficou entusiasmado. O que isso significava? Que mistério era esse? Por que ele tinha ciúmes quando outros se aproximavam dela? Por que ele observava os outros garotos que estavam tão ansiosos para dançar com ela? Por que não tocou sequer na mão dela?

Contudo, ele a assombrava e era assombrado por ela. A imagem dela predominava sobre todas as mulheres. A poesia dele era para ela, suas criações, suas invenções, sua alma. Somente o ato sexual ocorria longe dela. De quanto sofrimento ela teria se poupado se soubesse, se entendesse. Ela era delicada demais para questioná-lo abertamente, e ele ficava envergonhado demais para se revelar.

E agora Miguel estava ali, seu passado era conhecido de todos – uma longa fila de casos amorosos com garotos, nunca duradouros. Ele estava sempre à caça, sempre insatisfeito – Miguel, com o mesmo encanto, apenas acentuado, fortalecido.

Ela sentiu o distanciamento dele outra vez, a distância entre eles. Ele não a pegou sequer pelo braço reluzente e moreno ao sol de verão parisiense. Ele admirava tudo o que ela vestia, os anéis, os braceletes tilintantes, o vestido, as sandálias, mas sem tocá-la.

Miguel estava sendo analisado por um famoso doutor francês. Cada vez que ele se movia, amava, pegava alguém, parecia que os nós de sua vida apertavam-se mais em volta de seu pescoço. Ele queria liberação, liberação para viver sua anormalidade. Isso ele não tinha. Cada vez que amava um garoto, ele o fazia com uma sensação de crime. O resultado era culpa. E então ele procurava expiá-la com sofrimento.

Agora ele podia falar sobre isso, e abriu toda a sua vida diante de Elena sem sentir vergonha. Isso não lhe provocou dor. Aliviou-a das dúvidas sobre si mesma. Como ele não entendia sua própria natureza, de início havia posto a culpa nela, colocando sobre ela o fardo de sua frigidez em relação às mulheres. Disse que era porque ela era inteligente, e mulheres inteligentes misturavam literatura e poesia com o amor, o que o paralisava; e que ela era positiva, masculina sob certos aspectos, e isso o intimidava. Ela era tão jovem na época que prontamente aceitou isso e passou a crer que mulheres esguias, intelectuais e positivas não conseguiam ser desejadas.

Ele dizia: "– Se você apenas fosse bem passiva, bem obediente, bem, bem inerte, eu poderia desejá-la. Mas sempre sinto um vulcão prestes a explodir em você, um vulcão de paixão, e isso me amedronta". Ou: "– Se você fosse apenas uma puta, e eu pudesse sentir que você não é tão exigente, tão crítica, eu poderia desejá-la. Mas eu sentiria sua cabeça esperta me observando e me desprezando se eu falhasse, se, por exemplo, eu ficasse subitamente impotente".

Pobre Elena, por anos não reparou nos homens que a desejavam. Como Miguel era o único que ela desejava seduzir, parecia-lhe que só Miguel saberia provar do seu poder.

Miguel, em sua necessidade de confiar em alguém além do analista, apresentou Elena ao seu amante, Donald. Tão logo viu Donald, Elena amou-o também, como amaria uma criança, um *enfant terrible*, perverso e astuto.

Ele era lindo. Tinha um corpo egípcio esguio, cabelo desgrenhado como o de uma criança que vive correndo. Certas vezes a suavidade de seus gestos fazia-o parecer pequeno, mas, quando se levantava, afetado, bem-alinhado, empertigado, então parecia alto. Seus olhos estavam em transe, e ele falava continuamente, como um médium.

Elena ficou tão encantada com ele que sutil e misteriosamente começou a apreciar que Miguel fizesse amor com ele – por ela. Donald era como uma mulher, sendo amado por Miguel, que cortejava seu charme juvenil, os cílios tremeluzentes, o nariz pequeno e reto, as orelhas de fauno, as mãos fortes de garoto.

Ela reconheceu em Donald um irmão gêmeo que usava suas palavras, frivolidades, artifícios. Ele era obcecado pelas mesmas palavras e sentimentos que a obcecavam. Falava continuamente sobre o desejo de ser consumido no amor, sobre o desejo de renúncia e de ser protegido por outros. Ela podia ouvir sua própria voz. Será que Miguel tinha conhecimento de que estava fazendo amor com um irmão gêmeo de Elena, com Elena em um corpo de garoto?

Quando Miguel deixava-os na mesa de um café por um instante, Elena e Donald olhavam fixamente um para o outro em reconhecimento. Sem Miguel, Donald não era mais uma mulher. Empertigava o corpo, olhava para ela resolutamente e falava que estava buscando intensidade e tensão, dizendo que Miguel não era o pai de que ele precisava – Miguel era jovem demais. Miguel era apenas outra criança. Miguel queria oferecer um paraíso em algum lugar, uma praia onde poderiam fazer amor livremente, enlaçar-se dia e noite, um paraíso para carícias e para fazer amor; mas ele, Donald, buscava outra coisa. Ele gostava dos infernos do amor, do amor misturado com grandes sofrimentos e grandes obstáculos. Ele queria matar monstros, superar inimigos e lutar como um Dom Quixote.

Ao falar sobre Miguel, transparecia em seu rosto a mesma expressão que as mulheres ostentam quando seduziram um homem, uma expressão de satisfação vaidosa. Uma triunfante e incontrolável celebração interior do próprio poder.

Cada vez que Miguel os deixava por um momento, Donald e Elena ficavam vivamente conscientes do vínculo de identidade entre eles e de uma maliciosa conspiração feminina para encantar, seduzir e vitimar Miguel.

Com um olhar astuto, Donald disse a Elena:
– Conversar é uma forma de intercurso. Você e eu existimos juntos em todos os delirantes países do mundo sexual. Você me arrasta para dentro da maravilha. Seu sorriso mantém um fluxo mesmerizante.

Miguel voltou para junto deles. Por que estava tão agitado? Foi buscar cigarros. Foi buscar outra coisa. Deixou-os. Cada vez que ele voltava, Elena via Donald mudar, tornar-se mulher de novo, tantalizante. Ela via os dois se acariciarem com os olhos e apertarem os joelhos por baixo da mesa. Havia tamanha corrente de amor entre eles que ela era envolvida. Ela via o corpo feminino de

Donald dilatando-se, via o rosto dele abrir-se como uma flor, os olhos sedentos e os lábios úmidos. Era como ser admitida nas câmaras secretas do amor sensual de uma outra pessoa, e ver tanto em Donald quanto em Miguel o que de outro modo ficaria oculto a ela. Era uma estranha transgressão.

Miguel disse:

– Vocês dois são exatamente iguais.

– Mas Donald é mais verdadeiro – disse Elena, pensando em como ele denunciava facilmente o fato de não amar Miguel por inteiro, ao passo que ela teria escondido isso por medo de ferir o outro.

– Porque ele ama menos – disse Miguel. – Ele é um narcisista.

Uma calidez atravessou o tabu entre Donald e Elena, e Miguel e Elena. O amor agora fluía entre os três, compartilhado, transmitido, contagioso, com fios a ligá-los.

Ela podia ver com os olhos de Miguel o corpo lindamente modelado de Donald, a cintura estreita, os ombros quadrados de uma figura egípcia em relevo, os gestos estudados. O rosto dele expressava uma dissolução tão franca que parecia um ato de exibicionismo. Estava tudo revelado a olho nu.

Miguel e Donald passavam as tardes juntos, e então Donald procurava Elena. Com ela, Donald assegurava sua masculinidade e sentia que Elena transmitia para ele o que ela tinha de masculino, a força. Ela sentiu isso e disse:

– Donald, eu lhe dou o masculino de minha alma.

Na presença dela, Donald ficava ereto, firme, puro, sério. Ocorria uma fusão. Então ele virava o perfeito hermafrodita.

Mas Miguel não conseguia ver isso. Continuava a tratá-lo como uma mulher. É verdade que, quando Miguel estava presente, o corpo de Donald amolecia, seus quadris começavam a gingar, o rosto tornava-se o de uma atriz barata, da mulher fatal recebendo flores com um pestanejar de cílios. Ele ficava esvoaçante como um pássaro, com uma boca petulante franzida para beijinhos, puro ornamento e inconstância, uma paródia dos pequenos gestos de susto e promessa feitos pelas mulheres. Por que os homens amavam um semelhante travestido de mulher e não obstante esquivavam-se das mulheres?

E, numa contradição, havia a fúria de macho de Donald por ser tratado como mulher:

– Ele ignora completamente meu lado masculino – reclamava. – Ele me possui por trás, insiste em pôr no meu rabo e me tratar como mulher. Eu o odeio por causa disso. Ele vai me transformar em uma verdadeira bichona. Quero outra coisa. Quero que me salvem de me tornar uma mulher. E Miguel é brutal e masculino comigo. Parece que eu o enfeitiço. Ele me vira de costas à força e me possui como se eu fosse uma puta.

– Essa é primeira vez que você é tratado como mulher?

– Sim, antes eu nunca havia feito nada além de chupar, nada disso; boca e pênis, era só isso: ajoelhar na frente do homem que você ama e colocá-lo na boca.

Ela olhou para a boca de Donald, pequena, de criança, e imaginou como ele conseguia pôr lá dentro. Lembrou de uma noite em que ficou tão enlouquecida com as carícias de Pierre que envolveu seu pênis, bolas e pelos nas duas mãos com uma espécie de gulodice. Quis tê-lo na boca, algo que nunca tinha desejado fazer com ninguém antes, e ele não permitiu porque gostava demais do interior do ventre dela e queria ficar lá para sempre.

E agora ela podia ver muito vividamente um pênis enorme – o pênis louro de Miguel, talvez, entrando na pequena boca de criança de Donald. Seus mamilos enrijeceram com a imagem, e ela desviou os olhos.

– Ele me possui o dia inteiro, na frente de espelhos, no chão do banheiro, enquanto segura a porta com o pé, no tapete. É insaciável e desconsidera o homem em mim.

Se vê meu pênis, que realmente é maior que o dele e mais bonito, realmente é, ele não repara. Me pega por trás, mete em mim como em uma mulher, e deixa meu pênis pendurado. Ele desconsidera minha masculinidade. Não existe complementação entre nós.

— Então, é como o amor entre mulheres — disse Elena. — Não existe complementação, possessão real.

Certa tarde, Miguel pediu a Elena para ir à casa dele. Ao bater na porta, ela ouviu uma correria. Estava prestes a dar a volta quando Miguel veio à porta e disse:

— Entre, entre.

Mas seu rosto estava congestionado, os olhos injetados, o cabelo desgrenhado, e a boca, marcada por beijos.

Elena disse:

— Volto mais tarde.

Miguel respondeu:

— Não, entre, você pode sentar no banheiro um pouquinho. Donald já está de saída.

Ele a queria ali! Podia tê-la mandado embora. Mas conduziu-a por um pequeno corredor até o banheiro adjacente ao quarto, e deixou-a lá sentada, rindo. A porta permaneceu aberta. Ela podia ouvir gemidos e uma respiração ofegante, pesada. Era como se estivessem brigando ali no quarto escuro. A cama rangia ritmadamente, e ela ouviu Donald dizer:

— Você está me machucando.

Mas Miguel estava ofegando, e Donald teve que repetir:

— Você está me machucando.

O gemido continuou, o ranger ritmado da cama acelerou e, a despeito do que Donald lhe dissera, ela ouviu seu gemido de prazer. Então ele disse:

— Você está me sufocando.

A cena no escuro afetou-a de modo estranho. Ela sentiu uma parte de si a compartilhar daquilo como mulher, ela como a mulher dentro do corpo de garoto de Donald, sendo amada por Miguel.

Elena foi tão afetada por aquilo que, para se distrair, abriu a bolsa e tirou uma carta que havia encontrado em sua caixa de correio antes de sair, mas que ainda não havia lido.

Quando a abriu, foi como um raio: "Minha esquiva e linda Elena, estou em Paris de novo, por sua causa. Não pude esquecê-la. Tentei. Ao se dar por inteira, você também me tomou inteira e completamente. Você vai me ver? Você não recuou e se retraiu além de meu alcance para sempre? Eu mereço, mas não faça isso comigo, você estará assassinando um amor profundo, aprofundado pela luta dele contra você. Estou em Paris...".

Elena levantou-se e foi embora correndo do apartamento, batendo a porta ao sair. Quando chegou ao hotel de Pierre, ele estava esperando por ela, ansioso. Não havia luz acesa no quarto dele. Foi como se ele quisesse encontrá-la na escuridão para melhor sentir sua pele, seu corpo, seu sexo.

A separação deixara-os febris. Apesar do encontro selvagem, Elena não conseguiu ter um orgasmo. No fundo havia nela uma reserva de medo, e ela não conseguiu se entregar. O prazer de Pierre veio com tamanha força que ele não conseguiu se segurar para esperá-la. Ele a conhecia tão bem que sentiu a razão para o recuo secreto, a ferida que ele causara, a destruição da confiança de Elena no amor dele.

Ela deitou-se esgotada pelo prazer e pelas carícias, mas sem a realização plena. Pierre curvou-se sobre ela e disse com voz gentil:

– Eu mereço. Você está se escondendo, embora quisesse me ver. Talvez eu a tenha perdido para sempre.

– Não – disse Elena –, espere. Me dê um tempo para acreditar em você de novo.

Antes de Elena deixar Pierre, ele tentou possuí-la outra vez. Novamente deparou com aquele ser secreto, definitivamente fechado, aquela mulher que havia obtido a totalidade em prazer sexual na primeira vez que fora acariciada por ele. Então Pierre baixou a cabeça e sentou-se na beira da cama derrotado, triste.

– Mas você virá amanhã, voltará? O que posso fazer para você acreditar em mim?

Ele estava na França sem documentos, arriscando-se a ser preso. Para maior segurança, Elena escondeu-o no apartamento de um amigo que estava fora. Eles agora se encontravam todos os dias. Ele gostava de se encontrar com ela no escuro, de modo que, antes de poderem ver o rosto um do outro, suas mãos tomavam consciência da presença um do outro. Sentiam o corpo um do outro como cegos, demorando-se nas curvas mais sensíveis, fazendo a mesma trajetória de cada vez; sabendo pelo toque os locais onde a pele era mais suave e macia e onde era mais grossa e exposta ao sol; onde o batimento cardíaco ecoava no pescoço; onde os nervos tremiam quando a mão se aproximava do centro, no meio das pernas.

As mãos dele conheciam o volume dos ombros dela, tão inesperados no corpo esguio, a firmeza dos seios, os pelos febris embaixo dos braços, que ele pediu a ela que não raspasse. A cintura era muito fina, e as mãos dele adoravam aquela curva que se abria mais e mais amplamente da cintura para os quadris. Ele seguia cada curva com adoração, buscando tomar posse do corpo dela com as mãos, imaginando a sua cor.

Ele havia olhado o corpo dela em plena luz uma única vez, em Caux, de manhã, e ficara encantado com a cor. Era um marfim pálido e uniforme, e apenas na região do sexo aquele marfim ficava mais dourado, como arminho antigo. Ele chamava o sexo de Elena de "raposinha", cujo pelo se eriçava quando a mão dele chegava ali.

Os lábios dele seguiam as mãos; o nariz também, enterrado nos odores do corpo dela, buscando o esquecimento, buscando a droga que emanava do corpo dela.

Elena tinha uma pintinha escondida nas dobras da carne recôndita no meio das pernas. Ele fingia procurá-la quando os dedos corriam pernas acima por trás da cauda da raposa, fingia querer tocar a pintinha e não a vulva; e, enquanto acariciava a pinta, tocava a vulva apenas acidentalmente, bem de leve, leve o bastante para apenas sentir a rápida contração de prazer – como o farfalhar de uma planta – que seus dedos produziam; as folhas daquela planta sensível se fechando, dobrando-se de excitação, envolvendo seu prazer secreto, cuja vibração ele sentia.

Beijava a pinta e não a vulva, enquanto sentia como ela regia aos beijos dados a uma pequena distância, viajava pela pele, da pinta à extremidade da vulva, que se abria e fechava à medida que a boca se aproximava. Ele enterrava a cabeça ali, drogado pelo aroma de sândalo, pelo aroma de conchas do mar; devido à carícia dos pelos púbicos, da cauda da raposa, um fio soltava-se dentro da boca dele, outro fio se soltava entre as roupas de cama, onde ele o encontrava depois, reluzente, elétrico. Com frequência os pelos púbicos deles se misturavam. Posteriormente, no banho, Elena encontrava fios de Pierre enroscados entre os dela; o pelo dele mais comprido, mais grosso e resistente.

Elena deixava a boca e as mãos encontrarem todos os tipos de refúgios secretos e esconderijos, e descansarem ali, caindo num sonho de carícias envolventes, baixando a cabeça sobre a dele quando Pierre colocava a boca sobre sua garganta, beijando as palavras que ela não conseguia murmurar. Ele parecia adivinhar onde ela queria que o próximo beijo fosse depositado, que parte do corpo dela necessitava ser aquecida. Os olhos dela recaíam sobre os próprios pés, e então os beijos dele iam para lá, ou embaixo do braço dela, ou na concavidade das costas, ou onde a barriga desemboca no vale onde os pelos púbicos começam, pequenos, finos e esparsos.

Pierre esticava o braço como um gato para ser afagado. Às vezes jogava a cabeça para trás, fechava os olhos e deixava Elena cobri-lo com beijos esvoaçantes que eram apenas uma promessa dos mais violentos que estavam por vir. Quando ele não aguentava mais os toques leves como seda, abria os olhos e oferecia a boca como um fruto maduro a ser mordido, e ela caía faminta sobre aquela boca, como se fosse extrair dali a própria fonte da vida.

Quando o desejo havia permeado cada pequeno poro e pelo do corpo, eles então se entregavam a carícias violentas. Às vezes ela podia ouvir os próprios ossos estalando ao erguer as pernas acima dos ombros, podia ouvir a sucção dos beijos, o som de gotas de chuva dos lábios e línguas, a umidade espalhando-se no calor da boca como se estivessem comendo uma fruta que se desmanchava e dissolvia. Ele podia ouvir o estranho som cantarolante e abafado dela, como o de algum pássaro exótico em êxtase; e ela, a respiração dele, que se tornava mais forte à medida que seu sangue ficava mais denso, encorpado.

Quando a febre dele subia, sua respiração era como a de um touro legendário galopando furiosamente para desferir uma chifrada delirante, uma chifrada sem dor, um chifrada que quase a erguia fisicamente da cama, erguia seu sexo no ar como se fosse transpassar o corpo dela e dilacerá-lo, soltando-a somente quando houvesse o ferimento, um ferimento de êxtase e prazer que rasgava o corpo dela como um raio, deixando-a tombar novamente, gemendo, vítima de deleite excessivo, um deleite que era como uma pequena morte, uma pequena morte deslumbrante que nenhuma droga ou álcool podiam proporcionar, que nenhuma outra coisa podia proporcionar além de dois corpos apaixonados um pelo outro, apaixonados no mais profundo de si, com cada átomo, célula, nervo e pensamento.

Pierre estava sentado na beira da cama; havia colocado as calças e estava ajustando a fivela do cinto. Elena havia colocado o vestido, mas ainda estava enroscada em volta dele. Então ele mostrou-lhe o cinto. Ela sentou-se para olhar. Aquele havia sido um cinto de couro pesado e resistente com uma fivela de prata, mas agora estava tão completamente gasto que parecia a ponto de se despedaçar. A ponta estava puída. Os lugares onde a fivela se ajustava estavam quase tão finos quanto um pedaço de tecido.

– Meu cinto está se acabando – disse Pierre –, e isso me entristece, pois eu o tenho há dez anos. – Estudou-o contemplativo.

Ao olhar para ele sentado ali, com o cinto ainda não ajustado, ela recordou vivamente o momento antes de Pierre abri-lo para baixar as calças. Ele nunca abria o cinto antes que uma carícia, um enlace apertado do corpo de um contra o outro tivesse despertado seu desejo de forma que o pênis confinado o machucava.

Havia sempre aquele instante de suspense antes de ele abrir as calças e tirar o pênis para ela tocar. Às vezes ele a deixava tirá-lo. Se ela não conseguia desabotoar a cueca rápido o bastante, então ele mesmo o fazia. O estalinho da fivela afetava Elena. Era um momento erótico para ela, como era para Pierre o momento antes de ela tirar as calcinhas ou soltar as ligas.

Embora ela estivesse completamente satisfeita no instante anterior, agora estava inflamada de novo. Gostaria de ter soltado o cinto, baixado as calças dele e tocado o pênis mais uma vez. Como ele se aprumava em alerta para apontar para ela quando saía das calças, como se em reconhecimento...

Então, a súbita percepção de que o cinto era tão velho, de que Pierre sempre o usara, atingiu-a com uma dor estranha e lancinante. Ela o viu abri-lo em outros lugares, outros quartos, em outras ocasiões, para outras mulheres.

Ela ficou enciumada, agudamente enciumada, com aquela imagem a se repetir. Quis dizer: "Jogue o cinto fora. Pelo menos não use o mesmo que você usou para elas. Vou lhe dar outro".

Era como se o sentimento de afeição pelo cinto fosse um sentimento de afeição pelo passado do qual ele não conseguia livrar-se inteiramente. Para ela, o cinto representava as ações do passado. Ela se perguntou se todas as carícias haviam sido as mesmas.

Elena respondeu por completo aos enlaces por cerca de uma semana, quase perdeu a consciência nos braços dele, uma vez chegou a soluçar devido ao vigor do deleite. Então percebeu uma mudança de ânimo nele. Pierre estava preocupado. Ela não o questionou. Interpretou a preocupação à sua maneira. Ele estava pensando em sua atividade política, à qual havia renunciado por causa dela. Talvez estivesse sofrendo pela inatividade. Nenhum homem podia viver completamente para o amor como uma mulher, tampouco podia fazer do amor seu propósito de vida e com ele preencher seus dias.

Ela poderia viver só para isso. De fato, ela vivia só para isso. No resto do tempo – quando não estava com ele – ela não sentia nem ouvia nada com clareza. Estava ausente. Ela só vinha completamente à vida naquele quarto. O dia inteiro, enquanto fazia outras coisas, os pensamentos andavam em volta dele. Sozinha na cama, lembrava das expressões dele, do riso no canto de seus olhos, da obstinação do queixo, da cintilação dos dentes, do formato dos lábios quando ele sussurrava palavras de desejo.

Naquela tarde, Elena deitou-se nos braços dele, reparou na névoa em seu rosto, nos olhos enevoados, e não conseguiu corresponder. Em geral eles estavam no mesmo ritmo. Ele sentia quando o prazer dela estava se avolumando, e ela o dele. De algum modo misterioso, conseguiam segurar o orgasmo até o momento em que ambos estivesssem prontos. Em geral eram lentos nos movimentos rítmicos, depois rápidos, e ainda mais rápidos, de acordo com a elevação da temperatura do sangue e das crescentes ondas de prazer, e atingiam o orgasmo juntos, o pênis estremecendo ao esguichar o sêmen, e o ventre estremecendo pelas ferroadas, que eram como línguas de fogo pulsantes dentro dela.

Nesse dia ele esperou por ela. Ela se mexeu para acompanhar as arremetidas dele, arqueando as costas, mas não gozou. Ele implorou:

– Goze, minha querida. Goze, minha querida. Não posso esperar mais. Goze, minha querida.

Ele se esvaziou dentro dela e tombou sobre seu seio sem um ruído. Ficou deitado ali como se ela tivesse lhe dado uma pancada. Nada o machucava mais que a apatia dela.

– Você é cruel – ele disse. – Por que você está se resguardando de mim agora?

Elena ficou calada. Ela mesma ficava triste porque a ansiedade e a dúvida podiam tão facilmente fechar o seu ser a uma posse que ela queria. Mesmo que fosse a última, ela queria. Mas, por temer que talvez fosse a última, seu ser se fechava, e ela era privada da verdadeira união com ele. Sem o orgasmo experimentado junto, não havia união, comunhão absoluta entre os dois corpos. Ela sabia que posteriormente se torturaria como outras vezes. Acabaria insatisfeita, com a marca do corpo dele no seu.

Reprisaria a cena em sua mente, veria Pierre curvando-se sobre ela, veria como as pernas deles ficavam ao se entrelaçar, veria o pênis a penetrá-la de novo repetidamente, como ele definhava quando acabava, e experimentaria a fome inquietante de novo, e seria atormentada pelo desejo de senti-lo bem no fundo de si. Ela conhecia a tensão do desejo insatisfeito, os nervos insuportavelmente despertos, atiçados, nus, o sangue em turbilhão, tudo preparado para um clímax que não acontecia. Depois ela não conseguia dormir. Sentia cãibras ao longo das pernas, fazendo-a tremer como um cavalo de corrida inquieto. Imagens eróticas obsessivas perseguiam-na ao longo da noite.

– No que você está pensando? – perguntou Pierre, observando o rosto dela.

– No quanto ficarei triste quando eu for embora, depois de não ter sido realmente sua.

– Há algo mais em sua mente, Elena, algo que estava aí quando você chegou, algo que quero saber.

– Estou preocupada com sua depressão e tenho me perguntado se você sente falta de sua atividade e estaria desejando voltar a ela.

– Oh, era isso. Era isso. Você estava se preparando de novo para a minha partida. Mas isso não passava pela minha cabeça. Pelo contrário. Vi amigos que vão me ajudar a provar que eu não era um ativista, que eu era apenas um revolucionário de café. Lembra do personagem de Gogol? O homem que falava noite e dia, mas nunca se mexia, nunca agia? Sou eu. Isso foi tudo o que fiz: falar. Se isso puder ser provado, então poderei ficar livre. É para isso que estou me esforçando.

Que efeito aquelas palavras tiveram sobre Elena! Tão grande quanto os que seus medos tinham sobre seu ser sensual, detendo seus impulsos, dominando-os. Aquilo a amedrontou. Ela agora queria depender de Pierre e queria que ele a possuísse. Sabia que as palavras dele eram suficientes para libertá-la. Pierre talvez tenha adivinhado, pois continuou as carícias por um longo tempo, esperando que o toque de seus dedos sobre a pele úmida dela despertassem seu desejo de novo. E bem mais tarde, quando estavam deitados no escuro, ele a tomou de novo, e então ela teve que segurar a intensidade e rapidez do orgasmo para tê-lo com ele, e ambos gritaram, e ela chorou de alegria.

Dali em diante o esforço do amor deles foi para derrotar aquela frieza que jazia adormecida dentro dela e que, com uma palavra, uma pequena mágoa, uma dúvida, podia vir à tona para destruir a posse de um pelo outro. Pierre ficou obcecado com aquilo. Dedicava-se mais a observar o estado de espírito e predisposição dela que os seus próprios. Mesmo enquanto a desfrutava, seus olhos a esquadrinhavam em busca de um indício da futura nuvem, sempre pairando sobre eles. Ele se esgotava esperando pelo prazer dela. Refreava o dele. Debatia-se contra aquele cerne inconquistável dela, que podia fechar-se quando bem entendesse contra ele. Começou a entender algumas das perversas devoções dos homens às mulheres frígidas.

A cidadela – a virgem inexpugnável: o conquistador em Pierre, que jamais havia irrompido para executar uma verdadeira revolução, entregou-se àquela conquista, para derrubar de uma vez por todas a barreira que ela podia erguer contra ele. Seus encontros amorosos tornaram-se uma batalha secreta entre duas vontades, uma série de artimanhas.

Se tinham uma briga (e ele brigava por causa da íntima ligação dela com Miguel e Donald, dizendo que eles faziam amor com ela por meio do corpo um do outro), então ela refreava o orgasmo. Ele se enfurecia e procurava conquistá-la com as mais loucas carícias. Às vezes tratava-a brutalmente, como se ela fosse uma puta e ele pudesse pagar por sua submissão. Em outras vezes tentava amolecê-la com ternura. Tornava-se pequeno, quase uma criança nos braços dela.

Cercava-a com uma atmosfera erótica. Transformou o quarto deles em um covil, coberto de tapetes e tapeçarias, perfumado. Procurava alcançá-la por meio de sua reação à beleza, ao luxo, aos odores. Comprou livros eróticos que eles liam juntos. Essa era a sua mais recente forma de conquista – fazer surgir nela uma febre sexual tão potente que ela não conseguia resistir ao toque dele. Quando deitavam-se juntos no sofá e liam, as mãos percorriam o corpo um do outro pelos lugares descritos no livro. Esgotavam-se em excessos de todos os tipos, buscando cada prazer conhecido pelos amantes, inflamados por imagens, palavras e descrições de novas posições. Pierre acreditava que despertara uma tamanha obsessão sexual em Elena que ela jamais conseguiria se controlar de novo. E Elena parecia corrompida. Seus olhos começaram a brilhar de uma maneira extraordinária, não com o fulgor do dia, mas com uma luz inquietante, como a de um paciente tuberculoso, com uma febre tão intensa que queimava círculos em torno deles.

Àquela altura Pierre parou de deixar o quarto no escuro. Gostava de vê-la chegar com aquela febre nos olhos. O corpo dela parecia ter ficado mais pesado. Os mamilos estavam sempre duros, como se ela estivesse constantemente em estado de excitação. A pele tornou-se tão hipersensível que, mal ele a tocava, eriçava-se sob seus dedos. Um arrepio passava pelas costas dela, tocando cada nervo.

Deitavam-se de bruços, ainda vestidos, abriam um novo livro e liam juntos, com as mãos acariciando um ao outro. Beijavam-se em cima de gravuras eróticas. As bocas coladas juntas caíam por cima de enormes bundas empinadas de mulheres, pernas abertas como um compasso, homens acocorados como cachorros, com membros imensos, quase arrastando no chão.

Havia a gravura de uma mulher torturada, empalada em uma vara grossa que entrava pelo sexo e saía pela boca. Aquilo tinha uma aparência de posse sexual definitiva e fez surgir uma sensação de prazer em Elena. Quando Pierre a tomou, pareceu a ela que o prazer que sentia com as arremetidas do pênis transmitia-se à boca. Abriu-a, e a língua projetou-se como na gravura, como se ela quisesse o pênis na boca ao mesmo tempo.

Elena correspondeu loucamente durante dias, quase como uma mulher a ponto de perder o juízo. Mas Pierre descobriu que uma briga ou uma palavra cruel dele ainda podiam deter o orgasmo dela e matar a chama erótica em seus olhos.

Quando esgotaram a novidade da erótica, encontraram um novo domínio – o domínio do ciúme, terror, dúvida, raiva, ódio, antagonismo, do esforço no qual às vezes os seres humanos empenham-se contra o vínculo com o outro.

Pierre procurava agora fazer amor com os outros eus de Elena, os mais ocultos, os mais delicados. Observava-a dormir, observava-a vestir-se, observava enquanto ela penteava o cabelo diante do espelho. Buscava uma chave espiritual para o ser dela, uma que ele conseguisse pegar com uma nova forma de fazer amor. Não a vigiava mais para ter certeza de que ela desfrutara um orgasmo, pelo simples motivo de que Elena agora decidira fingir desfrutá-lo mesmo quando não o sentia. Tornou-se uma atriz consumada. Exibia todos os sintomas do prazer: a contração da vulva, a aceleração da respiração, do pulso, dos batimentos cardíacos, a languidez súbita, a névoa do quase desmaio subsequente. Conseguia simular tudo – para ela, amar e ser amada estavam tão irrevogavelmente misturados com o prazer que conseguia chegar a uma reação emocional de tirar o fôlego mesmo que não sentisse o deleite físico –, tudo, quer dizer, menos a palpitação interior do orgasmo. Mas ela sabia que isso era difícil de detectar com o pênis. Ela considerava destrutivo o empenho de Pierre em sempre obter um orgasmo dela e previra que aquilo bem poderia acabar tirando a confiança dele em seu amor e por fim separá-los. Optou pelo caminho do fingimento.

Por isso, Pierre voltou a atenção para outro tipo de corte. Tão logo ela entrava, ele observava como ela se movia, como tirava o casaco e o chapéu, como sacudia o cabelo, que anéis usava. Achava que poderia detectar seu estado de espírito a partir de todos aqueles indícios.

Aquele estado de espírito tornava-se o terreno para a conquista. Hoje ela estava infantil, dócil, com o cabelo solto, a cabeça curvando-se facilmente sob o peso de toda a sua vida. Estava com menos maquiagem, uma expressão inocente, usava um vestido leve de cores vivas. Hoje ele a acariciaria de maneira gentil, com ternura, observando a perfeição dos dedos dos pés, por exemplo, livres como os das mãos; observando os tornozelos, nos quais transpareciam veias azul-claro; observando a marquinha de tinta tatuada para sempre abaixo do joelho, onde, quando tinha quinze anos – uma colegial de meias pretas –, ela cobrira um buraquinho na meia com tinta. A ponta da caneta quebrara durante o processo, ferindo-a e marcando a pele para sempre. Ele procurava uma unha quebrada, de modo que pudesse lastimar a perda, a aparência patética daquela unha entre as outras, compridas e pontudas. Preocupava-se com todas as pequenas misérias dela. Segurava junto de si a garotinha que havia nela, a quem gostaria de ter conhecido. Fazia perguntas:

– Então você usava meias pretas de algodão?

– Éramos muito pobres, e além disso fazia parte do uniforme.

– O que mais você vestia?

– Blusas de marinheiro e saias azul-marinho, que eu odiava. Eu já gostava de coisas finas.

– E por baixo? – ele perguntava, com tal inocência que poderia estar perguntando se ela usava capa em dias de chuva.

– Não lembro bem de como eram minhas roupas de baixo naquele tempo – lembro de que gostava de anáguas com babadinhos. Creio que tinha que usar roupa de baixo de lã. E, no verão, combinações e calções brancos. Não gostava dos calções. Eram folgados demais. Na época eu sonhava com rendas, e fitava longamente as roupas de baixo nas vitrines, enlevada, me imaginando em cetim e renda. Você não encontrava nada de enlevante na roupa de baixo de uma garotinha.

Mas Pierre achava que sim, que não importava se eram brancas e talvez sem forma, ele podia se imaginar muito apaixonado por Elena com suas meias pretas.

Ele quis saber quando ela experimentou o primeiro tremor sensual. Foi enquanto lia, disse Elena, e depois quando descia de trenó com um garoto deitado em todo o comprimento por cima dela, e a seguir quando se apaixonou por homens que só conhecia de longe, pois mal eles se aproximavam ela descobria algum defeito que acabava com seu interesse. Ela precisava de estranhos, de um homem avistado em uma janela, um homem visto na rua um dia, um homem que ela viu certa vez numa sala de concertos. Depois de tais encontros, Elena deixava o cabelo cair desgrenhado, negligenciava o vestir, enrugava-se levemente e se sentava como uma chinesa interessada em acontecimentos menores e tristezas brandas.

Então, deitado ao lado dela, segurando apenas sua mão, Pierre falou de sua vida, oferecendo-lhe imagens de si como um garoto, para contrapor àquelas de garotinha que ela apresentou. Foi como se em ambos as carapaças mais antigas de suas personalidades adultas houvessem se dissolvido como uma estrutura adicionada, uma sobreposição, revelando os cernes.

Quando criança, Elena fora o que de repente havia se tornado outra vez para ele – uma atriz, uma simuladora, alguém que vivia em fantasias e papéis, e que nunca sabia o que verdadeiramente sentia.

Pierre havia sido um rebelde. Fora criado entre mulheres, sem o pai, que morreu no mar. A mulher que o criava era uma babá, e sua mãe vivia apenas para achar um substituto para o homem que perdera. Não havia nada de maternal nela. Nascera para ser concubina. Tratava o filho como um jovem amante. Acariciava-o de modo extravagante, recebia-o de manhã em sua cama, na qual ele ainda podia detectar a recente presença de um homem. Ele compartilhava do demorado café da manhã trazido pela babá, que sempre se exasperava ao encontrar o garoto deitado na cama ao lado da mãe, onde momentos antes estivera o amante dela.

Pierre adorava a voluptuosidade da mãe, a carne sempre aparecendo através das rendas, o contorno do corpo transparecendo entre saias de *chiffon;* adorava os ombros inclinados, as orelhas delicadas, os olhos compridos e zombeteiros, os braços opalescentes emergindo de mangas bufantes. A preocupação dela era fazer de cada dia uma festa. Eliminava as pessoas que não fossem divertidas, qualquer um que contasse histórias de doença ou infortúnios. Se ia às compras, fazia-o de modo extravagante, como se fosse Natal, e incluía todos da família, com surpresas para todos e para si mesma – caprichos e coisas inúteis que se acumulavam ao seu redor até ela se desfazer deles.

Aos dez anos, Pierre já estava iniciado em todas as preparações que uma vida preenchida com amantes exigia. Assistia à toalete da mãe, observava-a passar pó de arroz sob os braços e enfiar a pluma do pó para dentro do vestido, entre os seios. Via ela emergir do banho semicoberta pelo quimono, as pernas nuas, e a observava colocar as meias muito compridas. Ela gostava de prender as ligas bem em cima, de modo que as meias quase tocavam os quadris. Enquanto se vestia, ela falava sobre o homem com quem ia se encontrar, exaltando para Pierre a natureza aristocrática de um, o charme de outro, a naturalidade de um terceiro, o talento de um quarto – como se Pierre devesse um dia tornar-se todos eles para ela.

Quando Pierre tinha vinte anos, ela desencorajava todas suas amizades com mulheres, e até as visitas ao puteiro. O fato de que ele buscava mulheres que se assemelhassem a ela não a impressionava. Nos puteiros, Pierre pedia às mulheres para se vestirem para ele, cuidadosa e lentamente, de modo que pudesse desfrutar de um prazer obscuro e indefinível – o mesmo prazer que experimentara na presença da mãe. Para a cerimônia, ele exigia frivolidade e roupas específicas. As putas faziam-lhe a vontade rindo. Durante esses jogos o desejo dele subitamente tornava-se selvagem; arrancava as roupas, e o ato sexual assemelhava-se a um estupro.

Para além disso jaziam as regiões adultas de sua experiência, que ele não confessou a Elena naquele dia. Deu-lhe apenas a criança, sua própria inocência, sua própria perversidade.

Havia dias em que certos fragmentos de seu passado, os mais eróticos, subiam à superfície, permeavam cada um de seus movimentos, davam a seus olhos o aspecto fixo e inquietante que Elena inicialmente vira, uma frouxidão e abandono à boca, e ao rosto todo a expressão de alguém a quem nenhuma experiência havia escapado. Ela então podia ver Pierre com uma de suas putas, um obstinado buscador da pobreza, sujeira e decadência como os únicos acompanhamentos adequados para certos atos. O marginal, o *voyou** aparecia nele, o homem de vícios que podia beber durante três dias e três noites, entregando-se a cada experiência como se fosse a última, gastando todo seu desejo com alguma mulher monstruosa, desejando-a porque era imunda, porque muitos homens haviam-na possuído e porque sua linguagem era carregada de obscenidades. Era uma paixão pela autodestruição, pela baixeza, pela linguagem da rua, pelas mulheres da rua, pelo perigo. Ele fora pego em batidas policiais de ópio e preso por vender uma mulher.

Sua capacidade para a anarquia e corrupção era o que às vezes lhe dava a expressão de um homem capaz de qualquer coisa, e o que mantinha acesa em Elena uma desconfiança em relação a ele. Ao mesmo tempo, ele estava inteiramente ciente da própria atração dela pelo diabólico

---

* Rapaz à toa, marginal. Em francês no original. (N.E.)

e sórdido, pelo prazer de decair, de dessacralizar e destruir o eu ideal. Mas devido ao seu amor por ela, Pierre não a deixava viver nada daquilo com ele. Tinha medo de iniciá-la e perdê-la para um vício ou outro, para alguma sensação que não pudesse dar a ela. Por isso, a porta para o elemento corrupto de suas naturezas raramente era aberta. Ela não queria saber o que o corpo dele havia feito, a boca, o sexo. Ele temia deixar as possibilidades a descoberto nela.

– Sei – disse ele – que você é capaz de muitos amores, que serei o primeiro, que de agora em diante nada impedirá você de se expandir. Você é sensual, muito sensual.

– Não se pode amar muitas vezes – ela respondeu. – Quero meu erotismo misturado com amor. E amor profundo não se experimenta muito seguidamente.

Pierre tinha ciúme do futuro dela, e Elena do passado dele. Ela se deu conta de que tinha vinte e cinco anos e ele quarenta, de que ele havia experimentado muitas coisas das quais já estava cansado e que ela ainda não conhecia.

Quando o silêncio era longo e Elena não via uma expressão de inocência no rosto de Pierre, mas, pelo contrário, um sorriso hesitante, um certo desdém no contorno dos lábios, ela sabia que ele estava recordando o passado. Deitava-se ao lado dele olhando seus cílios compridos.

Depois de um momento, ele disse:

– Até conhecê-la eu era um Don Juan, Elena. Nunca quis realmente conhecer uma mulher. Nunca quis ficar com ninguém. Minha sensação sempre foi de que a mulher usava seus encantos não em favor de um relacionamento apaixonado, mas para obter do homem algum relacionamento duradouro: casamento, por exemplo, ou, pelo menos, companheirismo; para obter, enfim, alguma espécie de paz, de posse. Era isso que me amedrontava: a sensação de que, por trás da *grande amoureuse**, jazia

---

* Grande apaixonada. Em francês no original. (N.E.)

oculta uma pequena burguesa que queria segurança no amor. O que me atrai em você é ter permanecido concubina. Você mantém o fervor e a intensidade. Quando se sente inadequada para a grande batalha do amor, você fica de fora. Além disso, não é o prazer que posso lhe dar que mantém você ligada a mim. Você o repudia quando não está emocionalmente satisfeita. Mas você é capaz de todas as coisas, de qualquer coisa. Eu sinto isso. Você está aberta para a vida. Eu abri você. Pela primeira vez, lamento meu poder de abrir as mulheres para a vida, para o amor. Como eu a amo quando você se recusa a se comunicar com o corpo, buscando outras maneiras de alcançar a totalidade do ser. Você fez tudo para demolir minha resistência ao prazer. Sim, inicialmente eu não podia tolerar esse seu poder de recuar. Parecia que eu estava perdendo meu poder.

Essa conversa inspirou de novo em Elena uma noção da instabilidade de Pierre. Ela jamais tocava a campainha sem se perguntar se ele não teria ido embora. Dentro de um velho armário ele descobriu uma pilha de livros eróticos escondidos embaixo das cobertas pelos antigos ocupantes do lugar. Agora ele ia encontrá-la todo dia com uma história para fazê-la rir. Ele sabia que a havia deixado triste.

Ele não sabia que, quando erotismo e ternura estão misturados em uma mulher, formam um vínculo poderoso, quase uma fixação. Ela só conseguia pensar em imagens eróticas em conexão com ele, com o corpo dele. Se via nos bulevares um filme de baixa categoria que a atiçava, levava a curiosidade ou um novo experimento para o próximo encontro deles. Começou a sussurrar certos desejos no ouvido dele.

Pierre sempre se surpreendia quando Elena dispunha-se a dar prazer a ele sem buscá-lo para si mesma. Havia ocasiões depois dos excessos deles em que ele ficava cansado, menos potente, e não obstante desejava repetir a sensação de aniquilamento. Então ele a estimulava com carícias, com uma agilidade manual que beirava a masturbação. Enquanto isso, as mãos dela circulavam em torno do pênis como uma aranha delicada, com as hábeis pontas de dedo que tocavam os nervos de resposta mais escondidos. Os dedos fechavam-se lentamente sobre o pênis, primeiro afagando a carapaça de carne; depois sentindo o influxo de sangue espesso distendê-lo; sentindo o leve intumescimento dos nervos, a súbita rigidez dos músculos; sentindo como se estivessem tocando um instrumento de cordas. Pelo grau de rigidez, Elena sabia quando Pierre não conseguiria manter uma dureza suficiente para penetrá-la, sabia quando ele só podia reagir aos seus dedos nervosos, quando queria ser masturbado, e logo o prazer dele diminuiria a atividade de suas mãos em cima dela. Ele então ficaria drogado pelas mãos dela, fecharia os olhos e se entregaria às carícias. Uma ou duas vezes, como se estivesse dormindo, ele tentaria continuar o movimento das próprias mãos, mas depois ficaria deitado passivamente, para sentir melhor as hábeis manipulações, a tensão crescente.

– Agora, agora – ele murmurava. – Agora.

Isso significava que a mão dela deveria se acelerar para acompanhar a febre que pulsava dentro dele. Os dedos dela corriam no ritmo dos batimentos apressados do sangue, enquanto a voz dele suplicava:

– Agora, agora, agora.

Cega a tudo, exceto ao prazer dele, ela se curvava sobre Pierre, o cabelo caído, a boca perto do pênis, prosseguindo com o movimento das mãos e ao mesmo tempo lambendo a ponta do pênis a cada vez que passava ao alcance da língua – isso até o corpo dele começar a tremer e se erguer para ser consumido por suas mãos e boca, para ser aniquilado, e o sêmen sair como pequenas ondas quebrando na areia, rolando umas sobre as outras, ondinhas de espuma salgada desdobrando-se na praia das mãos dela. Ela então envolvia ternamente o pênis esgotado na boca, para colher o precioso líquido do amor.

O prazer dele lhe proporcionava tamanho deleite que ela se surpreendia quando ele começava a beijá-la com gratidão enquanto dizia:

– Mas você, você não teve qualquer prazer.

– Oh, sim – dizia Elena, com uma voz da qual ele não podia duvidar.

Ela se maravilhava com a continuidade do entusiasmo deles. E se perguntava quando o amor deles entraria em um período de repouso.

Pierre estava conquistando liberdade. Com frequência estava fora quando Elena telefonava. Enquanto isso, ela estava aconselhando uma velha amiga, Kay, que recém voltara da Suíça. No trem, Kay havia conhecido um homem que poderia ser descrito como o irmão mais moço de Pierre. Kay sempre se identificara muito com Elena, fora tão dominada pela personalidade de Elena que a única coisa que poderia satisfazê-la era uma aventura que, pelo menos de maneira superficial, se assemelhasse às de Elena.

Aquele homem também tinha uma missão. Que missão era, ele não confessava, mas a usava como desculpa, talvez um álibi, quando saía ou quando tinha de passar um dia inteiro sem ver Kay. Elena suspeitava que Kay pintava o sósia de Pierre com cores mais intensas do que ele realmente tinha. Para começar, dotava-o de uma virilidade anormal, prejudicada somente pelo hábito de cair no sono antes ou imediatamente após o ato, sem esperar para agradecê-la. Passava do meio de uma conversa para um súbito desejo de violação. Odiava roupa íntima. Instruiu-a a não vestir nada por baixo do vestido. Seu desejo era imperioso – e inesperado. Não podia esperar. Com ele, Kay viveu partidas apressadas de restaurantes, corridas loucas em táxis cortinados, sessões atrás das árvores no Bois, masturbação em cinemas – jamais em uma cama burguesa, no calor e conforto de um quarto. O desejo dele era nitidamente ambulante e boêmio. Gostava de pisos atapetados, e também do piso gelado de banheiros, de banhos turcos superaquecidos, de antros de ópio, onde não fumava, mas gostava de deitar com ela em uma esteira estreita, e os ossos deles doíam depois de terem caído no sono. Nessa corrida maluca, o trabalho de Kay era manter-se alerta o bastante para acompanhar os caprichos dele e tentar agarrar o seu próprio prazer esquivo, que surgiria com mais facilidade com um pouquinho de sossego em volta.

Mas não, ele apreciava aqueles súbitos ímpetos tropicais. Kay seguia-o como uma sonâmbula, dando a Elena a sensação de que a amiga tropeçava nele durante um devaneio, como em uma peça da mobília. Às vezes, quando a cena acontecia excessivamente depressa para a voluptuosidade dela desabrochar, e completamente sob estupro dele, ela ficava deitada ao seu lado enquanto ele dormia e inventava um amante mais meticuloso. Fechava os olhos e pensava: "Agora a mão dele está levantando meu vestido lentamente, muito lentamente. Antes de mais nada, ele está olhando para mim. Uma mão repousa nas minhas nádegas, a outra começa a explorar, deslizar, rodear. Agora ele mergulha o dedo ali, onde está úmido. Ele toca como uma mulher que apalpa uma peça de seda para verificar a qualidade. Muito lentamente".

O sósia de Pierre se virava de lado, e Kay prendia a respiração. Se acordasse, ele se depararia com as mãos dela em uma posição estranha. Então, subitamente, como se tivesse adivinhado os desejos dela, ele colocava a mão entre as pernas dela e deixava lá, de modo que ela não podia se mexer. A presença da mão dele inflamava-a mais que nunca. Então fechava os olhos de novo e tentava imaginar que a mão dele estava se mexendo. Para criar uma imagem suficientemente vívida para si, começava a contrair e abrir a vagina ritmadamente, até sentir o orgasmo.

Pierre não tinha nada a temer da Elena que ele conhecia e que tão delicadamente circunavegara. Mas havia uma Elena que ele não conhecia, a Elena viril. Embora não usasse cabelo curto ou roupas de homem, nem montasse a cavalo, fumasse charuto ou frequentasse bares onde tais mulheres se reuniam, havia uma Elena espiritualmente masculina, adormecida naquele momento.

A não ser nas questões amorosas, Pierre era incapaz em tudo. Não sabia pregar um prego na parede, pendurar um quadro, consertar um livro, tratar de assuntos práticos de qualquer espécie. Vivia aterrorizado por empregadas, zeladores, encanadores. Não podia tomar uma decisão, assinar um contrato de qualquer natureza; não sabia o que queria.

A energia de Elena precipitou-se para essas lacunas. Sua mente tornou-se mais fértil. Ela comprava jornais e revistas, incitava à atividade, tomava decisões. Pierre permitia. Aquilo combinava com sua apatia. Ela ganhava em audácia.

Elena sentia-se protetora em relação a ele. Tão logo o ataque sexual acabava, ele reclinava-se como um paxá e deixava-a mandar. Ele não observou uma outra Elena emergir, afirmar novos traços, hábitos, uma nova personalidade. Elena descobriu que as mulheres eram atraídas por ela.

Foi convidada por Kay para conhecer Leila, uma famosa cantora de casas noturnas, uma mulher de sexo dúbio. Foram à casa de Leila. Ela estava deitada na cama. O quarto estava pesadamente carregado do perfume de narcisos, e Leila descansava recostada na cabeceira de modo lânguido, inebriado. Elena pensou que ela estivesse se recuperando de uma noite de bebedeira, mas aquela era a pose natural de Leila. E daquele corpo lânguido provinha uma voz de homem. Então os olhos violeta fixaram-se em Elena, avaliando-a com ponderação masculina.

A amante de Leila, Mary, entrou no quarto naquele momento, com o som impetuoso das saias de seda infladas pelos passos rápidos. Jogou-se aos pés da cama e pegou a mão de Leila. Olharam uma para a outra com tanto desejo que Elena baixou os olhos. O rosto de Leila era bem definido; o de Mary, impreciso; Leila usava um pesado traço negro em torno dos olhos, como os afrescos egípcios; Mary, tons pastel – olhos claros, pálpebras verde-mar e unhas e lábios coral; as sobrancelhas de Leila eram naturais; as de Mary, apenas um traço de lápis. Quando olhavam uma para a outra, as feições de Leila pareciam se dissolver e as de Mary pareciam adquirir algo da precisão de Leila. Mas a voz dela permanecia irreal, e suas frases, inacabadas, flutuantes. Mary ficou apreensiva na presença de Elena. Em vez de expressar hostilidade ou medo, adotou a atitude feminina, como se fosse em relação a um homem, e procurou encantá-la. Mary não gostou do modo como Leila olhou para Elena. Sentou-se perto de Elena, cruzando as pernas como uma menininha, e virou a boca convidativamente em sua direção enquanto falava. Mas aqueles maneirismos infantis eram exatamente o que Elena não gostava nas mulheres. Ela voltou-se para Leila, cujos gestos eram adultos e simples.

Leila disse:

– Vamos juntas para o estúdio. Vou me vestir.

Ao saltar da cama ela abandonou a languidez. Era alta. Usava o cabelo curto como um garoto, mas com uma audácia nobre. Ninguém poderia usá-lo como ela. Na casa noturna, ela não era uma diversão, ela mandava. Era o centro magnético para um mundo de mulheres que se consideravam condenadas por seu vício. Estimulava aquelas mulheres a terem orgulho de seus desvios, a não sucumbirem à moralidade burguesa. Condenava severamente os suicídios e a desagregação. Queria mulheres que tivessem orgulho de serem lésbicas. Dava o exemplo. Usava roupas de homem apesar das normas da polícia. Nunca era molestada. Fazia aquilo com graça e de modo casual. Cavalgava no Bois em roupas de homem. Era tão elegante, tão suave, tão aristocrática, que pessoas que não a conheciam acenavam-lhe com a cabeça, quase inconscientemente. Fazia outras mulheres erguerem suas cabeças. Era aquela mulher masculina que os homens tratam como uma camarada. Qualquer que fosse o espírito trágico que houvesse por trás daquela superfície polida, ele perpassava o cantar de Leila, com o qual ela reduzia a serenidade das pessoas a frangalhos, espalhando ansiedade, pesar e nostalgia por tudo.

No táxi, sentada ao lado dela, Elena não sentiu sua fibra, mas sua ferida secreta. Aventurou-se em um gesto de ternura. Pegou a nobre mão e a segurou. Leila não a deixou ficar ali, mas respondeu à pressão com uma força nervosa. Elena já sabia o que aquela força fracassava em obter: complementação. Com certeza a voz lamuriosa de Mary e suas pequenas artimanhas óbvias não podiam satisfazer Leila. Mulheres não são tão tolerantes quantos os homens em relação a mulheres que se fazem de pequenas e fracas de modo calculado, pensando em inspirar um amor ativo. Leila devia sofrer mais do que um homem por causa de sua lucidez a respeito das mulheres, de sua incapacidade de ser enganada.

Quando chegaram ao estúdio, Elena sentiu um curioso aroma de cacau queimado, de trufas frescas. Entraram no que parecia uma mesquita árabe repleta de fumaça. Era uma sala enorme cercada por uma galeria de alcovas mobiliadas apenas com esteiras e pequenas luminárias. Todo mundo vestia quimonos. Deram um para Elena. E aí ela entendeu. Aquele era um antro de ópio: luzes veladas; gente deitada, indiferente aos recém-chegados; uma grande paz; nada de conversas em andamento, só um suspiro aqui e ali. Os poucos em quem o ópio despertava desejo jaziam nos cantos mais escuros, encaixados como colheres, como que adormecidos. Mas, no silêncio, a voz de uma mulher começou o que de início pareceu uma canção e a seguir revelou-se uma outra espécie de vocalização, a vocalização de um pássaro exótico finalmente capturado na época de acasalamento. Dois homens jovens estavam agarrados um no outro, sussurrando.

De vez em quando, Elena ouvia travesseiros caindo no chão, sedas e algodões se amassando. A vocalização da mulher tornou-se mais clara, mais firme, elevando-se em harmonia com seu prazer, em ritmo tão uniforme que Elena acompanhou com um movimento de cabeça até chegar ao ápice. Elena viu que aquela cadência irritava Leila. Ela não queria ouvir. Era tão explícita, tão feminina, reveladora da perfuração da macia almofada de amor da mulher pelo macho, fazendo-a emitir a cada investida um gritinho pelo ferimento extasiante. Não importa o que as mulheres façam umas nas outras, jamais conseguem provocar essa cadência crescente, essa canção vaginal; apenas uma sequência de estocadas, o assalto repetido de um homem, consegue produzi-la.

As três mulheres acomodaram-se nos colchonetes, lado a lado. Mary queria deitar perto de Leila. Leila não deixou. O anfitrião ofereceu cachimbos de ópio. Elena recusou. Estava suficientemente drogada pelas luminárias veladas, a atmosfera enfumaçada, os cortinados exóticos, os odores, os sons abafados de carícias. Seu rosto estava tão extasiado que Leila acreditou que Elena estivesse sob efeito de alguma outra droga. Não percebeu que a pressão de sua própria mão no táxi mergulhara Elena em um estado que não se assemelhava a nada do que Pierre já houvesse estimulado nela.

Em vez de atingir diretamente o centro de seu corpo, a voz e o toque de Leila haviam-na envolvido em um manto voluptuoso de novas sensações, algo em suspense, que não buscava efetivação, mas prolongamento.

Era como aquela sala, afetando a pessoa com suas luzes misteriosas, odores penetrantes, nichos sombrios, formas vistas parcialmente, gozos misteriosos. Um sonho. O ópio não poderia ter alargado ou dilatado seus sentidos mais do que já estavam, não poderia ter dado uma sensação maior de deleite.

Sua mão buscou a de Leila. Mary já estava fumando de olhos fechados. Leila estava deitada de costas, com os olhos abertos, olhando para Elena. Pegou a mão de Elena, segurou-a por um instante, e então deslizou-a para dentro de seu quimono. Colocou-a sobre os seios. Elena começou a acariciá-la. Leila havia aberto o paletó feito por alfaiate; não vestia blusa. Mas o resto de seu corpo estava revestido com uma saia apertada. Então Elena sentiu a mão de Leila passando delicadamente por baixo de seu vestido, procurando uma abertura entre as barras de suas meias e a roupa de baixo. Elena virou-se suavemente para o lado esquerdo, de modo que pudesse colocar a cabeça sobre o seio de Leila e beijá-lo.

Ela tinha medo de que Mary pudesse abrir os olhos e ficar furiosa. De vez em quando olhava para ela. Leila sorriu. Então virou-se para sussurrar para Elena:

— Vamos nos encontrar qualquer hora dessas e ficar juntas. Você quer? Você vai à minha casa amanhã? Mary não estará lá.

Elena sorriu, concordou com um aceno de cabeça, roubou mais um beijo e deitou-se de costas. Mas Leila não retirou a mão. Observando Mary, continuou a acariciar Elena. Elena estava se dissolvendo sob os dedos dela.

Pareceu a Elena que elas haviam estado deitadas ali apenas por um momento, mas então percebeu que o estúdio estava ficando mais frio e que amanhecera. Levantou-se surpresa. Os outros pareciam adormecidos. Até Leila deitara-se de costas e agora dormia. Elena meteu-se no casaco e foi embora. O clarear do dia reanimou-a.

Ela queria falar com alguém. Viu que estava bem perto do estúdio de Miguel. Miguel estava dormindo com Donald. Ela acordou-o e sentou-se no pé da cama. Falou. Miguel mal conseguia entendê-la. Pensou que estivesse bêbada.

– Por que meu amor por Pierre não é forte o bastante para me manter longe disso? – ela ficava repetindo. – Por que está me atirando em outros amores? E amores por uma mulher? Por quê?

Miguel sorriu.

– Por que você está com tanto medo de um pequeno desvio? Não é nada. Vai passar. O amor de Pierre despertou sua verdadeira natureza. Você tem muito amor, vai amar muita gente.

– Não quero, Miguel. Quero ser íntegra.

– Essa não é uma infidelidade tão grande, Elena. Em outra mulher você está apenas buscando a si mesma.

De Miguel ela foi para casa, tomou banho, descansou e foi para Pierre. Pierre estava com um humor terno. Tão terno que aquietou suas dúvidas e angústia secreta, e ela adormeceu em seus braços.

Leila esperou por ela em vão. Por dois ou três dias Elena desviou dos pensamentos sobre ela, obtendo de Pierre provas de amor maiores, procurando ser cercada, protegida de afastar-se dele.

Ele foi rápido em observar a aflição dela. Quase por instinto, reteve-a quando ela queria ir embora mais cedo, evitando fisicamente que ela fosse a qualquer lugar. A seguir, com Kay, Elena conheceu um escultor, Jean. O rosto dele era suave, feminino, atraente. Mas ele era um amante das mulheres. Elena ficou na defensiva. Ele pediu seu endereço. Quando foi visitá-la, ela falou eloquentemente contra a intimidade.

Ele disse:

– Eu gostaria de algo mais gracioso e cálido.

Ela ficou amedrontada. Tornou-se ainda mais impessoal. Os dois ficaram constrangidos. Ela pensou: "Agora está tudo perdido. Ele não voltará". E se arrependeu. Havia uma atração obscura. Ela não conseguia defini-la.

Ele escreveu uma carta: "Quando deixei você, senti-me renascido, limpo de todas as falsidades. Como você deu à luz um novo eu sem nem querer fazê-lo? Vou lhe contar o que aconteceu comigo certa vez. Fiquei parado em uma esquina de Londres olhando a lua. Olhei com tanta persistência que ela me hipnotizou. Não lembro como cheguei em casa, horas e horas depois. Sempre senti que durante aquele tempo perdi minha alma para a lua. Foi isso o que você fez comigo em uma visita".

Enquanto lia, ela deu-se conta vividamente da voz musical e do charme dele. Jean mandou outras cartas com pedaços de cristal de rocha, com um escaravelho egípcio. Ela não respondeu.

Ela sentia a atração dele, mas a noite que passara com Leila dera-lhe um medo estranho. Ela voltara para Pierre naquele dia sentindo como se retornasse de uma longa viagem e estivesse afastada dele. Cada laço tinha que ser renovado. Era essa separação que ela temia, a distância que isso criava entre seu amor profundo e ela mesma.

Jean esperou por ela na porta de sua casa um dia e pegou-a ao sair, trêmula, pálida de excitação, incapaz de dormir. Ela ficou furiosa por ele ter o poder de enervá-la.

Por uma coincidência, que ele observou, os dois estavam vestidos de branco. O verão os envolveu. O rosto dele era suave, e a convulsão emocional em seus olhos confundiu Elena. Ele tinha um riso de criança, cheio de candura. Ela sentiu Pierre dentro de si, agarrado nela, detendo-a. Ela fechou os olhos para não ver aquilo. Pensou que podia estar apenas sofrendo de contágio, contágio do fervor dele.

Sentaram-se à mesa de um café modesto. A garçonete pingou vermute. Aborrecido, ele exigiu que a mesa fosse limpa, como se Elena fosse uma princesa.

Elena disse:

— Sinto-me um pouco como a lua que se apossou de você por um momento e depois devolveu-lhe sua alma. Você não deve me amar. Não se deve amar a lua. Se você se aproximar demais de mim, vou feri-lo.

Mas Elena viu nos olhos de Jean que já o havia ferido. Ele caminhou teimosamente ao lado dela, quase até a porta do prédio de Pierre.

Ela encontrou Pierre com um rosto devastado. Ele os vira na rua, seguira-os até o pequeno café. Observara cada gesto e expressão que se passara entre eles. Disse:

— Houve alguns gestos bem emocionais entre vocês.

Parecia um animal selvagem, o cabelo caído sobre a testa, os olhos desfigurados. Por uma hora ele ficou carrancudo, fora de si de raiva e dúvida. Ela protestou, declarou seu amor, tomou-lhe a cabeça e deitou-a em seu seio, acalmando-o. Ele adormeceu de pura exaustão. Ela então deslizou para fora da cama e ficou parada na janela. O charme do escultor havia se desvanecido. Tudo havia se desvanecido em comparação com a gravidade do ciúme de Pierre. Ela pensou na carne de Pierre, no seu sabor, no amor que compartilhavam, e ao mesmo tempo ouviu a risada adolescente de Jean, confiante, sensível, e viu o poderoso charme de Leila.

Ela estava com medo. Estava com medo porque não estava mais seguramente atada a Pierre, mas a uma mulher desconhecida, deitada, dócil, aberta, difusa.

Pierre acordou. Estirou os braços e disse:

— Está tudo acabado agora.

Então ela chorou. Queria suplicar a ele que a mantivesse aprisionada, que não deixasse ninguém fasciná-la. Beijaram-se apaixonadamente. Ele respondeu ao desejo dela trancando-a em seus braços com tamanha força que os ossos dela estalaram. Ela riu e disse:

– Você está me sufocando.

Ela então estendeu-se dissolvida por um sentimento maternal, o sentimento de que queria protegê-lo da dor; ele, por outro lado, parecia sentir que poderia possuí-la para todo o sempre. O ciúme incitou-o a uma espécie de fúria. O fluido vital ascendeu com tamanho vigor que ele não esperou pelo prazer dela. E ela não queria aquele prazer. Ela se sentia como uma mãe recebendo um filho em si, atraindo-o para niná-lo, protegê-lo. Não sentiu ímpeto sexual, mas o ímpeto de se abrir, de receber, de apenas envolver.

Nos dias em que sentia Pierre fraco, passivo, hesitante, com o corpo flácido, esquivando-se até do esforço de se vestir, de ir para a rua, ela então sentia-se incisiva, ativa. Tinha sensações estranhas quando adormeciam juntos. Durante o sono ele parecia vulnerável. Ela sentia sua força desperta. Queria introduzir-se nele como um homem, tomar posse dele. Queria penetrá-lo como uma facada. Ficava entre o sono e a vigília, identificada com a virilidade dele, imaginava tornar-se ele e tomá-lo como ele a tomava.

E então, em outras ocasiões, ela recuava, tornava-se ela mesma – mar, areia e umidade, e aí nenhum enlace parecia violento o bastante, brutal o bastante, bestial o bastante.

Mas, se depois do ciúme de Pierre o ato sexual foi mais violento, ao mesmo tempo o ar ficou pesado; os sentimentos deles estavam tumultuados; havia hostilidade, confusão, dor. Elena não sabia se o amor deles havia desenvolvido uma raiz ou absorvido um veneno que apressaria seu declínio.

Haveria um deleite obscuro naquilo que ela perdia, já que ela perdia tantas predileções mórbidas e masoquistas que outras pessoas tinham por derrota, miséria, pobreza, humilhação, complicações, fracassos? Pierre disse uma vez:

– Do que mais me lembro são das grandes dores de minha vida. Os momentos agradáveis eu esqueci.

Então Kay foi ver Elena, uma Kay renascida, resplandecente. O papo furado de viver em meio a muitos amantes finalmente era realidade. Kay tinha ido contar a Elena como estava equilibrando sua vida entre o amante apressado e uma mulher. Sentaram-se na cama de Elena fumando e conversando.

Kay disse:

– Você conhece a mulher. É Leila.

Elena não pôde deixar de pensar: "Então Leila ama uma mulherzinha de novo. Será que nunca amará uma igual? Alguém tão forte quanto ela própria?". Foi ferida pelo ciúme. Quis estar no lugar de Kay, sendo amada por Leila.

Ela perguntou:

– Que tal é ser amada por Leila?

– É incrivelmente maravilhoso, Elena. Uma coisa incrível. Em primeiro lugar, ela sempre sabe o que a outra quer, qual é o meu estado de espírito, o que eu desejo. É sempre certeira. Olha para mim quando nos encontramos e sabe. Ela demora muito tempo fazendo amor. Tranca-se com a pessoa em algum lugar maravilhoso – antes de tudo, o lugar tem que ser maravilhoso, diz ela. Uma vez fomos parar em um quarto de hotel porque Mary estava no apartamento dela. A lâmpada era muito forte. Ela cobriu-a com sua roupa de baixo. Primeiro ela faz amor com os seios. Ficamos apenas nos beijando durante horas. Ela espera até estarmos bêbadas de beijos. Tiramos toda a nossa roupa, e então ficamos grudadas uma na outra, rolando uma por cima da outra, ainda nos beijando. Ela senta em cima de mim como se estivesse a cavalo e então se mexe, roçando em mim. Não me deixa gozar por um longo tempo. Até que se torna excruciante. É um amor tão longo, prolongado, Elena. Deixa você tinindo, querendo mais.

Depois de um tempo, ela disse:

– Falamos sobre você. Ela queria saber da sua vida amorosa. Contei que você está obcecada por Pierre.

– O que ela disse?

– Disse que nunca soube que Pierre fosse algo mais que um amante de mulheres como a prostituta Bijou.

– Pierre amou Bijou?

– Oh, por uns poucos dias.

A imagem de Pierre fazendo amor com a celebrada Bijou ofuscou a imagem de Leila fazendo amor com Kay. Era um dia de ciúmes. Será que o amor se tornaria uma longa fila de ciúmes?

Todo dia Kay trazia novos detalhes. Elena não podia se recusar a ouvi-los. No meio de tudo aquilo, odiava a feminilidade de Kay e amava a masculinidade de Leila. Adivinhava o empenho de Leila na busca de complementação e a sua derrota. Via Leila vestindo sua camisa masculina de seda e abotoaduras de prata. Queria perguntar a Kay como era a roupa íntima dela. Queria ver Leila se vestir.

Pareceu a Elena que, assim como o homossexual passivo tornava-se uma caricatura da mulher para o homossexual ativo, as mulheres que se submetiam ao amor lésbico dominante tornavam-se uma caricatura das qualidades mais mesquinhas da mulher. Kay estava demonstrando isso, exagerando seus trejeitos – amando a si mesma através de Leila, de fato. Atormentando Leila também, como não teria ousado atormentar um homem. Sentindo que a mulher em Leila seria indulgente.

Elena tinha certeza de que Leila sofria com a mediocridade das mulheres com as quais podia fazer amor. O relacionamento nunca poderia ser soberbo o bastante, com aquela mácula de infantilidade. Kay chegava comendo balinhas tiradas do bolso, como uma colegial. Fazia beicinho. No restaurante, hesitava antes de fazer o pedido, e depois mudava o pedido para bancar a *cabotine*, a mulher com caprichos irresistíveis. Logo Elena começou a se esquivar dela. Começou a entender a tragédia por trás de todos os casos de Leila. Leila havia adquirido um novo sexo ao crescer além de homem e mulher. Ela pensava em Leila como uma figura mítica, engrandecida, glorificada. Leila a assombrava.

Guiada por uma intuição obscura, decidiu ir a uma casa de chá inglesa em cima de uma livraria na rue de Rivoli, onde homossexuais e lésbicas gostavam de se reunir. Sentavam-se em grupos separados. Homens solitários de meia-idade procuravam rapazes; lésbicas maduras buscavam mulheres jovens. A luz era fraca, o chá perfumado, o bolo, muito apropriadamente, velho.

Ao entrar, Elena viu Miguel e Donald sentados e juntou-se a eles. Donald estava concentrado no papel de puta. Gostava de mostrar a Miguel como conseguia atrair os homens, como poderia facilmente ser pago por seus favores. Estava animado porque um inglês grisalho e muito distinto, um homem conhecido por pagar suntuosamente por seus prazeres, estava vidrado nele. Donald exibia seus encantos diante dele, lançando olhares oblíquos como os de uma mulher por trás de um véu. Miguel ficou um pouco irritado. Disse:

– Se ao menos você soubesse o que esse homem exige de seus garotos, pararia de flertar com ele.

– O quê? – perguntou Donald, com mórbida curiosidade.

– Quer mesmo que eu diga?

– Sim. Quero saber.

– Ele quer apenas que os garotos deitem por baixo, enquanto ele se agacha em cima dos rostos deles e cobre-os com... você pode adivinhar o quê.

Donald fez uma careta e olhou para o homem grisalho. Mal podia acreditar naquilo, vendo o porte aristocrático do homem, a elegância de suas feições. Vendo a delicadeza com que segurava a piteira, a expressão sonhadora e romântica dos olhos. Como aquele homem poderia de fato realizar um ato daqueles? Isso pôs fim às frivolidades provocantes de Donald.

Então Leila chegou, viu Elena e foi até a mesa deles. Ela conhecia Miguel e Donald. Adorava a paródia de pavão de Donald – a exibição de cores imaginárias, de plumas que não possuía; sem o cabelo tingido, os cílios pintados e as unhas coloridas das mulheres. Ela riu com Donald, admirou a graciosidade de Miguel, então virou-se para Elena e mergulhou os olhos negros nos olhos muito verdes de Elena.

– Como vai Pierre? Por que você não o leva ao estúdio qualquer dia? Vou lá toda noite antes de cantar. Você nunca foi me ver cantar. Estou na boate todas as noites por volta das onze.

Mais tarde, ela ofereceu:
– Permite que eu lhe dê uma carona para onde você está indo?

Saíram juntas e entraram na limusine preta de Leila, no assento traseiro. Leila inclinou-se sobre Elena e cobriu sua boca com os lábios fartos em um beijo interminável no qual Elena quase perdeu a consciência. Os chapéus caíram quando elas atiraram as cabeças para trás contra o assento. Leila engolfou-a. A boca de Elena caiu sobre a garganta de Leila, na fenda do vestido negro que se abria entre os seios. Ela teve apenas que empurrar a seda para o lado com a boca para sentir o começo dos seios.

– Você vai se esquivar de mim de novo? – perguntou Leila.

Elena comprimiu os dedos contra os quadris cobertos de seda, sentindo a fartura das ancas, a plenitude das coxas, acariciando-a. A maciez tantalizante da pele e da seda do vestido fundiram-se uma na outra. Ela sentiu a pequena saliência da liga. Quis afastar os joelhos de Leila ali mesmo. Leila deu uma ordem para o chofer que Elena não ouviu. O carro mudou de direção.

– Isso é um rapto – disse Leila, com um riso profundo.

Sem chapéu, com os cabelos esvoaçantes, entraram no apartamento às escuras, onde as venezianas estavam cerradas contra o calor do verão. Leila conduziu Elena a seu quarto pela mão, e caíram juntas sobre a cama luxuriante. Seda de novo, seda sob os dedos, seda entre as pernas, ombros, pescoço e cabelo sedosos. Lábios de seda tremendo sob os dedos. Foi como na noite no antro de ópio; as carícias prolongadas, o suspense preciosamente mantido. Cada vez que se aproximavam do orgasmo, observando a aceleração do movimento, tanto Leila quanto Elena retomavam os beijos – um banho de sexo, como o que se poderia ter em um sonho interminável, a umidade criando pequenos ruídos de chuva entre os beijos. O dedo de Leila era firme, dominador, como um pênis; a língua, com longo alcance, conhecia muitos recantos onde atiçava os nervos.

Em vez de ter um cerne sexual, o corpo de Elena parecia ter um milhão de aberturas sexuais, igualmente sensibilizadas, cada célula da pele ampliada com a sensibilidade de uma boca. A própria carne de seu braço de repente se abria e se contraía com a passagem da língua ou dos dedos de Leila. Ela gemeu, e Leila mordeu a carne, como que para estimular um gemido maior. A língua entre as pernas de Elena era como uma facada, ágil e penetrante. Quando o orgasmo aconteceu, foi tão vibrante que sacudiu seus corpos da cabeça aos pés.

Elena sonhou com Bijou e Pierre. Bijou na plenitude da carne, a puta, o animal, a leoa; uma deusa luxuriante da abundância, sua carne um leito de sensualidade – em cada poro e curva. No sonho as mãos dela buscavam agarrar-se, sua carne latejava, gigantesca, arquejante, fermentada, saturada de umidade, dobrada em muitas camadas voluptuosas. Bijou estava sempre inclinada, inerte, despertando apenas para o momento do amor. Todos os fluidos do desejo gotejando ao longo das sombras prateadas de suas pernas, em torno dos quadris de violino, descendo e subindo com um som de seda molhada pelas concavidades dos seios.

Elena imaginava-a em todos os lugares, na saia justa de uma prostituta de rua, sempre à caça e à espera. Pierre amara seu andar obsceno, seu olhar cândido, sua teimosia ébria, sua voz virginal. Por algumas noites ele amara aquele sexo sobre pernas, aquele ventre ambulante aberto a todos.

E agora talvez amasse de novo.

Pierre mostrou a Leila uma fotografia da mãe, a mãe luxuriante. A semelhança com Bijou era assustadora em tudo, menos nos olhos. Os de Bijou eram cingidos de cor de malva. A mãe de Pierre tinha um ar mais saudável. Mas o corpo...

Elena pensou: "Estou perdida". Ela não acreditava na conversa de Pierre de que Bijou agora lhe causava repulsa. Ela começou a frequentar o café onde Bijou e Pierre haviam se conhecido, esperando por uma descoberta que pusesse fim às suas dúvidas. Não descobriu nada, exceto que Bijou gostava de homens muito jovens, de caras novas, lábios novos, sangue novo. Aquilo a acalmou um pouco.

Enquanto Elena tentava encontrar Bijou e desmascarar o inimigo, Leila, com artimanhas, tentava encontrar Elena.

E as três mulheres se encontraram, levadas para dentro do mesmo café em um dia de chuva forte: Leila perfumada e vistosa, de cabeça empinada, com uma estola de raposa prateada ondulando em torno dos ombros por cima do elegante terno negro; Elena de veludo cor de vinho; e Bijou no traje de prostituta de rua que ela jamais abandonava, vestido negro colante e sapatos de salto alto. Leila sorriu para Bijou, então reconheceu Elena. Tremendo, as três sentaram-se diante de drinques. O que Elena não esperava era ficar completamente intoxicada pelo charme voluptuoso de Bijou. À sua direita sentou-se Leila, incisiva, brilhante, e à sua esquerda, Bijou, como um leito de sensualidade no qual Elena queria se atirar.

Leila observou-a e sofreu. Então tratou de cortejar Bijou, o que ela sabia fazer muito melhor que Elena. Bijou nunca conhecera mulheres como Leila, apenas as mulheres que trabalhavam com ela, que, quando os homens não estavam lá, entregavam-se com Bijou a orgias de beijos para compensar a brutalidade dos homens – sentavam-se e se beijavam em um estado hipnótico, e isso era tudo.

Ela era suscetível ao sutil galanteio de Leila, mas ao mesmo tempo estava enfeitiçada por Elena. Elena era uma novidade completa para ela. Elena representava para os homens um tipo de mulher que era o oposto da puta, uma mulher que poetizava e dramatizava o amor, misturava-o com emoção, uma mulher que parecia feita de outra substância, uma mulher que imaginavam criada por uma lenda. Sim, Bijou conhecia os homens o bastante para saber que aquela era também uma mulher que os incitava a iniciarem-na na sensualidade, a quem apreciavam ver tornar-se escravizada pela sensualidade. Quanto mais legendária a mulher, maior o prazer de dessacralizá-la, erotizá-la. Bem no fundo, debaixo de todos aqueles devaneios, ela era mais uma cortesã, também vivendo para o prazer do homem.

Bijou, que era a puta das putas, gostaria de trocar de lugar com Elena. As putas sempre invejam as mulheres que têm a capacidade de despertar desejo e ilusão bem como apetite. Bijou, o órgão sexual andando sem disfarce, gostaria de ter a aparência de Elena. E Elena estava pensando em como gostaria de trocar de lugar com Bijou, devido às muitas vezes em que os homens cansavam de fazer a corte e queriam sexo bestial e direto, sem aquela coisa. Elena ansiava por ser estuprada novamente a cada dia, sem consideração por seus sentimentos; Bijou ansiava por ser idealizada. Somente Leila estava satisfeita por ter nascido livre da tirania dos homens, por estar livre dos homens. Mas não percebia que imitar um homem não era ser livre dele.

Ela fez a corte suave e galantemente à puta das putas. Como nenhuma das três mulheres desistiu, finalmente saíram juntas. Leila convidou Elena e Bijou para irem ao seu apartamento.

Quando chegaram, o lugar estava perfumado pelo incenso que queimava. A única luz provinha de globos de vidro luminosos cheios de água e peixes iridescentes, corais e cavalos-marinhos de vidro. Aquilo dava ao quarto um aspecto submarino, uma aparência de sonho, um lugar onde três mulheres de belezas diferentes exalavam tamanha sensualidade que um homem cairia subjugado.

Bijou temia se mexer. Tudo parecia muito frágil para ela. Sentou-se de pernas cruzadas como uma mulher árabe, fumando. Elena parecia irradiar luz como os globos de vidro. Seus olhos cintilavam brilhantes e febris na semiescuridão. Leila emitia um charme misterioso para ambas as mulheres, uma atmosfera de desconhecido.

As três sentaram-se no divã bem baixo, sobre um ondulante mar de almofadas. A primeira a agir foi Leila, que deslizou a mão cheia de joias por baixo das saias de Bijou e arfou levemente de surpresa com o inesperado toque de pele onde esperava encontrar roupa íntima sedosa. Bijou deitou-se de costas e voltou a boca para Elena, seu vigor tentado pela fragilidade de Elena, vendo pela primeira vez como era se sentir um homem e sentir a fragilidade de uma mulher curvando-se sob o peso de uma boca, a pequena cabeça abaixada para trás por suas mãos pesadas, o cabelo leve esvoaçando ao redor. As mãos fortes de Bijou circundaram deleitadas o pescoço delicioso. Ela segurou a cabeça entre as mãos como uma taça, para beber da boca longos goles do hálito de néctar, com a língua ondulando.

Leila teve um momento de ciúme. Cada carícia que dava a Bijou, Bijou transmitia a Elena – a mesmíssima carícia. Depois de Leila beijar a boca luxuriante de Bijou, Bijou tomou os lábios de Elena entre os seus. Quando a mão de Leila deslizou adiante por baixo do vestido de Bijou, Bijou deslizou a mão sob o vestido de Elena. Elena não se mexeu, enchendo-se de languidez. Então Leila deslizou sobre os joelhos e usou as duas mãos para afagar Bijou. Quando levantou o vestido de Bijou, Bijou atirou o corpo para trás e fechou os olhos para sentir melhor os movimentos das mãos cálidas e incisivas. Elena, vendo Bijou oferecida, ousou tocar o corpo voluptuoso e seguir cada contorno das curvas fartas – um leito de carne prostrada, suave e firme, sem ossos, cheirando a sândalo e almíscar. Os mamilos de Elena endureceram quando ela tocou os seios de Bijou. Quando sua mão passou pelas nádegas de Bijou, encontrou a mão de Leila.

Então Leila começou a se despir, expondo um pequeno corselete de cetim negro e macio que prendia as meias com minúsculas ligas negras. As coxas esguias e brancas fulguravam, o sexo permanecia na obscuridade. Elena soltou as ligas para observar as pernas polidas emergirem. Bijou puxou seu vestido por cima da cabeça e então reclinou-se para a frente para terminar de tirá-lo; ao fazer isso, expôs as nádegas por completo, as covinhas na base da espinha, o arco das costas. Então Elena deslizou para fora de seu vestido. Estava usando roupas íntimas de renda negra com fendas na frente e atrás, exibindo apenas as laterais sombreadas de seus segredos sexuais.

Sob os pés delas havia uma grande pele branca. Caíram sobre esta, os três corpos em harmonia, mexendo-se um contra o outro para sentir seio contra seio e barriga contra barriga. Deixaram de ser três corpos. Transformaram-se todos em bocas, dedos, línguas e sensações.

As bocas procuravam uma outra boca, um mamilo, um clitóris. Acomodaram-se entrelaçadas, movendo-se muito lentamente. Beijaram-se até os beijos tornarem-se uma tortura, e o corpo ficar inquieto. As mãos o tempo todo em busca da carne submissa, de uma abertura. A pele sobre a qual se acomodavam exalava um odor animal, que se misturava aos odores do sexo.

Elena foi em busca do corpo mais abundante de Bijou. Leila era mais agressiva. Colocou Bijou deitada de lado, com uma perna jogada por cima de seu ombro, e a beijava entre as pernas. De vez em quando Bijou contorcia-se para trás, para longe dos beijos e mordidas lancinantes, da língua dura como o sexo de um homem.

Ao se mover desse jeito, suas nádegas eram lançadas em cheio contra o rosto de Elena. Com as mãos, Elena estivera desfrutando do formato das nádegas; agora inseriu o dedo na pequena abertura apertada. Ali podia sentir cada contração provocada pelos beijos de Leila, como se estivesse tocando a parede contra a qual Leila movia a língua. Bijou, recuando da língua que a alcançava, movia-se na direção de um dedo que lhe deleitava. O prazer era expresso em melodiosas modulações de voz e, de vez em quando, como uma selvagem sendo escarnecida, cerrava os dentes e tentava morder aquela que a estava tantalizando.

Quando estava prestes a gozar e não podia mais se defender do prazer, Leila parou de beijá-la, deixando Bijou a meio caminho do ápice de uma sensação excruciante, semienlouquecida. Elena havia parado no mesmo momento.

Incontrolável agora, como uma maníaca de primeira grandeza, Bijou atirou-se em cima do corpo de Elena, abriu suas pernas, colocou-se entre elas, colou-se ao sexo de Elena e se mexeu, mexeu-se desesperadamente. Arremeteu contra Elena como um homem para sentir os dois sexos se encontrando, se soldando. Então, ao sentir o prazer chegando, deteve-se para prolongá-lo, caiu de costas e abriu a boca para o seio de Leila, para mamilos incandescentes em busca de carícias.

    Elena agora também estava no frenesi que precede o orgasmo. Sentiu uma mão embaixo de si, uma mão contra a qual podia se roçar. Quis atirar-se sobre a mão até que esta a fizesse gozar, mas também queria prolongar o prazer. E parou de se mexer. A mão perseguiu-a. Ela levantou-se, e a mão novamente dirigiu-se a seu sexo. Então ela viu Bijou postada contra as suas costas, ofegante. Sentiu os seios pontudos, o roçar dos pelos púbicos de Bijou contra suas nádegas. Bijou esfregou-se contra ela, e então deslizou para cima e para baixo, lentamente, sabendo que a fricção forçaria Elena a se virar para, desse modo, sentir aquele atrito nos seios, sexo e barriga. Mãos, mãos por todos os lados de uma só vez. As unhas pontudas de Leila enterraram-se na parte mais tenra do ombro de Elena, entre o seio e a axila, doendo, uma dor deliciosa, a tigresa apoderando-se dela, estraçalhando-a. O corpo de Elena ardia de modo tão abrasador que ela temeu que mais um toque detonasse a explosão. Leila sentiu isso, e elas se separaram.

    Todas as três caíram sobre o divã. Pararam de se tocar e olharam uma para a outra, admirando a desordem e vendo a umidade cintilar ao longo das lindas pernas.

    Mas não conseguiam manter as mãos longe uma das outras, e agora Elena e Leila atacaram Bijou juntas, decididas a arrancar dela a sensação máxima. Bijou foi cercada, envolvida, coberta, lambida, beijada, mordida, rolada novamente para cima do tapete de pele, atormentada por um milhão de mãos e línguas. Agora implorava para ser satisfeita, escancarou as pernas, tentou satisfazer a si mesma pela fricção contra os outros corpos. Elas não deixaram. Vasculharam-na com línguas e dedos, por trás e pela frente, parando às vezes para tocar a língua uma da outra – Elena e Leila, boca com boca, línguas enroscadas juntas por cima das pernas de Bijou. Bijou erguia-se para receber o beijo que poria fim a seu suspense. Elena e Leila, esquecendo-se dela, concentraram todas as sensações em suas línguas, golpeando uma à outra. Impaciente, loucamente inflamada, Bijou começou a se acariciar; então Leila e Elena empurraram sua mão para longe e caíram sobre ela. O orgasmo de Bijou veio como um tormento requintado. A cada espasmo ela se mexia como se estivesse levando uma facada. Quase gritou para que aquilo acabasse.

Sobre o corpo de bruços, Elena e Leila retomaram os beijos de língua de novo, as mãos embriagadas esquadrinhando uma a outra, penetrando em todos os lugares arrebatadamente, até Elena gritar. Os dedos de Leila haviam descoberto o ritmo dela, e Elena agarrou-se a Leila esperando o prazer irromper, enquanto suas mãos tentavam dar o mesmo prazer a Leila. Tentaram gozar em sincronia, mas Elena gozou primeiro, caindo amontoada, desprendida da mão de Leila, derrubada pela violência do orgasmo. Leila caiu ao seu lado, oferecendo o sexo à boca de Elena. Quando o prazer de Elena arrefeceu, revolvendo-se embora, desvanecendo-se, ela concedeu a língua a Leila, golpeando na abertura do sexo até Leila se contrair e gemer. Ela mordeu a carne tenra de Leila. No paroxismo do prazer, Leila não sentiu os dentes cravados ali.

Elena agora entendia por que alguns maridos espanhóis recusavam-se a iniciar as esposas em todas as possibilidades do sexo – para evitar o risco de despertar dentro delas uma paixão insaciável. Em vez de ser contentada e pacificada pelo amor de Pierre, ela tornou-se mais vulnerável. Quanto mais desejava Pierre, maior sua fome por outros amores. Parecia-lhe que tinha pouco interesse no enraizamento do amor, em sua fixidez. Queria apenas o momento de paixão de todo mundo.

Nem queria ver Leila de novo. Queria ver o escultor Jean porque ele agora estava naquele estado de fogo que ela adorava. Ela queria arder. Pensou consigo mesma: "Falo quase como uma santa, arder por amor – não por amor místico, mas por um encontro sensual devastador. Pierre despertou em mim uma mulher que eu não conhecia, uma mulher insaciável".

Quase como se ela tivesse induzido seu desejo a se realizar por si, encontrou Jean esperando na porta. Como sempre, ele portava uma pequena oferenda em um pacote que segurava desajeitadamente. O jeito que seu corpo se mexeu, o jeito que seus olhos estremeceram quando ela se aproximou traíram a força do desejo dele. Ela já estava possuída por aquele corpo, e ele se mexeu como se estivesse instalado dentro dela.

– Você nunca foi me ver – disse ele humildemente.
– Você nunca foi ver meu trabalho.
– Vamos agora – ela respondeu, e caminhou ao lado dele com uma passada leve, dançante.

Chegaram a uma parte curiosa e árida de Paris, perto de um dos portões, uma cidade de galpões transformados em estúdios, lado a lado com casas de trabalhadores. E Jean vivia ali com suas estátuas no lugar de mobília, estátuas maciças. Ele era fluido, mutável, hipersensível, e havia criado solidez e poder com as mãos trêmulas.

As esculturas eram como monumentos, cinco vezes o tamanho natural, a mulher grávida, o homem indolente e sensual, com mãos e pés como raízes de árvore. Um homem e uma mulher estavam tão mesclados que não se conseguia detectar as diferenças entre seus corpos. Os contornos estavam completamente fundidos. Unidos pelos genitais, eles assomavam sobre Elena e Jean.

À sombra da estátua, moveram-se um na direção do outro, sem uma palavra, sem um sorriso. Nem as mãos se mexeram. Quando se encontraram, Jean pressionou Elena contra a estátua. Não se beijaram, nem se tocaram com as mãos. Apenas os torsos se encontraram, repetindo em carne humana e cálida a fusão dos corpos da estátua acima deles. Ele comprimiu seus genitais contra os dela, em um ritmo lento e extasiado, como se fosse entrar no corpo dela desse modo.

Ele escorregou para baixo, como se fosse ajoelhar-se aos pés dela, apenas para se erguer de novo, dessa vez trazendo o vestido para cima sob a pressão, de modo que este acabou como uma pilha volumosa de tecido embaixo dos braços dela. Ele comprimiu-se de novo contra ela, movendo-se às vezes da esquerda para a direita ou da direita para a esquerda, às vezes em círculos, às vezes empurrando-se contra ela com violência reprimida. Ela sentiu o volume do desejo dele esfregando-se como se ele estivesse fazendo fogo com duas pedras, arrancando faíscas cada vez que se mexia, e ela finalmente deslizou para baixo como em um sonho de pouca materialidade. Caiu amontoada, presa entre as pernas dele, que agora queria fixar aquela posição, eternizá-la, pregar seu corpo com a poderosa arremetida de sua virilidade intumescida. Eles se mexeram de novo, ela para oferecer as mais profundas reentrâncias de sua feminilidade, e ele para prendê-los juntos. Ela se contraiu para sentir melhor a presença dele, movendo-se ofegante devido ao deleite insuportável, como se ela houvesse tocado o ponto mais vulnerável do ser dele.

Jean fechou os olhos para sentir aquele prolongamento de seu corpo no qual todo o sangue havia se concentrado e que jazia nas voluptuosas trevas dela. Não conseguiu mais se conter e projetou-se para invadi-la, para encher o ventre dela até a borda com seu sangue e, quando ela o recebeu, a pequena passagem onde ele se mexia apertou-se em torno dele, engolindo as essências de seu ser.

A estátua lançou sua sombra sobre o enlace, que não se dissolveu. Permaneceram como que transformados em pedra, sentindo o prazer refluir até a última gota. Ela já estava pensando em Pierre. Sabia que não voltaria para

Jean. Pensou: "Amanhã seria menos lindo". Com um medo quase supersticioso, pensou que, se ficasse com Jean, então Pierre sentiria a traição e a puniria.

Ela esperava ser punida. Parada defronte à porta de Pierre, esperava encontrar Bijou lá na cama dele, com as pernas escancaradas. Por que Bijou? Porque Elena esperava vingança pela traição do seu amor.

Seu coração batia loucamente quando ele abriu a porta. Pierre sorriu inocentemente. Mas e daí, o sorriso dela não era inocente? Para se certificar, olhou-se no espelho. Será que esperava que o demônio que a guiava aparecesse nos olhos verdes?

Observou os vincos na saia, as manchas de pó nas sandálias. Sentiu que, se Pierre fizesse amor com ela, perceberia a essência de Jean fluindo junto com a umidade dela. Esquivou-se das carícias e sugeriu que visitassem a casa de Balzac em Passy.

Era uma tarde chuvosa, com aquela melancolia cinzenta parisiense que mantinha as pessoas dentro de casa, que criava uma atmosfera erótica porque parecia um teto sobre a cidade, circundando todos em um ar enervado, como em uma alcova; com algum lembrete da vida erótica por todos os lugares – uma loja semiescondida mostrando roupa íntima, cintas negras e botas negras; o andar provocante das parisienses; táxis conduzindo casais abraçados.

A casa de Balzac situava-se no topo de uma rua íngreme em Passy, com vista para o Sena. Primeiro tiveram que bater na campainha da porta de um prédio de apartamentos, depois descer um lance de escadas que parecia levar a um porão, mas em vez disso abria-se para um jardim. A seguir, tiveram que cruzar o jardim e bater em outra porta. Aquela era a porta da casa dele, oculta no jardim de um prédio de apartamentos, uma casa secreta e misteriosa, bem-escondida e isolada no coração de Paris.

A mulher que abriu a porta parecia um fantasma do passado – rosto desbotado, cabelo e roupas desbotados, exangue. Vivendo com os manuscritos de Balzac, imagens, gravuras das mulheres que ele amara, ela ficara impregnada de um passado desaparecido, e todo o sangue se esvaíra dela. Sua voz era distante, fantasmagórica. Ela dormia naquela casa cheia de *souvenirs* mortos. Tornara-se igualmente morta para o presente. Era como se a cada noite ela se enterrasse na tumba de Balzac para dormir com ele.

Ela guiou-os através de salas e depois para os fundos da casa. Chegou a um alçapão, enfiou os dedos compridos e ossudos no puxador e ergueu-o para Elena e Pierre verem. O alçapão abria-se para uma escadinha.

Aquele era o alçapão que Balzac construíra para que as mulheres que o visitavam pudessem escapar da vigilância ou suspeita dos maridos. Ele também o usava para escapar do assédio de seus credores. A escada conduzia a uma passagem e a seguir a um portão que se abria em uma rua isolada, que por sua vez dava no Sena. Podia-se escapar antes que a pessoa na porta da frente da casa tivesse tempo suficiente para cruzar a primeira sala.

Para Elena e Pierre, o alçapão evocou de tal modo os amores de Balzac que os afetou como um afrodisíaco. Pierre sussurrou:

– Gostaria de possuir você no chão, bem aqui.

A mulher-fantasma não ouviu as palavras, sussurradas com a franqueza de um apache, mas flagrou o olhar que as acompanhou. O estado de espírito dos visitantes não estava em harmonia com a santidade do lugar, e ela os despachou depressa.

O bafejo da morte havia fustigado seus sentidos. Pierre chamou um táxi. No táxi ele não pôde esperar. Fez Elena sentar-se em cima dele, de costas para ele, com seu corpo contra o dele em toda a extensão, ocultando-o completamente. Levantou a saia dela.

Elena disse:

– Aqui não, Pierre. Espere até chegarmos em casa. As pessoas vão ver. Espere, por favor. Oh, Pierre, você está me machucando! Olhe, o policial ficou nos encarando. E agora estamos parados aqui, as pessoas podem nos ver da calçada. Pierre, Pierre, pare.

Mas, ao mesmo tempo em que se defendia debilmente e tentava escapulir, era conquistada pelo prazer. Seus esforços para se sentar deixavam-na ainda mais intensamente ciente de cada movimento de Pierre. Agora ela temia que ele pudesse se apressar, movido pela velocidade do táxi e medo de que o carro parasse na frente da casa e o motorista voltasse a cabeça na direção deles. E ela queria desfrutar de Pierre, reafirmar o vínculo deles, a harmonia de seus corpos. Eram observados da rua. Contudo, ela não conseguia se afastar, e agora ele estava com os braços em volta dela. Então um violento solavanco do táxi em um buraco da rua separou-os. Era tarde demais para retomar o enlace. O táxi havia parado. Pierre só teve tempo de se abotoar. Elena sentiu que deviam parecer bêbados, desalinhados. A languidez de seu corpo dificultava os movimentos.

Pierre encheu-se de um contentamento perverso com a interrupção. Ele apreciou sentir os ossos semiderretidos no corpo, o recuo quase doloroso do sangue. Elena compartilhou do novo capricho dele, e posteriormente ficaram na cama se acariciando e conversando. Então Elena contou a Pierre a história que ouvira de manhã, de uma jovem francesa que costurava para ela.

"Madeleine trabalhava em uma grande loja de departamentos. Vinha da mais pobre família de trapeiros de Paris. Tanto o pai quanto a mãe viviam de revirar latas de lixo e vender os pedaços de lata, couro e papel que encontravam. Madeleine foi colocada no suntuoso departamento de móveis, sob a supervisão de um superintendente cortês, encerado e engomado. Ela nunca havia dormido em uma cama, somente sobre uma pilha de farrapos e jornais em um barraco. Quando as pessoas não estavam olhando, ela tocava nas colchas de cetim, colchões, travesseiros de pena, como se fossem arminho ou chinchila. Ela tinha o inato dom parisiense de parecer encantadoramente vestida com o dinheiro que outras mulheres gastariam apenas com meias. Era atraente, com olhar alegre, cabelo negro crespo e curvas bem-arredondadas. Desenvolveu duas paixões: uma, roubar algumas gotas de perfume ou colônia do departamento de perfumes; a outra, esperar até que a loja estivesse fechando para poder deitar-se em uma das camas mais macias e fingir que dormiria ali. Preferia as camas com dossel. Sentia-se mais segura deitada entre cortinas. O gerente geralmente estava em tamanha correria para ir embora que ela era deixada a sós por alguns minutos para se entregar à fantasia. Ela achava que, ao deitar-se em uma cama daquelas, seus encantos femininos eram realçados um milhão de vezes e desejava que um certo homem elegante que vira na Champs Élysées pudesse vê-la ali e perceber como ela se pareceria em um belo quarto.

Sua fantasia tornou-se mais complexa. Deu um jeito de colocar uma penteadeira com espelho em frente à cama, de modo que podia se admirar deitada. Certo dia, quando havia completado todos os passos da cerimônia, viu que o supervisor a estava observando estupefato. Quando ia saltar da cama ele a deteve.

– Madame – ele disse (ela sempre fora chamada de senhorita) –, estou encantado em conhecê-la. Espero que esteja satisfeita com a cama que lhe fiz, de acordo com suas ordens. Acha-a macia o bastante? Acha que o senhor conde vai gostar?

– O senhor conde felizmente está fora por uma semana, mas terei condições de apreciar minha cama com outro alguém – ela respondeu. Então sentou-se na cama e estendeu a mão para o homem.– Agora, beije-a como você beijaria a mão de uma senhora em um salão.

Sorrindo, ele o fez com elegância cortês. Então ouviram um ruído e ambos desapareceram em direções diferentes.

Todos os dias, eles roubavam cinco ou dez minutos da correria da hora do fechamento. Fingindo pôr as coisas em ordem, tirar o pó, corrigir erros nas etiquetas de preço, planejavam a pequena encenação. Ele acrescentou o mais eficiente toque de todos – um biombo. Depois lençóis com barras de renda de outro departamento. A seguir, fez a cama e dobrou a coberta. Depois de beijar-lhe as mãos, conversavam. Ele a chamava de Naná. Como ela não conhecia o livro, ele deu um exemplar. O que o preocupava agora era o efeito incongruente do vestidinho preto apertado dela em cima da coberta em tom pastel. Ele pegava o diáfano *négligé* vestido por uma manequim durante o dia e cobria Madeleine com ele. Mesmo que os vendedores ou vendedoras passassem por ali, não viam a encenação atrás do biombo.

Quando Madeleine havia desfrutado o beija-mão, ele depositava um beijo mais acima no braço, no ângulo do cotovelo. Ali a pele era sensível, e quando ela dobrava o braço, parecia que o beijo estava circundado e acalentado. Madeleine deixava-o ali como uma flor conservada e, mais tarde, quando estava sozinha, abria o braço e beijava o mesmo local, como que para devorá-lo mais intimamente. O beijo, depositado com tanta delicadeza, era mais poderoso que todos os beliscões grosseiros que ela havia recebido na rua como tributos a seus encantos ou as obscenidades sussurradas pelos trabalhadores: *'Viens que je te suce'**.

Primeiro ele sentava-se no pé da cama, depois se estirava ao lado dela para fumar um cigarro com toda a cerimônia de um sonhador de ópio. Passos alarmantes do outro lado do biombo davam ao encontro o segredo e os

---

* Vem que eu te chupo. Em francês no original. (N.E.).

perigos de um *rendez-vous* de amantes. Então Madeleine dizia:

– Gostaria que pudéssemos escapar da vigilância ciumenta do conde. Ele está me dando nos nervos.

Mas seu admirador era sábio demais para dizer: 'Venha comigo para um hotelzinho humilde'. Sabia que aquilo não aconteceria em algum quarto encardido, em uma cama de bronze com cobertores rasgados e lençóis cinzentos. Ele depositava um beijo no recanto mais cálido de seu pescoço, sob o cabelo crespo, depois na ponta da orelha, onde Madeleine não podia prová-lo mais tarde, onde ela podia apenas tocar com os dedos. Sua orelha ardia o dia inteiro depois do beijo porque ele tinha adquirido o hábito de mordê-la.

Logo que Madeleine se deitava, era tomada pela languidez, o que podia ser devido à sua concepção de comportamento aristocrático, ou aos beijos que agora caíam como colares em volta de sua garganta e mais abaixo, onde os seios começavam. Ela não era virgem, mas a brutalidade dos ataques que havia experimentado, empurrada contra uma parede em ruas escuras, atirada no chão de um caminhão, ou tombada atrás de barracos de trapeiros, onde as pessoas copulavam sem sequer se incomodar em ver o rosto uma da outra, nunca a haviam estimulado tanto quanto aquela corte gradual e cerimoniosa de seus sentidos. Ele fez amor com as pernas dela por três ou quatro dias. Fez com que vestisse chinelos felpudos, tirou suas meias, beijou seus pés e os segurou como se estivesse possuindo todo o corpo. Na ocasião em que estava pronto para erguer sua saia, ele havia inflamado o resto do corpo tão completamente que Madeleine estava pronta para a posse final.

Como o tempo era curto, e era de se esperar que eles sempre deixassem a loja junto com os outros, ele tinha que se privar das carícias quando ia possuí-la. E agora ela não sabia do que gostava mais. Se as carícias eram muito demoradas, ele não tinha tempo de possuí-la. Se procedia de forma direta, ela sentia menos contentamento. Atrás do biombo, agora ocorriam cenas desempenhadas nos quartos mais suntuosos, apenas mais apressadas, e em todas as vezes o manequim tinha de ser vestido e a cama endireitada. Contudo, eles jamais se encontravam fora daquele momento. Aquele era o sonho diário deles. Ele desdenhava as aventuras chinfrins de seus colegas em hotéis de cinco francos. Agia como se tivesse visitado a prostituta mais cortejada de Paris e fosse o *amant de coeur** de uma mulher mantida pelos homens mais ricos".

– O sonho chegou a ser destruído? – perguntou Pierre.

– Sim. Lembra da greve branca das grandes lojas de departamento? Os funcionários ficaram dentro das lojas por duas semanas. Durante aquele tempo, outros casais descobriram a maciez das camas de alta qualidade, dos divãs, sofás e *chaises longues*, e descobriram as variações que podem ser acrescentadas às posições amorosas quando as camas são largas e baixas, e materiais primorosos deliciam a pele. Os sonhos de Madeleine tornaram-se propriedade pública e uma caricatura vulgar dos prazeres que ela conhecera. A singularidade de seu encontro com o amante chegou ao fim. Ele voltou a chamá-la de senhorita, e ela, a chamá-lo de senhor. Ele começou até mesmo a encontrar falhas na habilidade de vendas dela, e por fim Madeleine deixou a loja.

Elena alugou uma casa no interior para os meses de verão, uma casa que precisava de pintura. Miguel havia prometido ajudá-la. Começaram pelo sótão, que era pitoresco e complexo, uma série de salinhas irregulares, às vezes com salas dentro de salas, acrescentadas como reflexões tardias.

---

*Em francês, literalmente, o "amante do coração". Aquele a que uma cortesã se entregava apenas por amor ou prazer, sendo sustentada por outros homens. (N.E.).

Donald também estava lá, mas, sem interesse pela pintura, saiu para explorar o vasto jardim, a vila e a floresta em torno da casa. Elena e Miguel trabalhavam sozinhos, cobrindo as paredes de tinta, bem como a si mesmos. Miguel segurava o pincel como se estivesse pintando um retrato, e afastava-se para inspecionar o progresso. Trabalhar juntos levou-os a reviver o estado de espírito da juventude.

Para chocá-la, Miguel falou sobre a sua "coleção de bundas", fingindo ser esse o aspecto particular de beleza que o enfeitiçava, porque Donald o possuía no mais alto grau – a arte de encontrar uma bunda que não fosse excessivamente redonda como a da maioria das mulheres, nem excessivamente chata, como a da maioria dos homens, mas algo entre as duas, algo digno de ser agarrado.

Elena ria. Ficou pensando que, quando Pierre virava-lhe as costas, tornava-se como uma mulher para ela, e ela gostaria de estuprá-lo. Ela conseguia imaginar muito bem os sentimentos de Miguel ao se encostar nas costas de Donald.

– Se a bunda é arredondada o bastante, firme, e se o garoto não tem uma ereção – disse Elena –, então não há muita diferença de uma mulher. Você ainda nota essa diferença?

– Sim, claro. Pense no quanto seria aflitivo não encontrar nada ali, e também encontrar um excesso de protusões mamárias mais acima... seios para leite, uma coisa de paralisar o apetite sexual.

– Algumas mulheres possuem tetas bem pequenas – disse Elena.

Era a vez dela de subir na escada para alcançar uma cornija e o canto inclinado do teto. Ao erguer o braço, ela levou junto as saias. Não estava de meias. Suas pernas eram lisas e esguias, sem "arredondamentos exagerados", como dissera Miguel, retribuindo os cumprimentos de Elena, agora que o relacionamento estava a salvo de quaisquer esperanças sexuais da parte dela.

O desejo de Elena de seduzir um homossexual era um erro comum entre as mulheres. Em geral havia um ponto de honra feminino nisso, um desejo de testar o poder contra fortes adversidades, talvez uma sensação de que todos os homens estavam escapando de seu domínio e deviam ser seduzidos de novo. Miguel sofria essas tentativas todos os dias. Ele não era efeminado. Conduzia-se bem, seus gestos eram masculinos. Tão logo as mulheres começavam a exibir frivolidades para ele, Miguel ficava em pânico. Imediatamente antecipava todo o drama: a agressão da mulher, a interpretação da passividade dele como mera timidez, os avanços dela, a aversão dele ao momento em que teria que rejeitá-la. Ele jamais conseguia fazer isso com calma indiferença. Ele era muito terno e compassivo. Às vezes, sofria mais que a mulher, para quem a vaidade era tudo o que importava. Ele tinha um relacionamento tão familiar com as mulheres que sempre sentia como se estivesse ferindo uma mãe, uma irmã, ou Elena outra vez, em suas novas transformações.

Àquela altura, ele sabia o dano que causara a Elena por ser o primeiro a instilar nela a dúvida quanto à sua capacidade de amar ou ser amada. Cada vez que rechaçava o avanço de uma mulher, pensava que cometia um crime menor ao assassinar a fé e a confiança de uma vez por todas.

Como era bom estar com Elena, desfrutar de seus dotes femininos sem perigo. Pierre estava tomando conta da Elena sensual. Ao mesmo tempo, como Miguel tinha ciúme de Pierre, da mesma forma que tivera do pai quando criança. A mãe sempre o mandava embora de seu quarto tão logo o pai entrava. O pai ficava impaciente para que ele saísse. Miguel odiava o modo como se trancavam juntos durante horas. Tão logo o pai saía, o amor, os abraços e beijos da mãe voltavam para ele.

Quando Elena dizia: "Vou ver Pierre", era a mesma coisa. Nada podia detê-la. Não importava quanto prazer tivessem juntos, não importava quanta ternura ela vertesse sobre Miguel, nada podia detê-la.

O mistério da masculinidade de Elena também o enfeitiçava. Sempre que estava com ela, Miguel sentia aquela ação vital ativa, positiva, da natureza dela. Em sua presença, ele era galvanizado de sua preguiça, imprecisão, procrastinações. Ela era o catalisador.

Miguel olhou as pernas dela. Pernas de Diana, Diana a caçadora, a mulher-menino. Pernas para correr e saltar. Foi tomado por uma curiosidade irresistível de ver o resto do corpo dela. Chegou mais perto da escada. As pernas esbeltas desapareciam dentro das calcinhas com borda rendada. Ele queria ver além.

Ela olhou para ele e o viu parado, observando-a com olhos esbugalhados.

– Elena, eu só queria ver como você é.

Ela sorriu para ele.

– Deixa eu olhar?

– Você está me olhando.

Ele ergueu a barra da saia para fora e abriu-a como um guarda-sol sobre si, ocultando a cabeça. Ela começou a descer a escada, mas as mãos dele a detiveram. As mãos haviam agarrado o elástico das calcinhas e o puxavam para baixá-las. Ela ficou a meio caminho na escada, uma perna mais alta que a outra, o que o impedia de baixar as calcinhas até o fim. Ele puxou a perna em sua direção, de modo que pôde tirar as calcinhas de vez. As mãos ficaram amorosamente em concha sobre a bunda. Como um escultor, ele verificou o exato contorno do que segurava, sentindo a firmeza, o formato arredondado, como se fosse meramente o fragmento de uma estátua à qual ele houvesse dado forma, da qual faltava o resto do corpo. Ele desconsiderou a carne em volta, as curvas. Acariciou apenas a bunda e gradualmente trouxe-a mais para perto do rosto, impedindo Elena de se virar enquanto descia a escada.

Ela entregou-se ao capricho dele, pensando que seria uma orgia apenas de olhos e mãos. Quando ela atingiu o último degrau, ele tinha uma mão em cada promontório e os apalpava como se fossem seios, levando as carícias de volta ao ponto onde haviam começado, hipnoticamente.

Agora Elena o encarou, encostada na escada. Sentiu que ele estava tentando possuí-la. Primeiro, tocou onde a abertura era muito pequena para ele e a machucou. Ela gritou. Então ele foi para a frente e encontrou a verdadeira abertura feminina, percebeu que podia deslizar ali para dentro, e ela ficou espantada por vê-lo tão forte, permanecendo dentro dela e se mexendo. Mas, embora ele se mexesse vigorosamente, não acelerou os movimentos para chegar ao clímax. Será que ele estava se tornando mais e mais consciente de que estava dentro de uma mulher e não de um garoto? Ele recuou lentamente, deixando-a desse modo possuída pela metade, escondeu o rosto para que ela não visse sua desilusão.

Ela o beijou para provar que aquilo não anuviaria o relacionamento e que ela compreendia.

Às vezes, na rua ou em um café, Elena era hipnotizada pelo rosto de *souteneur** de um homem, por um trabalhador grandão com botas até o joelho, por uma cabeça brutal, criminosa. Sentia um tremor sensual de medo, uma atração obscura. A fêmea nela ficava fascinada. Por um segundo ela se sentia como uma puta que esperava uma facada nas costas por alguma infidelidade. Sentia-se ansiosa. Estava numa armadilha. Esquecia que era livre. Uma camada negra de fungo estava desperta, um primitivismo obscuro, um desejo de sentir a brutalidade do homem, a força que podia arrombá-la e despojá-la. Ser violada era uma necessidade da mulher, um desejo erótico secreto. Ela tinha que se safar do domínio daquelas imagens.

---

* Gigolô. Em francês no original. (N.T.)

Lembrou que a primeira coisa que amou em Pierre foi a luz perigosa em seus olhos, os olhos de um homem sem culpas e escrúpulos, que pegava o que queria e desfrutava, sem noção de riscos e consequências.

O que fora feito daquele selvagem ingovernável e voluntarioso que ela encontrara em uma estrada montanhosa em certa manhã deslumbrante? Agora estava domesticado. Vivia para fazer amor. Elena sorriu ao pensar nisso. Aquela era uma qualidade que raramente se encontrava em um homem. Mas ele ainda era um homem da natureza. Às vezes ela lhe dizia:

– Onde está seu cavalo? Você sempre olha como se tivesse deixado seu cavalo na porta e estivesse prestes a sair a galope de novo.

Ele dormia nu. Odiava pijamas, quimonos, chinelos. Atirava os cigarros no chão. Lavava-se em água congelante como um desbravador. Ria do conforto. Escolhia a cadeira mais dura. Uma vez seu corpo estava tão quente e poeirento e a água que ele usava tão congelante que evaporou, e a fumaça brotou dos poros. Ele estendeu as mãos fumegantes na direção dela, que disse:

– Você é o deus do fogo.

Ele não conseguia se submeter a horários. Não sabia o que dava ou não dava para ser feito em uma hora. Metade de seu ser estava permanentemente adormecido, enovelado em devaneios, em preguiça, falando sobre viagens que faria, livros que escreveria.

Era puro também, em ocasiões estranhas. Tinha a reserva de um gato. Embora dormisse nu, não falava sobre nudez.

Pierre tocava todas as regiões do entendimento com a intuição. Mas não vivia lá, não comia e dormia naquelas regiões superiores, como ela. Com frequência ele discutia, guerreava, bebia na companhia de amigos ordinários, passava noites com gente ignorante. Ela não conseguia fazer isso. Ela gostava do excepcional, do extraordinário. Aquilo os separava. Ela gostaria de ser como ele, próxima de todos, de qualquer um, mas não conseguia. Isso a entristecia. Muitas vezes quando saíam juntos ela o deixava.

A primeira briga séria foi por causa do horário. Pierre telefonava e dizia:

– Venha ao meu apartamento ali pelas oito.

Ela tinha a chave. Entrava e pegava um livro. Ele chegava às nove. Ou telefonava quando ela já estava pronta e dizia:

– Vou estar aí logo – e aparecia duas horas mais tarde. Certa noite em que ela esperou por tempo demais (e a espera foi ainda mais dolorosa porque imaginou-o fazendo amor com alguém), quando ele chegou, descobriu que ela havia partido. Então foi a vez dele se enfurecer. Mas aquilo não mudou seus hábitos. Outra vez, ela o trancou do lado de fora. Ficou atrás da porta ouvindo-o. Já estava torcendo para que ele não fosse embora. Lamentava profundamente que a noite deles tivesse sido arruinada. Mas esperou. Ele tocou a campainha de novo, muito gentilmente. Se tivesse tocado a campainha com fúria, ela teria permanecido impassível, mas ele tocou de modo gentil e culpado, e ela abriu a porta. Ainda estava furiosa. Ele a desejou. Ela resistiu. Ele foi estimulado pela resistência dela. E ela ficou triste pelo espetáculo do desejo dele.

Teve a sensação de que Pierre tinha buscado aquela cena. Quanto mais inflamado ele ficava, maior o alheamento dela. Ela se fechou sexualmente. Mas o mel gotejou dos lábios fechados, e Pierre ficou em êxtase. Ficou mais apaixonado, forçando os joelhos dela com as pernas fortes, despejando-se dentro dela impetuosamente, gozando com intensidade tremenda.

Se nas outras vezes em que não sentira prazer ela fingiu para não feri-lo, dessa vez ela deliberadamente não dissimulou. Quando a paixão de Pierre estava satisfeita, ele perguntou:

— Você gozou?
— Não — respondeu ela.

E ele ficou magoado. Sentiu a completa crueldade da contenção dela. Disse:

— Eu te amo mais do que você me ama.

Contudo, ele sabia o quanto ela o amava e estava frustrado.

Na sequência, ela ficou deitada de olhos abertos, pensando que o atraso dele era inocente. Ele já adormecera como uma criança, com os punhos fechados, o cabelo na boca de Elena. Ainda dormia quando ela foi embora. Na rua, ela foi invadida por uma onda de ternura tão grande que teve de voltar ao apartamento. Jogou-se em cima dele dizendo:

— Tive que voltar, tive que voltar.

— Eu queria que você voltasse — ele disse. Tocou-a. Ela estava bem molhada, bem molhada. Deslizando para dentro e fora dela, Pierre falou:

— Gosto de ver como a machuco aí, como apunhalo você aí, na pequena ferida.

Então golpeou-a, para arrancar o espasmo que ela havia segurado.

Quando partiu, Elena estava contente. Será que o amor podia se tornar um fogo que não queimava, como o fogo dos religiosos hindus; será que ela estava aprendendo a caminhar magicamente sobre brasas ardentes?

O basco e Bijou

Era uma noite chuvosa, as ruas pareciam espelhos, refletindo tudo. O basco tinha trinta francos no bolso e se sentia rico. Tinha gente dizendo que, com seu estilo ingênuo e tosco, ele era um grande pintor. Não percebiam que ele copiava de cartões-postais. Tinham dado os trinta francos pela última pintura. O basco estava eufórico e queria celebrar. Estava procurando uma daquelas luzinhas vermelhas que significavam prazer.

Uma mulher maternal abriu a porta, mas uma mulher maternal cujos olhos frios deslocavam-se quase que imediatamente para os sapatos do homem, pois a partir deles ela julgava quanto ele podia pagar pelo prazer. A seguir, para sua própria satisfação, os olhos repousavam por um instante nos botões da calça. Rostos não lhe interessavam. Ela passava a vida lidando exclusivamente com aquela região da anatomia dos homens. Seus olhos grandes, ainda radiantes, tinham um jeito penetrante de olhar dentro das calças, como se pudessem avaliar o peso e o tamanho dos dotes do homem. Era um olhar profissional. Ela gostava de formar os pares com mais acuidade do que outras mães da prostituição. Ela sugeria certas combinações. Era uma especialista, como um provador de luvas. Ela conseguia medir o cliente mesmo através das calças e empenhava-se em conseguir para ele a luva perfeita, um encaixe bem-feito. Não se obtinha prazer se havia muito espaço, nem se a luva era apertada demais. *Maman* achava que as pessoas hoje em dia não sabiam o bastante sobre a importância do encaixe. Ela gostaria de ter disseminado o conhecimento que possuía, mas homens e mulheres estavam cada vez mais descuidados, eram menos exigentes do que ela. Hoje em dia, se um homem se encontrava flutuando dentro de uma luva larga demais, movendo-se como se dentro de um apartamento vazio, fazia o melhor que podia. Deixava o membro adejar por ali como uma bandeira, e saía sem o verdadeiro enlace apertado que aquecia as entranhas. Ou o enfiava com saliva, forçando como se estivesse tentando enfiar-se por baixo de uma porta fechada, espremido pelos arredores estreitos e encolhendo-se ainda mais só para ficar ali. E se acontecia de a garota rir folgadamente de prazer ou fingindo prazer, ele era imediatamente expelido, pois não havia espaço livre para a dilatação do riso. As pessoas estavam perdendo o conhecimento das boas combinações.

Foi só depois de cravar os olhos nas calças do basco que *Maman* o reconheceu e sorriu. O basco, é verdade, compartilhava com *Maman* a paixão pelas nuances, e ela sabia que ele não era fácil de agradar. Tinha um membro caprichoso. Confrontado com uma vagina de caixa de correspondência, ele se rebelava. Confrontado com um tubo constritivo, ele recuava. Era um *connoisseur*, um *gourmet* de porta-joias femininos. Gostava deles forrados de veludo e aconchegantes, afetuosos e aderentes. *Maman* deu-lhe uma olhada mais prolongada do que a normalmente destinada aos outros clientes. Ela gostava do basco, e não era por causa do perfil de nariz curto, clássico, dos olhos amendoados, do cabelo negro lustroso, do andar deslizante e suave, dos gestos casuais. Não era por causa do lenço vermelho e do boné assentado sobre a cabeça em um estilo de malandro. Não era por causa dos modos sedutores com as mulheres. Era por causa do *pendentif** majestoso, do nobre volume, da receptividade sensível e infatigável, da afabilidade, cordialidade, expansibilidade daquele pingente. Ela jamais vira um como aquele. O basco às vezes o colocava em cima da mesa como se estivesse depositando um saco de dinheiro, dava pancadinhas com ele como se para pedir a atenção. Tirava-o para fora naturalmente, como outros homens tiram o casaco quando

---

* Pingente. Em francês no original. (N.E.).

estão com calor. Ele dava a impressão de que a coisa não ficava à vontade trancada, confinada, que era para ser exibida, admirada.

Maman entregava-se continuamente ao hábito de olhar os dotes dos homens. Quando saíam dos *urinoirs*, terminando de se abotoar, ela tinha a sorte de pegar o último relance de um membro dourado, ou moreno-escuro, ou de ponta estreita, seu preferido. Nos bulevares, com frequência era gratificada com a visão de calças mal-abotoadas, e seus olhos, dotados de visão aguçada, conseguiam penetrar pela abertura velada. Melhor ainda era se ela pegava um vagabundo aliviando-se contra a parede de algum prédio, segurando o membro pensativamente na mão, como se fosse a sua última moeda de prata.

Alguém poderia pensar que *Maman* estava privada do gozo mais pessoal de tal prazer, mas não era assim. Os clientes de sua casa consideravam-na apetitosa e conheciam suas virtudes e vantagens sobre as demais mulheres. *Maman* sabia produzir um suco verdadeiramente delicioso para os banquetes do amor, que a maioria das mulheres tinha que fabricar artificialmente. *Maman* sabia dar ao homem a ilusão completa de uma refeição suculenta, algo muito macio para os dentes e úmido o suficiente para satisfazer a sede de qualquer um.

Os clientes muitas vezes conversavam entre si sobre os saborosos molhos nos quais *Maman* sabia como envolver seus petiscos rosados como concha, o retesamento de suas oferendas, que lembrava o couro de um tambor. A pessoa podia dar uma ou duas pancadinhas na concha redonda, era o suficiente. O aromatizante delicioso de *Maman* aparecia, algo que suas meninas raramente conseguiam produzir, um mel que tinha odor de conchas do mar e tornava a passagem para dentro da alcova feminina no meio de suas pernas um deleite para o visitante masculino.

O basco gostava dali. Era emoliente, saturante, cálido e aprazível – um banquete. Para *Maman*, era um dia festivo, e ela dava o máximo de si.

O basco sabia que ela não precisava de uma preparação longa. O dia inteiro *Maman* havia se nutrido com as expedições dos olhos, que jamais deslocavam-se para cima ou para baixo do corpo de um homem. Estavam sempre no nível da abertura das calças. Ela apreciava as amarrotadas, fechadas muito às pressas depois de uma rápida sessão. As bem-passadas, ainda não amassadas. As manchas, oh!, as manchas do amor! Manchas estranhas, que ela podia detectar como se carregasse uma lente de aumento. Ali onde as calças não haviam sido arriadas o bastante, ou onde o pênis, em suas movimentações, havia retornado ao lugar natural no momento errado, ali jazia uma mancha preciosa, pois tinha minúsculas partículas cintilantes, como um mineral que houvesse derretido, e uma qualidade açucarada que engrossava os tecidos. Uma bela mancha, a mancha do desejo, ali borrifada como perfume pela fonte de um homem, ou colada por uma mulher muito ardorosa e aderente. *Maman* gostaria de começar onde um ato já havia ocorrido. Era sensível ao contágio. A manchinha a fazia ferver no meio das pernas enquanto andava. Um botão solto fazia com que ela sentisse o homem à sua mercê. Às vezes, em grandes multidões, ela tinha coragem de ir em busca e tocar. Sua mão movia-se como a de um ladrão, com incrível agilidade. Jamais era desajeitada ou tocava o lugar errado, mas ia direto ao lugar abaixo do cinto onde repousavam macias proeminências roliças e às vezes, inesperadamente, um bastão insolente.

Nos metrôs, em noites escuras, chuvosas, nos bulevares apinhados ou nos salões de baile, *Maman* deleitava-se em avaliar e chamar às armas. Quantas vezes o chamado era respondido, e as armas apresentadas à passagem de sua mão! Ela gostaria de ter um exército parado em formação daquele modo, apresentando as únicas armas que podiam conquistá-la. Em seus devaneios ela via esse exército. Ela era a general, marchando, condecorando os compridos, os bonitos, fazendo uma pausa diante de cada homem que admirava. Oh, ser Catarina, a Grande, e recompensar o espetáculo com um beijo de sua boca ávida, um beijo bem na ponta, apenas para extrair a primeira lágrima de prazer!

A maior aventura de *Maman* fora um desfile dos soldados escoceses em certa manhã de primavera. Enquanto bebia no bar, ela ouviu uma conversa sobre os escoceses.

Um homem disse:

– Eles pegam os jovens e os treinam para andar daquela maneira. É um passo especial. Difícil, muito difícil. Há um *coupe de fesse**, um balanço, que faz os quadris e aquela bolsinha que usam na frente do saiote balançar de um jeito certo. Se a bolsa não balança, é uma falha. O passo é mais complicado que os de um bailarino.

Maman ficou pensando: cada vez que a bolsa balança e o saiote balança, os outros pendentes também devem balançar, ora essa. E seu velho coração emocionou-se. Balanço. Balanço. Todos no mesmo compasso. Aquele era o exército ideal. Ela gostaria de acompanhar um exército daqueles em qualquer posição. Um, dois, três. Ela já estava emocionada o bastante com o balanço dos pendentes, quando o homem do bar acrescentou:

– E você sabe, eles não usam nada por baixo.

Não usavam nada por baixo! Aqueles homens robustos, homens tão empertigados, vigorosos! Cabeças erguidas, pernas fortes nuas e saiotes – aquilo os deixava vulneráveis como uma mulher, ora! Homens grandes e robustos, provocantes como uma mulher e pelados por baixo. *Maman* queria se transformar em uma pedra do calçamento para ser pisoteada, para que lhe fosse permi-

---

* Golpe de nádegas. Em francês no original. (N.E.)

tido olhar a "bolsa" escondida balançando a cada passo por baixo do saiote curto. *Maman* sentiu-se indisposta. O bar estava quente demais. Precisava de ar.

Ela aguardou a parada. Cada passo dos escoceses era como um passo dentro de seu próprio corpo, ela vibrava do mesmo modo. Um, dois, três. Uma dança em torno do abdômen, selvagem e uniforme, a bolsinha de pele balançando como pelos púbicos. *Maman* estava quente como um dia de julho. Não conseguia pensar em nada além de abrir caminho até a frente da multidão e depois escorregar sobre os joelhos e simular um desmaio. Mas tudo o que viu foram pernas desaparecendo por baixo de saiotes xadrezes pregueados. Mais tarde, recostada nos joelhos de um policial, revirou os olhos como se fosse ter um ataque. Se ao menos a parada desse a volta e marchasse sobre ela!

Desse modo, a vitalidade de *Maman* nunca fenecia. Era adequadamente nutrida. À noite, sua carne estava tenra como se houvesse sido cozida em fogo brando o dia inteiro.

Seus olhos passavam dos clientes para as mulheres que trabalhavam para ela. O rosto delas também não lhe chamava a atenção, apenas as silhuetas da cintura para baixo. Fazia com que dessem uma volta em sua frente, dava um tapinha para sentir a firmeza da carne antes de vestirem suas combinações.

Ela conhecia Melie, que se enroscava como uma fita em volta do homem, dando-lhe a sensação de que diversas mulheres o afagavam. Conhecia a indolente, que fingia estar adormecida e dava aos tímidos uma audácia que ninguém mais conseguia, deixando-os tocarem-na, manipularem-na, explorarem-na, como se não houvesse nenhum perigo em fazer isso. O corpo volumoso ocultava seus segredos muito bem em dobras fartas; contudo, sua indolência permitia que fossem expostos por dedos intrometidos.

Maman conhecia a esguia, fogosa, que atacava os homens e fazia com que se sentissem vítimas das circunstâncias. Era a grande favorita dos culpados. Eles se permitiam ser estuprados. A consciência deles ficava tranquila. Poderiam dizer às esposas: "Ela se atirou em cima de mim e forçou", e coisa assim. Eles deitavam e ela sentava em cima deles, como em um cavalo, incitando-os a movimentos inevitáveis por meio da pressão, galopando sobre a virilidade rígida, ou trotando mansamente, ou fazendo longas cavalgadas. Apertava os potentes joelhos contra os flancos das vítimas subjugadas e, como uma nobre montadora, erguia-se elegantemente e baixava, com todo o peso concentrado sobre o meio do corpo, enquanto a mão de vez em quando dava uns tapas no homem para aumentar a velocidade e as convulsões dele, de modo que ela pudesse sentir maior vigor animal entre as pernas. Como ela cavalga aquele animal embaixo de si, com pernas esporeantes e grandes arremetidas do corpo ereto até o animal começar a espumar, e então incitá-lo, com mais gritos e tapas, a galopar cada vez mais rápido.

Maman conhecia os encantos represados de Viviane, que viera do sul. Sua carne era como brasa ardente, contagiante, e mesmo a mais gélida das carnes aquecia ao seu toque. Ela conhecia o suspense, a lentidão. Antes de tudo, gostava de se sentar no bidê para a cerimônia de se lavar. Pernas escancaradas sobre o pequeno assento; tinha nádegas protuberantes, duas covinhas enormes na base da espinha, quadris morenos dourados, largos e firmes como o lombo de um cavalo de circo. Quando se sentava, as curvas intumesciam-se. Se o homem cansava de vê-la de costas, podia olhar de frente e observá-la jogar água sobre os pelos pubianos e entre as pernas, observá-la afastar cuidadosamente os lábios ao ensaboar. Então a espuma branca a cobria, a seguir mais água, e os lábios emergiam rosados e cintilantes. Às vezes ela examinava os lábios calmamente. Se muitos homens houvessem passado por ali naquele dia, ela veria que estavam ligeiramente inchados. O basco gostava de olhá-la assim. Ela se secava de modo mais suave para não aumentar a irritação.

O basco apareceu em um daqueles dias e previu que poderia beneficiar-se da irritação. Nos outros dias, Viviane estava letárgica, pesadona e indiferente. Deitava o corpo como em uma pintura clássica, de modo a acentuar os tremendos altos e baixos das curvas. Deitava-se de lado com a cabeça repousando no braço, a carne de tonalidades acobreadas distendendo-se de vez em quando, como se padecendo sob a dilatação erótica de carícias feitas por uma mão invisível. Desse modo, ela se oferecia, suntuosa e quase impossível de estimular. A maioria dos homens nem tentava. Ela desviava a boca com desdém, oferecendo o corpo ainda mais, mas com indiferença. Podiam escancarar suas pernas e examinar o quanto quisessem. Não conseguiam extrair nenhuma seiva dela. Mas, uma vez que um homem estivesse dentro dela, Viviane comportava-se como se ele estivesse despejando lava quente, e suas contorções eram mais violentas do que as da mulher que sente prazer porque eram dramatizadas para simular as reais. Ela se retorcia como uma píton, arremessava-se em todas as direções como se estivesse sendo queimada ou surrada. Músculos potentes davam aos seus movimentos um vigor que estimulava os desejos mais bestiais. Os homens lutavam para deter as contorções, para acalmar a dança orgíaca que ela realizava em torno deles, como se estivesse trespassada por algo que a torturava. Então, de repente, num espasmo, ficava parada. E isso, perversamente no meio da fúria crescente deles, esfriava-os tanto que o desenlace era retardado. Ela se tornava uma massa de carne plácida. Começava a chupá-los gentilmente, como se chupasse um polegar antes de adormecer. Então sua letargia os irritava. Eles tentavam inflamá-la de novo, tocando-a em todos os lugares, beijando-a. Ela se submetia, impassível.

O basco aguardava a hora certa. Observou as abluções cerimoniosas de Viviane. Naquele dia, ela estava inchada das muitas investidas. Não importava quão pequena fosse a quantia de dinheiro depositada em cima da mesa para ela, jamais se soube de ela ter impedido um homem de se satisfazer.

Os lábios grandes e fartos, excessivamente esfregados, estavam ligeiramente distendidos, e uma leve febre a queimava. O basco foi muito gentil. Depositou sua pequena dádiva em cima da mesa. Despiu-se. Prometeu-lhe um bálsamo, um algodão, um legítimo alívio. Aquelas delicadezas fizeram-na baixar a guarda. O basco lidava com ela como se ele fosse uma mulher. Apenas um toquezinho ali, para atenuar, para aplacar a febre. A pele dela era escura como a de uma cigana, muito lisa e limpa, até empoada. Os dedos dele eram sensíveis. Tocou-a apenas por acaso, uma roçadinha, e deitou o sexo em cima da barriga dela como um brinquedo, para ela apenas admirar. O sexo reagiu ao ser abordado. O ventre dela vibrou ao peso dele, ondulando suavemente para senti-lo ali. Como o basco não demonstrava impaciência para deslocá-lo para onde ficaria abrigado, envolvido, ela deu-se ao luxo de se expandir, de ceder.

A gula dos outros homens, seu egotismo, sua ânsia de satisfazerem a si mesmos sem considerá-la deixavam-na hostil. Mas o basco era galanteador. Comparou a pele dela a cetim, o cabelo a musgo, o cheiro a perfume de madeiras preciosas. Então colocou o sexo na abertura e disse ternamente:

– Dói? Não vou forçá-lo para dentro se dói.

Tamanha delicadeza comoveu Viviane. Ela respondeu:

– Dói só um pouquinho, mas tente.

Ele avançou apenas um centímetro de cada vez.

– Dói?

Ofereceu-se para tirar. Então Viviane teve que insistir:

– Só a ponta. Tente de novo.

Então a ponta deslizou uns três centímetros, a seguir fez uma pausa. Isso deu a Viviane bastante tempo para sentir a presença, tempo que os outros homens não lhe davam. Entre cada minúsculo avanço para dentro dela, Viviane tinha uma folga para sentir o quanto aquela presença era agradável entre as paredes macias de carne, como se encaixava, nem muito apertada, nem muito frouxa. Ele esperou de novo, depois avançou mais um pouquinho. Viviane teve tempo de sentir como era bom ser preenchida, como a fenda feminina era adequada para prender e manter. O prazer de ter algo ali para prender, trocando calor, misturando as duas umidades. Ele se mexeu de novo. Suspense. A percepção do vazio quando ele recuou – a carne dela murchou quase que imediatamente. Ela fechou os olhos. A entrada gradual emitia radiações por toda a volta, correntes invisíveis alertando as regiões mais profundas do ventre sobre a explosão que estava a caminho, algo feito para encaixar-se no túnel de paredes macias e ser devorado por suas profundezas famintas, onde nervos inquietos esperavam. A carne dela rendeu-se mais e mais. Ele seguiu em frente.

– Dói?

Ele tirou. Ela ficou decepcionada e não quis confessar como murchava por dentro sem a presença expansiva.

Foi forçada a suplicar:

– Enfie de novo.

Então ele colocou até a metade do caminho, onde ela podia sentir e, contudo, não podia apoderar-se dele, onde não podia prendê-lo de verdade. Ele agiu como se fosse deixá-lo ali no meio do caminho para sempre. Ela queria se mexer na direção dele e engolfá-lo, mas se conteve. Teve vontade de gritar. A carne que ele não tocava estava ardendo pela proximidade. No fundo do ventre jazia a carne que exigia ser penetrada. Curvava-se para dentro, aberta para sugar. As paredes de carne moviam-se como anêmonas do mar, tentando arrastar o sexo para dentro pela sucção, mas ele estava perto o bastante apenas para enviar correntes de prazer excruciante. Ele se mexeu de novo, observando o rosto dela. Então viu a boca aberta. Agora ela queria erguer o corpo, pegar o sexo dele por completo, mas esperou. Por meio daquela lenta provocação, ele a deixara à beira da histeria. Ela abriu a boca como que para revelar a receptividade do ventre, a fome, e só então ele arremeteu até o fim e sentiu as contrações dela.

Foi assim que o basco encontrou Bijou.

Ao chegar à casa certo dia, foi recebido por uma *Maman* derretida que lhe disse que Viviane estava ocupada. A seguir, ofereceu-se para consolá-lo, quase como se fosse um marido traído. O basco disse que esperaria. *Maman* continuou com as provocações e carícias. Então, o basco disse:

– Posso espiar?

Todos os quartos eram arranjados de modo que os curiosos pudessem assistir por meio de uma abertura secreta. De vez em quando, o basco gostava de ver como Viviane se comportava com seus visitantes. Então, *Maman* levou-o ao compartimento, onde escondeu-o atrás de uma cortina e o deixou olhar.

Havia quatro pessoas no quarto: um homem e uma mulher estrangeiros, trajados com discreta elegância, observando duas mulheres na cama grande. Viviane, a grandona de pele escura, jazia esparramada na cama. De quatro em cima dela estava uma mulher magnífica de pele cor de marfim, olhos verdes e cabelo negro comprido e espesso. Os seios eram empinados, a cintura afinava-se em adelgaçamento extremo e expandia-se de novo para uma farta exibição de quadris. Ela tinha um formato que parecia ter sido modelado em um espartilho. O corpo tinha a lisura firme do mármore. Não havia nada de flácido ou solto nela, mas um vigor escondido, como o vigor de um puma, e uma extravagância e veemência nos gestos que lembravam os das espanholas. Aquela era Bijou.

As duas mulheres combinavam lindamente, sem receios ou sentimentalismo. Mulheres de ação, ambas portavam um sorriso irônico e uma expressão corrupta.

O basco não saberia dizer se estavam fingindo ou de fato desfrutando uma da outra, de tão perfeitos que eram os gestos. Os estrangeiros devem ter pedido para ver um homem e uma mulher juntos, e aquela tinha sido a solução de *Maman*. Bijou havia amarrado um pênis de borracha, que tinha a vantagem de nunca definhar. Portanto, não importava o que ela fizesse, aquele pênis projetava-se de seu monte de pelos femininos como se espetado ali em uma ereção permanente.

Agachada, Bijou deslizava a falsa virilidade não dentro, mas entre as pernas de Viviane, como se estivesse batendo leite, e Viviane contraía as pernas como se estivesse tantalizada por um homem de verdade. Mas Bijou recém começara a provocá-la. Parecia decidida a fazer Viviane sentir o pênis apenas do lado de fora. Segurava-o como uma aldraba, batendo gentilmente contra a barriga e a virilha de Viviane, cutucando os pelos gentilmente, depois a ponta do clitóris. Neste último, Viviane deu um pulinho, e por isso Bijou repetiu, e Viviane pulou de novo. A mulher estrangeira então inclinou-se para perto, como se fosse míope, para flagrar o segredo daquela sensibilidade. Viviane rolou impaciente e ofereceu o sexo a Bijou.

Atrás da cortina, o basco sorria com o excelente desempenho de Viviane. O homem e a mulher estavam fascinados. Estavam parados bem perto da cama, de olhos arregalados. Bijou disse a eles:

– Querem ver como fazemos amor quando estamos com preguiça? Vire-se – ela ordenou a Viviane.

Viviane virou-se para o lado direito. Bijou deitou-se ao lado dela, entrelaçando os pés. Viviane fechou os olhos.

Então Bijou abriu espaço para a entrada com as mãos, afastando a carne moreno-escura das nádegas de Viviane de modo que pudesse deslizar o pênis para dentro, e começou a meter. Viviane não se mexeu. Deixou Bijou empurrar, meter. Então, inesperadamente, deu um pinote, como um coice de cavalo. Bijou, como que para puni-la, recuou. Mas o basco viu o pênis de borracha brilhando, quase como um de verdade, ainda triunfantemente ereto.

Bijou começou a provocar de novo. Tocou com a ponta do pênis a boca de Viviane, as orelhas, o pescoço, repousou-o entre os seios. Viviane apertou os seios para prendê-lo. Mexeu-se para se unir ao corpo de Bijou, para se roçar nela, mas Bijou estava esquiva agora que Viviane estava se tornando um pouco selvagem. O homem, inclinado sobre elas, começou a ficar inquieto. Queria se jogar em cima das mulheres. Sua acompanhante não deixava, embora seu rosto estivesse ruborizado.

O basco abriu a porta de repente. Inclinou a cabeça e disse:

– Vocês queriam um homem, e cá estou.

Arrancou as roupas. Viviane olhou para ele agradecida. O basco percebeu que ela estava em brasas. Duas virilidades iriam satisfazê-la mais do que aquela provocante e esquiva. Atirou-se entre as mulheres. Em todo lugar para onde o homem e a mulher estrangeiros olhavam estava acontecendo algo que os fascinava. Uma mão estava abrindo as nádegas de alguém e enfiando um dedo inquisitivo. Uma boca se fechava sobre um pênis pulsante, a postos. Outra boca envolvia um mamilo. Rostos eram cobertos por seios ou enterrados em pelos pubianos. Pernas fechavam-se sobre uma mão entocada. Um pênis úmido e brilhante aparecia e mergulhava de novo dentro da carne. A pele de marfim e a pele de cigana estavam enlaçadas no corpo musculoso do homem.

Então, aconteceu algo estranho. Bijou deitou-se estendida por baixo do basco. Viviane foi abandonada por um momento. O basco estava agachado por cima daquela mulher que desabrochava embaixo dele como uma flor de estufa, perfumada, úmida, com olhos eróticos e lábios molhados, uma mulher inteiramente desabrochada, madura e voluptuosa; contudo, o pênis de borracha pairava ereto entre eles, e o basco foi surpreendido por uma sensação bizarra. O pênis de borracha tocou o dele e defendeu a abertura da mulher como uma lança. Ele ordenou quase raivosamente:

– Tire isso.

Ela enfiou as mãos por baixo das costas, abriu o cinto e sacou o pênis fora. Então ele se atirou sobre ela, que, ainda segurando o pênis, agarrou-o sobre as nádegas do homem que agora estava enterrado dentro dela. Quando ele se ergueu para arremeter contra ela de novo, ela meteu o pênis de borracha dentro de suas nádegas. Ele saltou como um animal selvagem e atacou-a ainda mais furiosamente. Cada vez que ele se erguia, via-se atacado por trás. Sentiu os seios da mulher esmagados embaixo dele, rolando sob seu peito, a barriga de pele de marfim ondulando sob a dele, os quadris dela contra os seus, a vagina úmida engolfando-o, e cada vez que ela arremetia o pênis dentro dele, ele sentia não apenas o seu turbilhão, mas também o dela. Pensou que a sensação em dobro fosse enlouquecê-lo. Viviane estava lá deitada observando, ofegante. O homem e a mulher estrangeiros, ainda vestidos, haviam caído em cima dela e roçavam-se nela freneticamente, confusos demais em loucas sensações para procurarem uma abertura.

O basco deslizava para a frente e para trás. A cama balançava enquanto eles rebolavam, agarrando-se e se cingindo, com todas as curvas preenchidas, e a máquina que era o corpo voluptuoso de Bijou produzindo mel. Arrepios estendiam-se da raiz dos cabelos à ponta dos dedos dos pés deles. Os dedinhos buscaram uns aos outros e se entrelaçaram. As línguas projetaram-se como pistilos. Os gritos de Bijou agora ascendiam em espirais sem fim – "Ah, ah, ah, ah" –, ampliando-se, expandindo-se, tornando-se mais selvagens. O basco respondia a cada grito apenas com uma arremetida mais funda. Estavam alheios aos corpos retorcidos perto deles; ele agora devia possuí-la até a aniquilação – Bijou, aquela puta com mil tentáculos no corpo dele, pairando primeiro por baixo e depois por cima dele, e parecendo estar por tudo dentro dele, com os dedos por tudo, os seios em sua boca.

Ela gritou como se ele a tivesse assassinado. Caiu de costas. O basco levantou-se zonzo, ardendo. A lança ainda ereta, vermelha, inflamada. As roupas em desordem da estrangeira o atraíram. Ele não conseguia ver seu rosto, que estava escondido embaixo das saias levantadas. O homem pairava por cima de Viviane, investindo contra ela. A mulher pairava por cima dos dois, as pernas chutando o ar. O basco puxou-a pelas pernas para tomá-la. Mas a mulher berrou e se levantou. Ela disse:

– Eu só queria olhar.

A mulher ajeitou as roupas. O homem largou Viviane. Desalinhados do jeito que estavam, cumprimentaram cerimoniosamente e partiram às pressas.

Bijou ficou sentada rindo, os olhos oblíquos longos e estreitos. O basco disse:

– Demos um belo espetáculo a eles. Agora vá se vestir e me acompanhe. Vou levá-la para casa. Vou pintar você. Pagarei a *Maman* o quanto ela quiser.

E levou-a para casa para viver com ele.

Se Bijou pensou que o basco a havia levado para casa para tê-la só para si, logo se desiludiu. O basco a usava como modelo quase que continuamente, mas à noite sempre trazia amigos artistas para jantar, e ela então era a cozinheira. Depois do jantar, ele a fazia deitar-se na cama do estúdio enquanto conversava com os amigos. Apenas a mantinha do seu lado e a afagava.

Os amigos não podiam deixar de assisti-los. A mão dele circulava mecanicamente em torno dos seios maduros. Bijou não se mexia. Deixava-se ficar em uma pose lânguida. O basco tocava o tecido do vestido como se fosse a pele dela. Seus vestidos bem justos sempre modelavam o corpo. A mão dele avaliava, dava tapinhas e acariciava, depois circulava pela barriga, então subitamente fazia cócegas para ela se contorcer. Abria o vestido, tirava um seio e dizia aos amigos:

– Já viram um seio assim? Olhem!

Eles olhavam. Um fumava, outro desenhava Bijou, outro conversava, mas todos olhavam. Contra o vestido negro, o seio de contornos perfeitos tinha a tonalidade de mármore marfim antigo. O basco beliscava os mamilos, que se avermelhavam.

Então fechava o vestido de novo. Apalpava ao longo das pernas até tocar a saliência das ligas.

– Não está muito apertada para você? Vamos ver. Será que ficou uma marca?

Levantava a saia e removia a liga cuidadosamente. Quando Bijou levantava a perna para ele, os homens podiam ver as linhas lisas e brilhantes das coxas acima das meias. Ela então cobria-se de novo, e o basco continuava a afagá-la. Os olhos de Bijou embaralhavam-se como se estivesse bêbada. Mas visto que agora era como se ela fosse a esposa do basco na companhia dos amigos dele, cada vez que ele a exibia ela lutava para se cobrir de novo, escondendo cada novo segredo nas dobras negras do vestido.

Esticava as pernas. Chutava os sapatos para longe. A luz erótica que irradiava de seus olhos, uma luz que os cílios pesados não conseguiam sombrear o suficiente, atravessava o corpo dos homens como fogo.

Em noites como aquela, os homens sabiam que o basco não tinha o propósito de dar prazer a ela, mas de torturá-la. Ele não ficava satisfeito até o rosto dos amigos estar alterado, transfigurado. Ele puxava o zíper da lateral do vestido e metia a mão.

– Você não está usando calcinhas hoje, Bijou.

Eles podiam ver a mão por baixo do vestido, acariciando a barriga e descendo em direção às pernas. Então ele parava e retirava a mão. Eles observavam a mão saindo do vestido negro e fechando o zíper de novo.

Certa vez, ele pediu o cachimbo aquecido de um dos pintores. O homem alcançou-o para ele. O basco enfiou o cachimbo pela saia de Bijou e encostou-o no sexo

– É quente – ele disse. – Quente e liso.

Bijou afastou-se porque não queria que soubessem que todos os afagos do basco haviam-na deixado molhada. Mas o cachimbo saiu revelando aquilo, como se tivesse sido banhado em suco de pêssego. O basco entregou-o de volta ao dono, que desse modo recebeu um pouco do odor sexual de Bijou. Bijou tinha medo do que o basco inventaria a seguir. Apertou as pernas. O basco estava fumando. Os três amigos estavam sentados em volta da cama, conversando de modo incoerente, como se a movimentação que estava ocorrendo não tivesse a ver com a conversa.

Um deles estava falando de uma pintora que estava enchendo as galerias com flores gigantes nas cores do arco-íris.

– Não são flores – disse o fumante do cachimbo –, são vulvas. Qualquer um pode ver. É a obsessão dela. Ela pinta vulvas do tamanho de uma mulher adulta. Primeiro parecem pétalas, o coração de uma flor, então se veem os dois lábios desiguais, a fina linha do centro, a borda ondulada dos lábios quando estão arregaçados. Que tipo de mulher pode ser essa, sempre exibindo aquela vulva gigante, desaparecendo sugestivamente dentro de uma repetição em forma de túnel, indo da maior para a menor, como uma sombra, como se alguém estivesse de fato entrando nela. Faz você se sentir como se estivesse diante daquelas plantas marinhas que se abrem para sugar o que quer que consigam pegar de comida, que se abrem com as mesmas bordas ondulantes.

Nesse momento, o basco teve uma ideia. Pediu a Bijou para trazer o pincel de barbear e a navalha. Bijou obedeceu. Ficou contente por ter uma chance de dar uma sacudida na letargia erótica que as mãos dele haviam tecido em torno dela. A mente dele estava agora em alguma outra coisa. Ele pegou o pincel e o sabonete da mão dela e começou a fazer espuma. Colocou uma lâmina nova na navalha. Então disse a ela:

– Deite-se na cama.

– O que você vai fazer? – ela perguntou. – Não tenho pelos nas pernas.

– Eu sei que não tem. Mostre a eles.

Ela estendeu as pernas. De fato eram tão lisas que pareciam ter sido polidas. Brilhavam como uma espécie de madeira pálida preciosa, altamente lustrada, sem um pelo aparecendo, nada de veias, asperezas, nada de cicatrizes, nada de defeitos. Os três homens curvaram-se sobre as pernas. Quando ela as sacudiu, o basco pegou-as de encontro às calças. Então levantou a saia enquanto ela lutava para baixá-la.

– O que você vai fazer? – perguntou de novo.

Ele ergueu a saia e expôs um tufo de pelos encaracolados tão luxuriante que os três homens assoviaram. Ela mantinha as pernas firmemente fechadas, os pés contra as calças do basco, onde ele sentiu subitamente uma sensação fervilhante, como se uma centena de formigas se deslocassem sobre seu sexo.

Ele pediu aos três homens para segurarem-na. De início Bijou contorceu-se, e então percebeu que era melhor ficar parada, pois ele estava depilando os pelos pubianos cuidadosamente, começando pelas beiradas, onde eram esparsos, reluzindo sobre a barriga aveludada. Ali a barriga descia em uma curva suave. O basco ensaboou, depois depilou gentilmente, removendo os pelos e o sabão com uma toalha. Com as pernas dela firmemente fechadas, os homens não conseguiam ver nada além dos pelos, mas à medida que o basco depilou e chegou ao centro do triângulo, expôs um monte, um monte liso. Ali a sensação da lâmina gelada agitou Bijou. Ela estava meio furiosa, meio atiçada, disposta a não mostrar o sexo, mas a depilação revelava onde a lisura descia em uma fina linha curvada para dentro. Revelava o botão da abertura, a carne macia e dobrada que envolvia o clitóris, a ponta dos lábios mais intensamente coloridos. Agora ela queria se afastar, mas temia ser machucada pela lâmina. Os três homens a seguravam e se inclinaram para assistir. Pensaram que o basco pararia ali. Mas ele ordenou que abrissem as pernas dela. Ela chutou os pés contra ele, o que apenas o excitou mais. Disse de novo:

– Abra as pernas. Tem mais alguns pelos aí embaixo.

Ela foi forçada a abrir, e ele começou a depilar gentilmente os pelos, novamente esparsos, delicadamente encaracolados, de cada lado da vulva.

E agora estava tudo exposto – a longa boca localizada verticalmente, uma segunda boca, que não se abria como a boca do rosto, mas que se abria apenas se ela decidia dilatá-la um pouco para fora. Mas Bijou não dilatou, e eles puderam ver apenas os dois lábios fechados, barrando o caminho.

O basco disse:

– Agora ela parece as pinturas daquela mulher, não?

Mas nas pinturas a vulva estava aberta, os lábios separados, mostrando a camada interna mais pálida, como aquela dentro dos lábios da boca. Isso Bijou não mostraria. Depois de depilada, ela havia fechado as pernas de novo.

O basco disse:

– Vou fazer você abrir aí.

Enxaguou o pincel. Então escovou os lábios da vulva para cima e para baixo gentilmente. Primeiro, Bijou contraiu-se ainda mais. Os homens inclinaram a cabeça para mais perto. O basco, segurando as pernas dela contra a sua ereção, escovou meticulosamente a vulva e a ponta do clitóris. Então os homens viram que Bijou não mais conseguia contrair as nádegas e o sexo, e que, à medida que o pincel se movia, as nádegas rebolavam um pouquinho para a frente, os lábios da vulva se separavam, de início imperceptivelmente. A ausência de pelos expunha cada nuance de movimento. Os lábios se separaram e expuseram uma segunda aura, de um matiz mais pálido, a seguir uma terceira, e aí Bijou estava se dilatando, dilatando como se fosse se abrir. A barriga mexia-se de acordo, inflando e baixando. O basco inclinou-se mais firmemente contra as pernas que se contorciam.

– Pare – Bijou implorou. – Pare.

Os homens puderam ver a umidade vertendo dela. Então, o basco parou, não querendo dar prazer a ela, reservando-o para si mesmo mais tarde.

Bijou estava ansiosa para fazer uma distinção entre sua vida no puteiro e a vida como companheira e modelo de um artista. O basco estava decidido a fazer apenas uma pequena distinção, meramente em matéria de posse efetiva. Mas ele gostava de exibi-la e deleitar os visitantes com a visão dela. Fazia-os assistir ao banho dela. Eles gostavam de observar o modo como os seios flutuavam na água, como a saliência da barriga ondulava a água, como ela se erguia para passar o sabonete entre as pernas. Gostavam de secar o corpo molhado. Mas se alguém tentava ver Bijou em particular ou possuí-la, aí o basco se tornava um demônio e um homem a ser temido.

Como vingança àqueles jogos, Bijou sentiu-se no direito de ir onde bem entendesse. O basco a mantinha em uma situação altamente erótica, e nem sempre se dava ao trabalho de satisfazê-la. Com isso, começaram as infidelidades, mas eram tão ardilosas que o basco jamais conseguia flagrá-la. Bijou colecionava amantes na Grande Chaumière, onde posava para aulas de desenho. No inverno, ela não se despia rápida e sorrateiramente como as outras modelos, ao lado da estufa perto do estrado para modelos, à vista de todos. Bijou tinha uma arte para fazê-lo.

Primeiro, soltava o cabelo rebelde, sacudia-o como uma juba. A seguir, desabotoava o casaco. Não se manuseava objetivamente, mas como uma mulher que verificasse com as mãos a situação exata do corpo, dando palmadinhas de gratidão por sua perfeição. O eterno vestido negro grudava no corpo como uma segunda pele e era repleto de aberturas misteriosas. Um gesto abria os ombros e deixava o vestido cair sobre os seios, mas não além. Nesse momento, ela decidia olhar o rosto no espelho e examinar os cílios. Então abria o zíper que exibia os quadris, o começo dos seios, o começo da curva da barriga. Todos os estudantes a observavam por trás dos cavaletes. Até as mulheres pousavam os olhos nas exuberantes partes do corpo de Bijou que irrompiam estonteantemente do vestido. A pele impecável, os contornos suaves, a carne firme fascinavam a todos eles. Bijou tinha um jeito de se sacudir, como que para soltar os músculos, como o gato antes de saltar. Esse meneio, que percorria todo o corpo, dava aos seios um ar de que estivessem sendo manuseados com violência. Então, ela pegava o vestido de leve pela bainha e o erguia lentamente por cima dos ombros. Quando chegava aos ombros, ela sempre se atrapalhava por um momento. Alguma coisa prendia no cabelo comprido. Ninguém a ajudava. Estavam todos petrificados. O corpo que emergia, sem pelos, agora absolutamente nu, enquanto ela permanecia de pernas afastadas para manter o equilíbrio, chocava-os pela sensualidade de cada curva, pela opulência e feminilidade. As ligas pretas largas eram colocadas no alto. Ela usava meias pretas e, em dias chuvosos, botas pretas compridas, masculinas. Enquanto lidava com as botas, ficava à mercê de qualquer um que se aproximasse. Os estudantes ficavam extremamente tentados. Algum deles podia fingir ajudá-la, mas ela, sentindo a verdadeira intenção, chutava-o tão logo se aproximasse. Continuava a lutar com o vestido enredado, sacudindo-se como em um espasmo de amor. Finalmente se livrava, depois de os estudantes terem satisfeito os olhos. Libertava os seios fartos e o cabelo emaranhado. Às vezes pediam que mantivesse as botas, as botas pesadas das quais expandia-se, como uma flor, o corpo feminino cor de marfim. Então um vento de desejo varria a classe inteira.

Uma vez no estrado, ela se tornava uma modelo, e os estudantes lembravam-se de que eram artistas. Se via alguém de quem gostasse, ela pousava os olhos nele. Aquela era a única hora que ela tinha para arranjar encontros, pois o basco vinha buscá-la no fim da tarde. O estudante sabia o que o olhar significava: que ela aceitaria um drinque com ele no café das proximidades. O iniciado também sabia que o café tinha dois pisos. O de cima era ocupado por jogadores de cartas à noite, mas ficava completamente deserto à tarde. Apenas amantes sabiam disso. O estudante e Bijou iam lá, subiam o pequeno lance de escadas com a placa indicando os lavabos e se viam em uma sala semiescura com espelhos, mesas e cadeiras.

Bijou pediu ao garçom que trouxesse um drinque, então acomodou-se na banqueta de couro e relaxou. O jovem estudante que ela havia selecionado tremia. Do corpo dela emanava um ardor que ele jamais sentira antes. Ele se precipitou sobre a boca de Bijou, a pele viçosa e os dentes bonitos dele induzindo-a a se abrir inteiramente ao beijo e responder com a língua. Engalfinharam-se no banco comprido e estreito, e ele começou a apalpar tudo o que podia do corpo dela, temendo que a qualquer momento Bijou dissesse: "Pare, alguém pode subir as escadas".

Os espelhos refletiam-nos engalfinhados, a desordem do vestido e do cabelo dela. As mãos do estudante eram ágeis e audaciosas. Ele se meteu embaixo da mesa e levantou a saia. Então ela disse:

– Pare, alguém pode subir as escadas.

Ele replicou:

– Deixe. Não irão me ver.

É verdade que ele não podia ser visto embaixo da mesa. Ela se sentou inclinada para a frente, descansando o rosto nas mãos em concha, como se sonhasse, e deixou o jovem estudante ajoelhar-se e enterrar a cabeça embaixo da saia.

Ela percebeu seu corpo amolecer e se entregou aos beijos e carícias. Onde havia sentido o pincel de barba do basco, agora sentia a língua do rapaz. Caiu para a frente, subjugada pelo prazer. Então ouviram passos, e o estudante levantou-se rapidamente para se sentar ao lado dela. Para encobrir sua confusão, ele a beijou. O garçom encontrou-os abraçados e saiu apressadamente depois de servir o pedido. Àquela altura, as mãos de Bijou estavam metidas dentro das roupas do estudante. Ele a beijou com tanta fúria que ela caiu sobre o banco, e ele por cima dela. Ele sussurrou:

– Vá até minha casa. Por favor, vá até minha casa.

– Não posso – dizia Bijou. – O basco está vindo atrás de mim daqui a pouco.

Então um pegou a mão do outro e a colocou onde pudesse proporcionar o maior prazer. Sentados em frente aos drinques, como se estivessem conversando, acariciaram um ao outro. Os espelhos refletiam-nos como se estivessem prestes a irromper em lágrimas, as feições contraídas, os lábios tremendo, os olhos pestanejando. A partir do rosto deles, podia-se deduzir o movimento das mãos. Às vezes o jovem estudante ficava com aspecto de que estivesse ferido e com falta de ar. Outro casal subiu as escadas enquanto as mãos deles ainda estavam em ação, e tiveram que se beijar de novo como amantes românticos.

O jovem estudante, incapaz de ocultar o estado em que se encontrava, saiu para se acalmar em algum lugar. Bijou retornou à aula com o corpo em chamas. Quando o basco chegou para buscá-la perto da hora de encerramento, ela estava calma de novo.

Bijou ouviu falar de um vidente e foi consultá-lo. Era um enorme homem de cor da África Ocidental. Todas as mulheres do bairro dela iam vê-lo. A sala de espera estava lotada. Em frente havia uma enorme cortina de seda negra bordada em ouro. O homem surgiu de trás. Exceto pelo traje comum, parecia um mágico. Lançou um poderoso olhar sobre Bijou com os olhos resplandecentes, a seguir desapareceu pela cortina com a última mulher que havia chegado antes dela. A sessão levou meia hora. Então, o homem ergueu a cortina negra e educadamente acompanhou a mulher até a porta da frente.

Era a vez de Bijou. Ele a conduziu por baixo da cortina, e ela se encontrou em uma sala praticamente escura, muito pequena, decorada com cortinas chinesas e iluminada apenas por uma bola de cristal com uma luz embaixo. A luz brilhava no rosto e nas mãos do vidente e deixava todo o resto na escuridão. Os olhos dele eram hipnóticos.

Bijou decidiu resistir à hipnose e permanecer inteiramente consciente do que estava ocorrendo. Ele disse para ela se deitar no divã e ficar em silêncio por um momento, enquanto ele, sentado ao seu lado, concentrava sua atenção nela. Ele fechou os olhos, e com isso Bijou decidiu fechar também. Ele permaneceu em estado de abstração por um longo minuto, e então pousou a mão na testa de Bijou. Era uma mão quente e seca, pesada e elétrica.

Então a voz disse como em um sonho:

– Você está casada com um homem que a faz sofrer.

– Sim – disse Bijou, pensando no basco que a exibia aos amigos.

– Ele tem hábitos peculiares.

– Sim – disse Bijou, assombrada. Seus olhos fecharam-se, ela viu as cenas muito nitidamente. Parecia que o vidente podia vê-las também.

Ele acrescentou:

– Você está infeliz, e em contrapartida está sendo muito infiel.

– Sim – disse Bijou outra vez.

Ela abriu os olhos e viu o negro olhando para ela atentamente, e fechou-os de novo.

Ele pousou a mão no ombro dela.

– Durma – disse.

Ela foi tranquilizada pelas palavras, nas quais detectou um tom de piedade. Mas não conseguiu dormir. Seu corpo estava ligado. Ela sabia de que jeito a respiração mudava durante o sono, e o movimento dos seios. Desse modo, fingiu adormecer. Sentiu a mão dele em seu ombro o tempo todo, e o calor penetrava através das roupas. Ele começou a acariciar o ombro. Era tão de mansinho que ela ficou com medo de adormecer, mas não queria perder a sensação agradável que descia pela coluna com o toque circular da mão dele. Relaxou completamente.

Ele tocou-a na garganta e esperou. Queria ter certeza de que ela estava adormecida. Tocou os seios. Bijou não se agitou.

Cautelosa e habilmente, acariciou a barriga, e com a pressão do dedo empurrou a seda negra do vestido para delinear o formato das pernas e o espaço entre elas. Quando demarcou o vale, continuou a acariciar as pernas. Ainda não havia tocado as pernas além do vestido. Então levantou da cadeira sem fazer barulho, foi para o pé do divã e se ajoelhou. Bijou sabia que, naquela posição, ele podia olhar para dentro do vestido e ver que ela não usava nada por baixo. Ele olhou por um bom tempo.

A seguir, ela sentiu-o levantar a barra da saia levemente para poder ver mais. Bijou havia se estendido com as pernas ligeiramente afastadas. Estava derretendo sob o toque e os olhos dele. Como era maravilhoso ser olhada enquanto parecia adormecida, sentir que o homem estava inteiramente à vontade. Ela sentiu a seda ser erguida, sentiu as pernas expostas ao ar. Ele estava com os olhos vidrados nelas.

Acariciou-as com a mão suave e lentamente, apreciando-as ao máximo, sentindo as linhas lisas, a longa trilha de seda que subia por baixo do vestido. Bijou teve dificuldade em permanecer completamente imóvel. Queria afastar as pernas mais um pouquinho. Como a mão dele se deslocava devagar! Ela podia sentir como ele seguia o contorno das pernas, demorando-se nas curvas, como parou no joelho, depois seguiu. Parou no limite antes de tocar o sexo. Deve ter observado o rosto dela para ver se estava profundamente hipnotizada. Com dois dedos começou a sentir o sexo, massageá-lo.

Quando sentiu o mel que estivera escorrendo mansamente, meteu a cabeça embaixo da saia, escondeu-se entre as pernas dela e começou a beijá-la. A língua era comprida e ágil, penetrante. Ela teve que se controlar para não se mexer na direção daquela boca voraz.

A pequena luminária oferecia uma luz tão fraca que ela se arriscou a abrir os olhos parcialmente. Ele havia retirado a cabeça de baixo da saia e estava tirando as roupas. Parou perto dela, magnífico, alto, como um rei africano, os olhos brilhando, os dentes à mostra, a boca molhada.

Não se mexer, não se mexer, de modo a permitir que ele fizesse tudo o que quisesse. O que um homem faria com uma mulher hipnotizada a quem não precisasse temer ou agradar de maneira alguma?

Nu, assomou sobre ela e, circundando-a com os dois braços, virou-a cuidadosamente. Agora Bijou estava deitada de costas, oferecendo as nádegas suntuosas. Ele levantou o vestido e separou os dois montes. Fez uma pausa para banquetear os olhos. Os dedos eram firmes e quentes ao abrir a carne. Inclinou-se e começou a beijar a fissura. Então deslizou as mãos em volta do corpo dela e ergueu-o na direção dele, de modo que pudesse penetrá-la por trás. Primeiro encontrou apenas a abertura anal, que era pequena e apertada demais para entrar, a seguir encontrou a abertura mais larga. Balançou para dentro e para fora por um momento e depois parou.

Virou-a outra vez, para poder observar enquanto a penetrava pela frente. As mãos foram em busca dos seios e os esmagaram com carícias violentas. O sexo dele era grande e a preencheu completamente. Introduziu-o com tamanha violência que Bijou pensou que fosse ter um orgasmo e se trair. Ela queria obter prazer sem que ele soubesse. Ele a atiçava tanto com o ritmo sexual cadenciado que num dos movimentos, quando ele tirou o pênis para acariciá-la, Bijou sentiu o orgasmo chegando.

Todo o desejo dela estava voltado para senti-lo de novo. Naquela hora, ele tentou enfiar o sexo na boca semiaberta. Ela se absteve de reagir e apenas abriu a boca um pouquinho mais. Evitar que as mãos o tocassem, evitar se mexer foi um grande esforço. Mas ela queria sentir de novo o estranho prazer de um orgasmo furtivo, do mesmo modo que ele estava sentindo prazer com aquelas carícias furtivas.

A passividade dela estava levando-o à loucura. Havia tocado o corpo em todos os lugares, penetrado-a de todas as maneiras que podia. Naquela hora sentou-se em cima da barrriga dela e meteu o sexo entre os seios, apertando-os em volta e se mexendo. Ela podia sentir os pelos dele roçando nela.

Então Bijou perdeu o controle. Abriu a boca e os olhos ao mesmo tempo. O homem grunhiu de satisfação, comprimiu sua boca contra a dela e esfregou todo o corpo no dela. A língua de Bijou golpeava-lhe a boca, enquanto ele mordia-lhe os lábios.

De repente, ele parou e disse:

– Você faria uma coisa para mim?

Ela assentiu.

– Vou deitar no chão e você vai se agachar em cima de mim e me deixar olhar por baixo do vestido.

Estendeu-se no chão. Ela se agachou sobre o rosto dele e segurou o vestido, de modo que este caiu e cobriu a cabeça dele. Ele segurou as nádegas com as duas mãos, como uma fruta, e passou a língua entre os montes repetidamente. Também afagou o clitóris, o que fez Bijou mexer-se para frente e para trás. A língua dele sentia cada reação, cada contração. Agachada sobre ele, ela via o pênis ereto vibrar a cada arfada de prazer que ele emitia.

Bateram na porta. Bijou ergueu-se rapidamente, sobressaltada, com os lábios ainda molhados dos beijos e o cabelo despenteado.

O vidente, entretanto, respondeu calmamente:

– Ainda não estou pronto.

Então virou-se e sorriu para ela.

Ela também sorriu. Ele se vestiu rapidamente. Logo tudo estava aparentemente em ordem. Combinaram de se encontrar de novo. Bijou queria trazer as amigas Leila e Elena. Será que ele gostaria? Ele suplicou-lhe que trouxesse. Disse:

– A maioria das mulheres que vem aqui não me tenta. Não são bonitas. Mas você... venha quando quiser. Vou dançar para você.

A dança para as três mulheres foi realizada uma noite, quando todas as clientes já tinham ido embora. Ele se despiu, exibindo o corpo moreno dourado resplandecente. Na cintura, atou um pênis falso do mesmo formato e cor que o dele. Disse:

– Esta é uma dança do meu país. Apresentamos para as mulheres em dias de festa.

Na sala fracamente iluminada, onde a luz brilhava como uma pequena chama sobre a pele dele, ele começou a mexer a barriga, fazendo o pênis ondular da maneira mais sugestiva. Sacudiu o corpo como se estivesse penetrando uma mulher e simulou os espasmos de um homem apanhado pelas variadas tonalidades de um orgasmo. Um, dois, três. O espasmo final foi selvagem, como o de um homem abandonando a vida no ato sexual.

As três mulheres assistiam. Primeiro apenas o pênis falso sobressaía, mas depois o verdadeiro, no calor da dança, começou a competir em tamanho e importância. Logo ambos se mexiam no ritmo dos movimentos dele. O homem fechou os olhos como se não precisasse das mulheres. O efeito sobre Bijou foi poderoso. Ela tirou o vestido. Começou a dançar em volta dele de um jeito provocante. Mas ele a tocava apenas de vez em quando com a ponta do sexo, se por caso deparava com ela, e continuava a girar e sacudir o corpo no espaço como um selvagem dançando contra um corpo invisível.

A provocação também afetou Elena, que arrancou o vestido e se ajoelhou perto deles, apenas para ficar na órbita da dança sexual. De repente, quis ser possuída até sangrar por aquele pênis grande, firme, forte que bamboleava na frente dela, enquanto ele executava uma dança do ventre masculina, com seus movimentos tantalizantes.

Àquela altura, Leila, que não tinha desejo por homens, foi capturada pelo estado de espírito das duas mulheres e tentou abraçar Bijou, mas Bijou não deixou. Estava fascinada pelos dois pênis.

Leila também tentou beijar Elena. A seguir roçou os mamilos contra ambas, tentando atraí-las. Apertou-se contra Bijou para se beneficiar da excitação desta, mas Bijou continuou concentrada nos órgãos masculinos que bamboleavam à sua frente. Estava de boca aberta e também sonhava em ser possuída por um monstro com dois sexos que poderia satisfazer seus dois centros de sensibilidade ao mesmo tempo.

Quando o africano desabou, esgotado pela dança, Elena e Bijou saltaram em cima dele simultaneamente.

Bijou inseriu rapidamente um pênis na vagina e outro no reto, e depois serpenteou em cima da barriga dele selvagem e continuamente até tombar satisfeita, com um longo grito de prazer. Elena empurrou-a e assumiu a mesma posição. Mas ao ver que o africano estava cansado, não se mexeu, esperando que ele recuperasse o vigor.

O pênis permaneceu ereto dentro dela, e, enquanto esperava, Elena começou a se contrair, muito lenta e suavemente, temendo ter um orgasmo rápido demais e dar fim ao seu prazer. Pouco depois, ele agarrou-lhe as nádegas e ergueu-a, de modo que ela pudesse seguir o pulso acelerado do sangue dele. Dobrou, modelou, empurrou e puxou Elena para adaptá-la a seu ritmo até que ele gritou, e então ela se mexeu em círculos em torno do pênis intumescido até ele gozar.

A seguir, ele fez Leila agachar-se sobre seu rosto como havia feito anteriormente com Bijou e escondeu-se entre as pernas dela.

Embora Leila jamais houvesse desejado um homem, tomou consciência de uma sensação nunca antes experimentada à medida que a língua do africano a acariciava. Quis ser tomada por trás. Saiu da posição e pediu a ele para introduzir o pênis falso. Ficou de quatro, e ele atendeu o pedido.

Pasmas, Elena e Bijou observaram Leila exibir as nádegas com evidente excitação, e o africano arranhou-a e a mordeu enquanto mexia o pênis falso dentro dela. Dor e prazer se misturavam, pois o pênis era grande, mas ela permaneceu de quatro, com o africano grudado, e se mexeu convulsivamente até encontrar o prazer.

Bijou ia ver o africano seguidamente. Um dia estavam deitados juntos no divã e ele enterrou o rosto embaixo dos braços dela; inalou o odor e, em vez de beijá-la, começou a cheirá-la toda, como um animal – primeiro embaixo dos braços, depois o cabelo, a seguir entre as pernas. Ao fazer isso, ficou excitado, mas não a possuiu.

Ele disse:

– Sabe, Bijou, eu a amaria mais se você não se banhasse com tanta frequência. Adoro o cheiro do seu corpo, mas ele é fraco. Desaparece com tanta lavagem. Por isso raramente desejo mulheres brancas. Gosto de cheiro feminino forte. Por favor, lave-se um pouco menos.

Para agradá-lo, Bijou passou a se lavar com menos frequência; ele adorava especialmente o cheiro do meio das pernas quando não estava lavada, o maravilhoso cheiro de concha do mar de esperma e sêmen. Depois ele pediu que ela guardasse a roupa de baixo para ele. Que usasse por uns dias e então levasse para ele.

Primeiro ela trouxe uma camisola que havia usado várias vezes, uma bela camisola negra com bordas rendadas. Com Bijou deitada ao seu lado, o africano cobriu o rosto com a camisola e inalou os aromas; deitou de costas extasiado e calado. Bijou viu que, por baixo das calças, o desejo dele se avolumava. Ela se inclinou e começou a abrir delicadamente um botão, depois outro, depois o terceiro. Abriu bem as calças e buscou o sexo, que apontava para cima, preso sob a cueca apertada. Ela teve que abrir mais botões.

Enfim viu o pênis de relance, muito escuro e liso. Inseriu a mão suavemente, como se estivesse prestes a roubá-lo. O africano, com a cabeça coberta pela camisola, não olhou para ela. Ela puxou o pênis para cima devagar, tirando-o da posição confinada e o libertou. Ele subiu reto, liso e duro. Mas ela mal havia tocado com a boca quando o africano puxou-o para longe. Pegou a camisola, toda amarrotada e babada, estendeu-a na cama e atirou-se ao comprido em cima, enterrando o sexo nela, e começou a se mexer para cima e para baixo contra ela, como se fosse Bijou que estivesse deitada ali.

Ela assistiu, fascinada pelo modo como ele arremetia contra a camisola e a ignorava. Os movimentos dele a excitaram. Ele estava em tal frenesi que transpirava, e um cheiro animal intoxicante exalava de todo o corpo. Ela desabou em cima dele. Ele carregou-a nas costas, sem prestar atenção, e continuou a se mexer contra a camisola.

Ela o viu acelerar os movimentos. Então ele parou. Virou-se e começou a despi-la muito gentilmente. Bijou pensou que agora ele havia perdido o interesse na camisola e faria amor com ela. Ele tirou as meias, deixando as ligas na carne nua. A seguir retirou o vestido, que ainda estava quente do contato com o corpo dela. Para agradá-lo, Bijou estava usando calcinhas pretas. Ele baixou-as devagar e parou na metade para olhar a carne cor de marfim que surgia, parte da bunda, o começo do vale das covinhas. Beijou-a ali, deslizando a língua ao longo da deliciosa fissura enquanto continuava a baixar as calcinhas. Não deixou parte alguma sem beijar enquanto puxava as calcinhas ao longo das coxas, e a seda parecia outra mão na carne de Bijou.

Quando ela ergueu uma perna para se livrar das calcinhas, ele pôde ver o sexo dela por inteiro. Beijou-a ali, e então levantou a outra perna e pousou ambas nos ombros.

Segurou a calcinha na mão e continuou a beijá-la, deixando-a úmida e ofegante. Então se afastou e enterrou o rosto nas calcinhas, na camisola, enrolou as meias em volta do pênis, acomodou o vestido de seda negra em cima da barriga. As roupas pareciam ter sobre ele o mesmo efeito que uma mão. Ficou convulso de excitação.

Bijou tentou de novo tocar o pênis com a boca, as mãos, mas ele a repeliu. Deitou-se nua e faminta ao lado dele, assistindo seu prazer. Era tantalizante e cruel. Tentou beijar o resto do corpo, mas ele não reagiu.

Ele continuou a acariciar, beijar e cheirar as roupas até o corpo começar a tremer. Deitou de costas, o pênis sacudindo no ar, sem nada a circundá-lo, prendê-lo. Sacudiu de prazer da cabeça aos pés, mordendo, mastigando as calcinhas, com o pênis ereto o tempo todo perto da boca de Bijou, contudo inacessível a ela. Finalmente o pênis estremeceu violentamente e, quando a espuma branca apareceu na ponta, Bijou atirou-se sobre ele para recolher os últimos esguichos.

Quando estavam juntos certa tarde, e Bijou descobriu que era impossível atrair o desejo do africano para seu próprio corpo, ela disse, exasperada:

– Olhe, estou ficando com uma vulva superdesenvolvida devido aos seus beijos e mordidas constantes ali; você puxa os lábios como se fossem mamilos. Estão ficando maiores.

Ele pegou os lábios entre o polegar e o indicador e examinou. Abriu-os como pétalas de uma flor e disse:

– Podíamos perfurá-los e pendurar uma argola, como fazemos na África. Quero fazer isso em você.

Continuou a brincar com a vulva. Ela enrijeceu ao toque, e ele viu a umidade branca aparecer na borda, como a espuma delicada de uma pequena onda. Ficou excitado. Tocou-a com a ponta do pênis. Mas não entrou. Estava obcecado com a ideia de perfurar os lábios, como se fossem lóbulos de orelha, e pendurar uma argolinha de ouro, como ele vira ser feito nas mulheres de seu país.

Bijou não acreditou que ele estivesse levando aquilo a sério. Estava se divertindo com as atenções dele. Mas então ele se levantou e foi atrás de uma agulha. Bijou rechaçou-o e fugiu.

Agora ela estava sem um amante. O basco continuava a provocá-la, despertando grande desejo de vingança. Ela só ficava feliz quando o enganava.

Andava pelas ruas e frequentava os cafés com uma sensação de fome e curiosidade; queria algo novo, algo que ainda não tivesse experimentado. Sentava-se nos cafés e recusava convites.

Certa noite, desceu a escadaria até o cais e o rio. Aquela parte da cidade era iluminada fracamente apenas pelas lâmpadas da rua de cima. O ruído do tráfego mal chegava até ali.

As barcas atracadas não tinham luz, seus ocupantes estavam adormecidos àquela hora da noite. Ela foi até um muro de pedra bem baixo e se deteve para observar o rio. Inclinou-se para a frente, fascinada pelas luzes refletidas na água. Aí ouviu a voz mais extraordinária falar no seu ouvido, uma voz que a encantou de imediato.

A voz disse:

– Suplico-lhe que não se mexa. Não vou machucá-la. Mas fique onde está.

A voz era tão grave, encorpada e refinada que ela obedeceu e apenas virou a cabeça. Deparou com um homem alto, bonito e bem-vestido parado atrás dela. Ele sorria na luz tênue, com uma expressão amigável, cândida, cavalheiresca.

Então ele também se inclinou sobre o muro e disse:

– Encontrá-la aqui, desse jeito, tem sido uma das obsessões da minha vida. Você não sabe o quanto está linda com os seios apertados contra o muro, o vestido tão curto nas costas. Que pernas bonitas você tem.

– Mas você deve ter muitas amigas – disse Bijou, sorrindo.

– Nenhuma que eu tenha desejado tanto quanto você. Apenas suplico-lhe: não se mexa.

Bijou estava intrigada. A voz do estranho a fascinava e a mantinha em transe ao lado dele. Sentiu a mão dele passar gentilmente sobre a perna e por baixo do vestido.

Enquanto a afagava, ele disse:

– Um dia assisti dois cachorros copularem. A cadela estava ocupada comendo um osso que havia encontrado, e o outro aproveitou a situação para se aproximar por trás. Eu tinha catorze anos. Senti a mais louca excitação ao assisti-los. Foi a primeira cena sexual que testemunhei, e descobri a primeira excitação sexual em mim mesmo. Dali em diante, só uma mulher inclinada para a frente, como você está, consegue despertar meu desejo.

A mão continuou a afagá-la. Ele se apertou um pouquinho contra ela e, ao vê-la dócil, começou a se deslocar por trás, como que para cobri-la com seu corpo. De repente, Bijou ficou com medo e tentou escapar do abraço. Mas o homem era forte. Ela já estava embaixo dele, e tudo o que ele teve que fazer foi curvar o corpo dela ainda mais. Forçou a cabeça e os ombros de Bijou na direção do muro e levantou a saia.

Bijou estava sem roupa de baixo outra vez. O homem arfou. Começou a murmurar palavras de desejo que a acalmaram, mas ao mesmo tempo manteve-a presa embaixo de si, totalmente à sua mercê. Ela o sentiu em suas costas, mas ele não a possuiu. Estava apenas apertando-se contra ela o máximo que podia. Ela sentiu a força das duas pernas dele e ouviu a voz envolvê-la, mas aquilo foi tudo. Então sentiu algo macio e quente contra si, algo que não a penetrou. Num instante estava coberta de esperma quente. O homem largou-a e fugiu depressa.

Leila levou Bijou para cavalgar no Bois. Leila ficava muito bonita a cavalo, esbelta, masculina e altiva. Bijou parecia mais exuberante, mas menos aprumada.

Cavalgar no Bois era uma experiência adorável. Passavam por pessoas elegantes, depois andavam por longos trechos de trilhas isoladas em meio a bosques. Aqui e ali deparavam com um café onde se podia descansar e comer.

Era primavera. Bijou tivera diversas aulas de equitação e agora estava andando sozinha pela primeira vez. Cavalgaram devagar, conversando o tempo todo. Então Leila saiu a galope, e Bijou foi atrás. Depois de galoparem por um tempo, diminuíram. Os rostos ficaram corados.

Bijou sentiu uma irritação agradável entre as pernas e um calor nas nádegas. Ficou pensando se Leila sentia o mesmo. Depois de outra meia hora de cavalgada, sua excitação cresceu. Os olhos estavam brilhantes, os lábios, úmidos. Leila olhou-a com admiração.

– Você fica bem a cavalo, Bijou – disse.

Leila segurava o chicote com firmeza régia. As luvas ajustavam-se firmemente aos dedos compridos. Ela usava uma camisa masculina e abotoaduras. O traje de montaria exibia as formas da cintura, seios e nádegas. Bijou recheava as roupas com mais abundância. Os seios empinados apontavam para cima de maneira provocante. O cabelo flutuava solto ao vento.

Mas, oh, aquele calor nas nádegas e no meio das pernas – sentindo como se tivesse sido esfregada com álcool ou vinho e sovada de leve por uma massagista experiente. Cada vez que subia e descia na sela, sentia um delicioso formigamento. Leila gostava de andar atrás dela e observar a silhueta se movendo no cavalo. Bijou, não completamente treinada, inclinava-se para a frente na sela e exibia as nádegas, redondas e apertadas nos culotes, e as pernas bem-torneadas.

Os cavalos estavam aquecidos e começando a espumar. Um cheiro forte emanava deles e penetrava na roupa das mulheres. O corpo de Leila pareceu ficar mais ágil. Ela segurava o chicote nervosamente. Galoparam de novo, lado a lado desta vez, com as bocas entreabertas e o vento no rosto. Ao agarrar-se com as pernas nos flancos do cavalo, Bijou lembrou como havia cavalgado sobre o estômago do basco certa vez. E depois havia se erguido, com os pés no peito dele e os genitais diretamente no seu ângulo de visão, e ele a manteve naquela pose para encher os olhos. Outra vez ele ficou de quatro no chão, e ela cavalgou nas suas costas e tentou machucá-lo com a pressão dos joelhos nos flancos. Rindo nervosamente, ele a incitara a prosseguir. Os joelhos dela eram fortes como os de um homem a cavalo, e o basco sentiu tamanha excitação que se arrastou daquele jeito por todo quarto com o pênis duro.

De vez em quando o cavalo de Leila erguia a cauda na velocidade do galope e se espanava vigorosamente, expondo o pelo lustroso ao sol. Quando chegaram à parte mais recôndita da floresta, as mulheres pararam e desmontaram. Conduziram os cavalos para um recanto musgoso e sentaram-se para descansar. Ficaram fumando; Leila continuou de chicote na mão.

Bijou disse:

– Minhas nádegas estão ardendo da cavalgada.

– Deixe-me ver – disse Leila. – Não devíamos ter andado tanto nesta primeira vez. Deixe-me ver como você está.

Bijou soltou o cinto lentamente, desabotoou as calças e baixou-as um pouco, virando-se para que Leila visse.

Leila colocou Bijou sobre os seus joelhos e disse:

– Deixe-me ver.

Terminou de baixar as calças para descobrir as nádegas por completo. Tocou Bijou.

– Dói? – perguntou.

– Não dói. Está apenas quente, como se tivesse sido assada.

Leila colocou a mão em concha sobre as nádegas redondas.

– Coitadinhas – disse. – Dói aqui?

A mão entrou mais fundo nas calças, mais fundo entre as pernas.

– Aí está quente e ardendo – disse Bijou.

– Tire as calças que então vai refrescar – disse Leila, baixando-as mais um pouco e mantendo Bijou sobre os joelhos, exposta ao ar.

– Que pele linda que você tem, Bijou. Captura a luz e a reflete. Deixe o ar esfriar isso aí.

Continuou a afagar a pele do meio das pernas de Bijou como se fosse uma gatinha. Sempre que as calças ameaçavam cobrir aquilo tudo, afastava-as de novo do caminho.

– Ainda arde – disse Bijou sem se mexer.

– Se continua ardendo, podemos tentar alguma outra coisa – disse Leila.

– Faça o que quiser comigo – disse Bijou.

Leila ergueu o chicote e o deixou cair, não muito forte da primeira vez.

Bijou disse:

– Isso me deixa ainda mais quente.

– Quero você mais quente, Bijou, quero você escaldante aí embaixo, tão quente quanto consiga aguentar.

Bijou não se mexeu. Leila usou o chicote de novo, deixando uma marca vermelha dessa vez.

Bijou disse:

– Está tão quente, Leila.

– Quero você ardendo aí embaixo – disse Leila –, até que não possa mais arder, não possa mais suportar. Aí vou beijar.

Bateu de novo, e Bijou não se mexeu. Bateu ainda mais forte.

Bijou disse:

– Está tão escaldante, Leila, beije.

Leila se inclinou e deu um longo beijo onde as nádegas enveredavam para as partes sexuais. Então bateu em Bijou outra vez. E Bijou contraiu as nádegas outra vez como se doesse, mas sentiu um prazer ardente.

– Bata com força – disse para Leila.

Leila obedeceu. Então disse:

– Quer fazer isso comigo?

– Sim – disse Bijou, erguendo-se, mas sem levantar as calças. Sentou-se no musgo gelado, colocou Leila sobre os joelhos, desabotoou as calças e começou a chicoteá-la, gentilmente no início, depois com mais força, até Leila contrair-se e se soltar a cada golpe. As nádegas ficaram vermelhas e ardendo.

Ela disse:

– Vamos tirar a roupa e montar juntas no cavalo.

Tiraram as roupas, e ambas montaram em um dos cavalos. A sela estava quente. Encaixaram-se aconchegadas uma na outra: Leila, atrás, pôs os braços em torno dos seios de Bijou e beijou-lhe o ombro. Cavalgaram um pouco naquela posição, com cada movimento do cavalo roçando a sela nos genitais. Leila mordia o ombro de Bijou, e Bijou virava-se de vez em quando e mordiscava o mamilo de Leila. Retornaram ao leito de musgo e vestiram as roupas.

Antes que Bijou terminasse de vestir as calças, Leila deteve-a para beijar-lhe o clitóris; mas o que Bijou sentiu foi as nádegas ardendo e suplicou a Leila para pôr fim à irritação.

Leila acariciou as nádegas e usou o chicote de novo, usou com força, e Bijou contraiu-se sob os golpes. Leila afastou as nádegas com a mão, de modo que o chicote caísse entre elas, ali na abertura sensível, e Bijou gritou. Leila chicoteou-a repetidamente, até Bijou ficar maluca.

A seguir, Bijou virou-se e bateu em Leila com força, furiosa por estar tão atiçada e ainda insatisfeita, ardendo e incapaz de pôr fim à sensação. A cada golpe ela sentia o palpitar entre as próprias pernas, como se estivesse possuindo Leila, penetrando-a. Depois de ambas estarem vermelhas e furiosas de tantas chicotadas, caíram uma em cima da outra com mãos e língua até alcançar o completo fulgor do prazer.

Planejaram ir juntos a um piquenique: Elena, seu amante Pierre, Bijou e o basco, Leila e o africano. Rumaram para um lugar fora de Paris. Comeram em um restaurante no Sena. A seguir, deixando o carro na sombra, rumaram a pé para a floresta. Primeiro caminharam em grupo, mas depois Elena ficou para trás com o africano. De repente, ela decidiu escalar uma árvore. O africano riu dela, pensando que ela não sabia como fazê-lo.

Mas Elena sabia. Com muita destreza, colocou um pé no primeiro galho baixo e subiu. O africano ficou parado embaixo da árvore e a observou. Ao olhar para cima, pôde ver por baixo da saia. Ela estava com uma roupa íntima cor-de-rosa nacarado, curta e bem justa, de modo que a maior parte das pernas e coxas aparecia enquanto escalava. O africano ficou lá rindo e provocando-a, e começou a ter uma ereção.

Elena estava sentada bem no alto. O africano não conseguia alcançá-la porque era muito grande e pesado para pisar no primeiro galho. Tudo o que podia fazer era sentar lá e observá-la, sentindo a ereção ficar mais forte.

Ele perguntou:

O que você vai me dar de presente hoje?

— Isto — disse Elena, e jogou-lhe algumas castanhas.

Sentou-se em um galho e balançou as pernas.

Então Bijou e o basco voltaram para procurá-la. Bijou, um pouco enciumada ao ver os dois homens olhando para Elena, atirou-se na grama e disse:

— Alguma coisa entrou na minha roupa. Estou com medo.

Os dois homens se aproximaram dela. Primeiro ela apontou para as costas, e o basco enfiou a mão por baixo do vestido. Depois ela disse que sentiu a coisa na parte da frente, e o africano meteu a mão dentro do vestido e começou a procurar embaixo dos seios. Na mesma hora, Bijou sentiu que realmente havia alguma coisa rastejando pela barriga e começou a se sacudir e rolar pela grama.

Os dois homens tentaram ajudá-la. Levantaram a saia e começaram a procurar. Ela usava uma roupa íntima que a cobria completamente. Bijou abriu um dos lados da calcinha para o basco, que, aos olhos de todos, tinha mais direito de vasculhar as partes secretas. Aquilo excitou o africano. Virou Bijou um tanto rudemente e começou a dar uns tapinhas em seu corpo, dizendo:

– Isso vai matá-lo, o que quer que seja.

O basco também apalpava Bijou por tudo.

– Você terá que se despir – ele disse finalmente. – Não há mais nada a fazer.

Ambos ajudaram Bijou a se despir, enquanto ela permanecia deitada na grama. Elena estava observando da árvore e sentindo ardor e formigamento, desejando que aquilo estivesse acontecendo com ela. Quando Bijou ficou despida, procurou no meio das pernas e entre os pelos pubianos; não achou nada e começou a vestir a roupa de baixo. Mas o africano não queria vê-la completamente vestida. Pegou um pequeno inseto inofensivo e o colocou no corpo de Bijou. Ele rastejou pelas pernas dela, e Bijou começou a se rolar e a tentar tirá-lo se sacudindo, sem querer tocar com os dedos.

– Tire isso daí, tire isso daí! – gritava, rolando o belo corpo na grama e exibindo todas as partes por onde o inseto se deslocava. Mas nenhum dos homens quis salvá-la. O basco pegou um galho e começou a bater no inseto. O africano pegou outro galho. Os golpes não eram dolorosos, apenas comichavam e a afligiam um pouquinho.

O africano lembrou de Elena e voltou até a árvore.

– Desça – ele disse. – Vou ajudá-la. Pode pôr o pé no meu ombro.

– Não vou descer – disse Elena.

O africano insistiu. Ela começou a descer e, quando estava prestes a alcançar o galho mais baixo, o africano agarrou-lhe a perna e colocou-a por cima do ombro. Ela escorregou e caiu com as pernas em volta do pescoço dele, com o sexo contra seu rosto. O africano inalou o odor em êxtase e prendeu-a entre os braços fortes.

Ele conseguia cheirar e sentir o sexo através do vestido, e manteve-a ali, enquanto mordia as roupas dela e segurava-lhe as pernas. Ela lutava para escapar, chutando e batendo nas costas dele.

Seu amante apareceu furioso, com o cabelo desgrenhado, ao vê-la apanhada daquele jeito. Em vão ela tentou explicar que o africano a havia apanhado porque ela havia escorregado na descida. Ele permaneceu furioso, com desejo de vingança. Quando viu o par na grama, tentou juntar-se a eles. Mas o basco não deixava ninguém tocar em Bijou. Continuou a bater nela com o galho.

Enquanto Bijou estava deitada, um cachorro enorme apareceu por entre as árvores e foi até ela. Começou a farejá-la com evidente prazer. Bijou gritou e se esforçou para se levantar. Mas o cachorrão estava plantado em cima dela e tentava enfiar o focinho entre as pernas.

Então o basco, com uma expressão cruel nos olhos, fez um sinal para o amante de Elena. Pierre entendeu. Eles seguraram os braços e as pernas de Bijou e deixaram o cachorro farejar até o local onde queria cheirar. Começou a lamber a camisa de cetim deleitado, no local exato em que um homem gostaria de lamber.

O basco abriu a roupa de baixo dela e deixou o cachorro a lamber cuidadosa e caprichadamente. A língua era áspera, bem mais áspera que a de um homem, comprida e forte. Ele lambia sem parar, com grande vigor, e os três homens assistiam.

Elena e Leila sentiram como se também estivessem sendo lambidas pelo cachorro. Ficaram inquietas. Todos assistiam, imaginando se Bijou estava sentindo algum prazer.

No começo ela ficou aterrorizada e debateu-se violentamente. Depois ficou exausta de se mexer inutilmente e machucar os punhos e tornozelos, presos tão fortemente pelos homens. O cachorro era lindo, com uma cabeça grande e pelada, a língua limpa.

O sol incidiu sobre os pelos pubianos de Bijou, que pareciam brocado. Seu sexo cintilava, molhado, mas ninguém sabia se era da língua do cachorro ou do prazer dela. Quando a resistência dela começou a esmorecer, o basco ficou enciumado, chutou o cachorro e soltou-a.

O basco acabou cansando de Bijou e a abandonou. Bijou estava tão acostumada às fantasias e jogos cruéis dele, particularmente ao modo com que ele sempre conseguia mantê-la presa e indefesa enquanto faziam todos os tipos de coisas com ela, que durante meses não conseguiu desfrutar da recém-descoberta liberdade ou ter um relacionamento com qualquer outro homem. Também não conseguia apreciar as mulheres.

Tentou posar, mas não gostava mais de expor o corpo, ou ser observada e desejada pelos estudantes. Vagava sozinha o dia inteiro, novamente pelas ruas.

O basco, por sua vez, voltou a buscar sua antiga obsessão.

Nascido em uma família abastada, ele tinha dezessete anos quando contrataram uma governanta francesa para sua irmã mais moça. Era uma mulher miúda, roliça, sempre vestida de maneira frívola. Usava botinhas de verniz e meias negras transparentes. Seu pé era pequeno e extremamente arqueado e pontudo.

O basco era um garoto bonito, e a governanta francesa reparou nele. Eles e a irmã mais jovem saíam para caminhar juntos. Sob as vistas da irmã muito pouco podia acontecer entre eles, exceto longos olhares investigativos. A governanta tinha uma pequena pinta no canto da boca. O basco ficou fascinado. Um dia ele a elogiou.

Ela respondeu:

– Tenho uma outra onde você jamais poderia imaginar, e onde você nunca vai ver.

O garoto tentou imaginar onde se localizava a outra pinta. Tentou imaginar a governanta francesa nua. Onde ficava a pinta? Ele tinha visto apenas gravuras de mulheres nuas. Tinha um cartão com uma dançarina com um saiote de plumas. Quando exalava sobre ele, a saia levantava, e a mulher ficava exposta. Uma das pernas estava no ar, como uma bailarina, e o basco podia ver como ela era.

Naquele dia, logo que chegou em casa ele pegou o cartão e exalou em cima dele. Imaginou estar vendo o corpo da governanta, o seio farto, roliço. Então desenhou a lápis uma pinta entre as pernas. Àquela altura, ele estava totalmente inflamado e queria ver a governanta nua a todo custo. Mas no meio da sua grande família, eles tinham que ser cautelosos. Sempre havia alguém nas escadas, alguém em cada sala.

No dia seguinte, durante a caminhada, a governanta lhe deu um lencinho. Ele foi para o quarto, atirou-se na cama e cobriu a boca com o lenço. Podia sentir o cheiro do corpo dela no tecido. Ela havia segurado o lenço na mão em um dia quente, e ele ficara impregnado de um pouco de suor. O odor era tão intenso e afetou-o tanto que pela segunda vez ele soube o que era sentir um turbilhão no meio das pernas. Viu que tivera uma ereção, coisa que até então só acontecera em sonhos.

No dia seguinte, ela deu-lhe uma coisa embrulhada em papel. Ele enfiou no bolso e depois da caminhada foi direto para o quarto, onde abriu o pacote. Continha uma calcinha cor da pele com barra rendada. Havia sido usada. A calcinha também tinha o cheiro do corpo dela. O garoto enterrou o rosto nela e experimentou o mais louco prazer. Imaginou-se tirando a calcinha do corpo dela. A sensação era tão vívida que ele teve uma ereção. Começou a se tocar enquanto seguia beijando a calcinha. A seguir esfregou o pênis com ela. O toque da seda deixou-o extasiado. Pareceu que estava tocando a carne dela, talvez o exato local onde imaginara que havia a pintinha. De repente teve uma ejaculação, sua primeira, em um espasmo de satisfação que fez com que rolasse pela cama.

No dia seguinte ela deu-lhe outro pacote. Continha um sutiã. Ele repetiu a cerimônia. Imaginou o que mais ela poderia dar que o incitasse a tamanho prazer.

Da próxima vez foi um pacote grande. A curiosidade da irmã foi despertada.

– São apenas livros – disse a governanta, – nada que seja do seu interesse.

O basco correu para o quarto. Descobriu que ela havia dado um pequeno espartilho negro com bordas de renda, que ostentava o formato de seu corpo. O cordão estava gasto de tantas vezes que ela havia puxado. O basco inflamou-se de novo. Dessa vez tirou as roupas e meteu-se no espartilho. Puxou o cordão como havia visto a mãe fazer. Sentiu-se oprimido, aquilo machucava, mas deleitou-se na dor. Imaginou a governanta segurando-o e apertando os braços em torno dele a ponto de sufocá-lo. Ao soltar o cordão, imaginou-se libertando o corpo dela, de modo que pudesse vê-la nua. Ficou febril novamente, e todos os tipos de imagens o assombraram – a cintura da governanta, os quadris, as coxas.

À noite ele escondia consigo todas as roupas dela na cama e adormecia em cima delas, enterrando o sexo nelas como se fossem o corpo da mulher. Sonhava com ela. A ponta do pênis estava constantemente molhada. De manhã havia bolsas sob seus olhos.

Ela deu-lhe um par de meias. Depois deu-lhe um par das botas negras de verniz. Ele colocou as botas na cama. Deitou-se nu entre todos os pertences dela, esforçando-se para recriar sua presença, ansiando por ela. Os sapatos pareciam muito vivos. Faziam com que parecesse que ela havia entrado no quarto e estivesse andando em cima da cama. Colocou-as em cima das pernas para olhar para elas. Foi como se ela fosse andar por cima de seu corpo com o pé delicado e pontudo, como se fosse esmagá-lo.

O pensamento estimulou-o. Começou a tremer. Trouxe as botas para mais perto do corpo. Trouxe uma perto o bastante para tocar a ponta do pênis. Aquilo inflamou-o tão violentamente que ele ejaculou em cima do couro brilhante.

Mas aquilo tornou-se uma forma de tortura. Começou a escrever cartas para a governanta, implorando para que fosse ao seu quarto à noite. Ela lia com prazer, na presença dele, os olhos escuros cintilando, mas ela não arriscaria sua posição.

Um dia ela foi chamada em casa devido à doença do pai. O garoto nunca mais a viu. Foi deixado com uma fome voraz por ela, e suas roupas o assombravam.

Um dia ele fez um pacote com todas as roupas e foi a uma casa de prostituição. Encontrou uma mulher fisicamente similar à governanta. Fez com que vestisse as roupas. Observou-a apertar o espartilho, que empinou os seios e arrebitou as nádegas; observou-a fechar o sutiã e colocar as calcinhas. Pediu-lhe para pôr as meias e as botas.

Sua excitação era tremenda. Esfregou-se na mulher. Estendeu-se aos seus pés e pediu-lhe que o tocasse com a ponta da bota. Ela tocou primeiro o peito, depois a barriga, a seguir a ponta do pênis. Aquilo fez com que ele saltasse em chamas, e imaginou a governanta a tocá-lo.

Beijou a roupa íntima e tentou possuir a garota, mas tão logo ela abriu as pernas, o desejo dele morreu, pois, onde estava a pintinha?

Pierre

Certa manhã, quando jovem, Pierre estava vagando pelo cais bem cedo. Havia caminhado ao longo do rio por algum tempo quando foi atraído pela visão de um homem tentando puxar um corpo nu do rio para o convés de uma barca. O corpo estava preso na corrente da âncora. Pierre correu para ajudar o homem. Juntos conseguiram pôr o corpo no convés.

O homem virou-se para Pierre e disse:

– Espere aqui enquanto vou buscar a polícia – e saiu correndo. O sol estava começando a surgir e tocou o corpo nu com um brilho rosado. Pierre viu que não apenas era uma mulher, como era uma mulher muito bonita. O cabelo comprido estava grudado nos ombros e nos seios fartos e redondos. A pele lisa e dourada cintilava. Ele jamais vira corpo mais bonito, limpo pela água, com adoráveis contornos expostos.

Observou-a fascinado. O sol a estava secando. Ele a tocou. Ainda estava quente e devia ter morrido há pouco. Ele foi sentir o coração. Não estava batendo. O seio pareceu grudar em sua mão.

Ele tremeu, depois inclinou-se e beijou o seio. Era flexível e macio sob os lábios, como um seio vivo. Ele sentiu um ímpeto sexual repentino. Continuou beijando a mulher. Abriu os lábios dela. Ao fazê-lo, surgiu um pouquinho de água entre eles, o que lhe pareceu a saliva dela. Teve a sensação de que, se a beijasse por um tempo longo o bastante, ela voltaria à vida. O calor dos lábios dele passavam para os dela. Beijou a boca, os mamilos, a nuca, a barriga, e então a sua boca desceu até o pelo pubiano encaracolado. Era como beijar embaixo d'água.

Ela jazia estendida, com as pernas ligeiramente afastadas, os braços esticados ao longo do corpo. O sol estava deixando a pele dourada, e o cabelo molhado parecia alga marinha.

Como ele adorou aquele jeito em que o corpo dela jazia, exposto e indefeso. Como adorou os olhos fechados e a boca levemente aberta. O corpo tinha gosto de orvalho, de flores molhadas, de folhas molhadas, de grama ao amanhecer. A pele era como cetim para os dedos. Ele adorou a passividade e o silêncio dela.

Sentiu-se ardendo, tenso. Enfim caiu sobre ela e, ao começar a penetrá-la, escorreu água do meio de suas pernas, como se ele estivesse fazendo amor com uma náiade. Os movimentos dele faziam o corpo dela ondular. Continuou a meter, esperando sentir a reação dela a qualquer momento, mas o corpo apenas se mexia no ritmo dele.

Ficou com medo de que o homem e a polícia chegassem. Tentou se apressar e se satisfazer, mas não conseguiu. Jamais havia demorado tanto. A frieza e umidade do ventre, a passividade dela, o desfrute tão prolongado – contudo, não conseguia gozar.

Mexeu-se desesperadamente para se livrar do tormento, para injetar o líquido quente dentro do corpo gelado. Oh, como queria gozar naquele momento, beijando os seios, e impeliu o sexo para dentro dela freneticamente, mas ainda não conseguiu gozar. Seria encontrado ali pelo homem e pelo policial, deitado sobre o corpo da mulher morta.

Por fim, ergueu o corpo pela cintura, trazendo-a de encontro ao pênis e metendo violentamente dentro dela. Então ouviu gritos por toda a volta, e naquele momento sentiu-se explodir dentro dela. Retirou-se, soltou o corpo e fugiu.

A mulher assombrou-o durante dias. Não conseguia tomar banho sem lembrar da sensação da pele molhada e de como ela brilhava ao amanhecer. Ele jamais veria corpo tão belo. Não podia ouvir a chuva sem se lembrar de como a água saiu do meio das pernas e da boca, e do quanto ela era macia e lisa.

Sentiu que tinha que fugir da cidade. Depois de uns dias, viu-se em uma aldeia de pescadores e topou com estúdios para artistas enfileirados em uma construção barata. Alugou um. Ele podia ouvir tudo através das paredes. No meio da fileira de estúdios, ao lado de Pierre, havia uma privada comunitária. Quando estava deitado tentando dormir, flagrou subitamente um tênue raio de luz entre as tábuas da parede. Colocou o olho em uma fresta e viu, parado diante da privada, um rapaz de cerca de quinze anos, com uma das mãos apoiada na parede.

Ele havia arriado as calças pela metade e aberto a camisa, curvando a cabeça encaracolada sobre o que estava fazendo. Com a mão direita, estava manuseando o jovem sexo minuciosamente. De vez em quando apertava com força e uma convulsão sacudia o corpo. Sob a luz fraca, com o cabelo encaracolado e o jovem corpo pálido, parecia muito com um anjo, exceto pelo fato de que estava segurando o sexo com a mão direita.

Soltou a outra mão da parede onde ela estivera apoiada e apanhou as bolas muito firmemente, enquanto continuava a sovar, apertar e espremer o pênis. Não ficou muito duro. O garoto estava experimentando prazer, mas não conseguia chegar ao clímax. Ficou desapontado. Tentou todos os movimentos de dedos e mão. Segurou o pênis flácido tristonhamente. Examinou-o, matutou sobre ele e então cobriu-o com as calças, abotoou a camisa e foi embora.

Agora Pierre estava completamente desperto. A memória da mulher afogada assombrou-o de novo, desta vez misturada com a imagem do garoto se tocando. Estava lá deitado, revirando-se, quando a luz da privada acendeu de novo. Pierre não conseguiu deixar de olhar. Lá estava sentada uma mulher de uns cinquenta anos, enorme, sólida, com um rosto rude, boca e olhos gulosos.

Mal havia sentado quando alguém forçou a porta. Em vez de mandar a pessoa embora, ela abriu a porta. E lá apareceu o garoto que ali estivera mais cedo. Estava espantado com a abertura da porta. A velha não se mexeu do assento, mas atraiu-o com um sorriso e fechou a porta.

– Que garoto adorável você é – disse. – Com certeza já tem uma amiguinha, não? Com certeza já teve um pouquinho de prazer com uma mulher.

– Não – disse o garoto.

Ela falou com ele tranquilamente, como se tivessem se encontrado na rua. Ele fora tomado de surpresa e olhava fixo para ela. Tudo o que podia ver era a boca de lábios grossos sorrindo e os olhos insinuantes.

– Nunca teve prazer nenhum, meu rapaz, é isso?

– Não – disse o garoto.

– Você não sabe como? – perguntou a mulher. – Seus amigos na escola não lhe disseram como?

– Sim – disse o garoto, – vi eles fazerem, fazem com a mão direita. Eu tentei, mas não aconteceu nada.

A mulher riu.

– Mas existe um outro jeito. Nunca aprendeu nenhum outro jeito mesmo? Ninguém lhe disse nada? Quer dizer que você só sabe fazer com a própria mão? Ora essa, existe um outro jeito que sempre funciona.

O garoto fitou-a desconfiado. Mas o sorriso era largo, generoso, animador.

As carícias que ele havia ministrado em si mesmo deviam ter deixado uma certa perturbação, pois deu um passo na direção da mulher.

– Qual é o jeito que você sabe? – perguntou curioso.

Ela riu.

– Você quer mesmo saber, hein? E o que vai acontecer se você apreciar? Se você realmente apreciar, promete vir me ver de novo?

– Prometo – disse o garoto.

– Bem, então suba no meu colo, assim, apenas ajoelhe em cima de mim, não tenha medo. Agora.

O meio do corpo dele ficou no mesmo nível do bocão da mulher. Ela desabotoou as calças dele com destreza e tirou o pequeno pênis. O garoto observou-a espantado quando ela colocou o pênis na boca.

A seguir, quando a língua dela começou a se mexer e o pequeno pênis ficou maior, o garoto foi tomado de tamanho prazer que caiu para a frente em cima do ombro dela e deixou a boca abranger todo o pênis e tocar os pelos pubianos. O que ele sentiu era muito mais estimulante do que quando tentou se manipular. Agora, tudo o que Pierre conseguia ver era o bocão de lábios grossos trabalhando no pênis delicado, deixando metade dele fora da caverna de vez em quando, e a seguir engolindo tudo até não deixar nada à vista além dos pelos em volta.

A velha era gulosa, mas paciente. O garoto estava exausto de prazer, quase desmaiando sobre a cabeça dela, e o sangue subia ao rosto da mulher. Ainda assim, ela mascou e lambeu vigorosamente, até o garoto começar a tremer. Ela teve que colocar os dois braços em volta dele, ou ele teria se sacudido para fora da boca. Ele começou a murmurar sons como uma ave canora. Ela atacou-o mais febrilmente, e então aconteceu. O garoto quase caiu adormecido sobre os ombros dela de exaustão, e ela teve que soltá-lo gentilmente com as mãos grandes. Ele sorriu languidamente e foi embora ligeiro.

Enquanto estava lá deitado, Pierre lembrou de uma mulher de quase cinquenta anos que havia conhecido quando tinha apenas dezessete. Era uma amiga de sua mãe. Era excêntrica, voluntariosa e se vestia com modelos de dez anos atrás, o que significava usar um número infindável de anáguas, espartilho apertado, calcinhas compridas e cheias de renda, e vestidos de saia armada com decotes pronunciados sobre os seios, de modo que Pierre podia ver o pequeno vale entre eles, uma linha escura e sombreada que desaparecia dentro de rendas e babados.

Era uma mulher bonita, com um luxuriante cabelo avermelhado e uma bela penugem sobre a pele. As orelhas eram pequenas e delicadas; as mãos, roliças. A boca era particularmente atraente – muito vermelha ao natural, com grande volume e amplitude, e dentes pequenos e parelhos, que ela sempre mostrava, como se estivesse prestes a morder alguma coisa.

Ela foi visitar a mãe de Pierre em um dia de muita chuva, quando os empregados não estavam. Sacudiu a sombrinha diáfana, tirou o chapéu vistoso e soltou o véu. Enquanto estava ali parada, o vestido comprido todo molhado, começou a espirrar. A mãe de Pierre já estava de cama com gripe. Do quarto, ela gritou:

– Querida, tire as roupas, se estão molhadas, e Pierre vai secá-las na frente da lareira. Há um biombo na sala de estar. Você pode se despir ali, e Pierre lhe dará um de meus quimonos.

Pierre apressou-se com evidente animação. Pegou o quimono da mãe e abriu o biombo. Havia um belo fogo luminoso ardendo na lareira da sala de estar. A peça estava quente e perfumada pelos narcisos, que enchiam todos os vasos, pela madeira que ardia no fogo e pelo perfume de sândalo da visita.

Ela alcançou o vestido para Pierre por detrás do biombo. Ainda estava quente e com o aroma de seu corpo. Ele o segurou nos braços e cheirou, intoxicado, antes de estendê-lo em uma cadeira diante do fogo. A seguir ela alcançou-lhe uma anágua grande e muito rodada, com a barra extremamente molhada e coberta de lama. Ele cheirou-a com prazer antes de também colocar diante do fogo.

Enquanto isso, ela falava, sorria e gargalhava despreocupadamente, sem notar a excitação dele. Jogou outra anágua, uma mais leve, quente e almiscarada. Então, com uma risada tímida, atirou as calcinhas compridas e com borda de renda. De repente Pierre percebeu que não estavam molhadas, que aquilo não era necessário, que ela havia atirado as calcinhas para ele porque quis e agora estava praticamente nua atrás do biombo, sabendo que ele tinha consciência do corpo dela.

Enquanto ela olhava por cima do biombo, ele podia ver os ombros cheios e arredondados, macios e cintilantes, como almofadas. Ela riu e disse:

– Agora me dê o quimono.

– Suas meias não estão molhadas também? – perguntou Pierre.

– Sim, de fato estão. Vou tirar.

Ela se abaixou. Ele podia imaginá-la soltando as ligas e enrolando as meias. Imaginou como eram as pernas, os pés. Não pôde mais se conter e deu um encontrão no biombo.

O biombo caiu e exibiu-a na pose em que Pierre havia imaginado. Estava abaixada enrolando as meias pretas. O corpo todo tinha a cor dourada e a delicada textura do rosto. Tinha cintura baixa, seios fartos, amplos, mas firmes.

Ela manteve-se impassível com a queda do biombo. Disse:

– Ora, veja o que eu fiz tirando as meias. Me alcance o quimono.

Ele se aproximou, fitando-a – a primeira mulher nua que via, muito parecida com as imagens que havia estudado no museu.

Ela estava sorrindo. Então cobriu-se como se nada tivesse acontecido e foi até o fogo, estendendo as mãos para o calor. Pierre estava completamente enervado. Seu corpo ardia, contudo ele não sabia bem o que fazer a respeito.

Ela manteve o quimono preso em volta de si descuidadamente, concentrada em se aquecer. Pierre sentou-se a seus pés e fitou o rosto sorridente e franco.

Os olhos pareciam convidá-lo. Chegou mais perto, ainda ajoelhado. De repente ela abriu o quimono, pegou a cabeça dele entre as mãos, colocou-a no sexo para ele senti-lo com a boca. Os cachinhos de pelos pubianos tocaram seus lábios e o deixaram louco. Naquele exato instante a voz da mãe de Pierre veio do quarto afastado.

– Pierre! Pierre!

Ele se endireitou. A amiga da mãe fechou o quimono. Ficaram trêmulos, ardendo, insatisfeitos. A amiga foi para o quarto da mãe, sentou-se ao pé da cama e ficaram conversando. Pierre sentou-se com elas, aguardando nervosamente até a mulher estar pronta para se vestir de novo. A tarde pareceu interminável. Ela enfim levantou-se e disse que devia se vestir. Mas a mãe de Pierre o deteve. Quis algo para beber. Quis que ele baixasse as cortinas. Manteve-o ocupado até a amiga estar vestida. Teria ela adivinhado o que podia estar acontecendo na sala de estar? Pierre foi deixado com o toque dos pelos e da pele rosada em seus lábios, e nada mais.

Quando a amiga foi embora, a mãe conversou com ele no quarto parcialmente às escuras.

– Pobre Mary Ann – disse. – Sabe, aconteceu uma coisa terrível com ela quando era jovem. Foi quando os prussianos invadiram a Alsácia-Lorena. Ela foi estuprada pelos soldados. Agora ela não deixa nenhum homem chegar perto.

A imagem de Mary Ann sendo violada inflamou Pierre. Ele mal pôde ocultar a perturbação. Mary Ann havia confiado na juventude e inocência dele. Havia perdido o medo dos homens com ele. Ele era como uma criança para ela. Por isso havia permitido o rosto jovem e tenro entre suas pernas.

Naquela noite, ele sonhou com os soldados rasgando as roupas dela, abrindo suas pernas, e despertou com um violento desejo por ela. Como poderia vê-la agora? Será que um dia ela o deixaria fazer mais do que beijar gentilmente o sexo, como ele havia feito? Será que ela estava fechada para sempre?

Escreveu uma carta para ela. Ficou espantado quando recebeu uma resposta. Ela pediu-lhe que fosse vê-la. Recebeu-o em uma sala fracamente iluminada usando um roupão. O primeiro gesto dele foi ajoelhar-se em frente a ela. Ela sorriu de modo indulgente.

– Como você é gentil – disse. A seguir, apontou para um amplo divã no canto e estendeu-se nele. Pierre estendeu-se ao lado dela. Sentiu-se envergonhado e não conseguiu se mexer.

Então sentiu a mão dela inserindo-se com destreza por baixo do cinto, enfiando-se dentro das calças, deslizando por ali, perto da barriga, atiçando cada pedacinho de carne que tocava, escorregando, descendo.

A mão parou nos pelos pubianos, brincou com eles, moveu-se em volta do pênis sem tocá-lo. O pênis começou a se agitar. Pierre pensou que, se ela tocasse o pênis, iria matá-lo de prazer. Abriu a boca em suspense.

A mão continuou a mover-se devagar, devagar, em volta e por cima dos pelos pubianos. Um dedo buscou o veiozinho entre os pelos e o sexo, onde a pele era lisa, buscou cada parte sensível do jovem, deslizou por baixo do pênis, apertou as bolas.

Finalmente a mão fechou-se em volta do pênis latejante. E foi um choque de prazer tão intenso que ele suspirou. A mão dele saiu tateando às cegas através das roupas dela. Ele também queria tocar o cerne das sensações dela. Também queria deslizar e entrar nos locais secretos dela. Tateou as roupas. Encontrou uma abertura. Tocou o pelo pubiano e o trecho entre a perna e o monte de Vênus, sentiu a carne tenra, encontrou a umidade e mergulhou o dedo nela.

Então tentou enfiar o pênis dentro dela em um frenesi. Viu todos os soldados investindo contra ela. O sangue subiu-lhe à cabeça. Ela o repeliu e não se deixou possuir. Sussurrou no ouvido dele:

– Apenas com as mãos – e então abriu-se para ele enquanto continuava a acariciá-lo por baixo das calças.

Quando ele se virou novamente para arremeter o sexo impetuoso contra ela, Mary Ann empurrou-o, dessa vez zangada. A mão dela o atiçara, e ele não conseguia permanecer quieto.

Ela disse:

– Vou fazê-lo gozar desse jeito. Aproveite.

Ele deitou-se calmamente desfrutando as carícias. Mas tão logo fechou os olhos, viu os soldados curvados sobre o corpo nu dela, viu as pernas afastadas à força, a abertura gotejando dos ataques, e o que ele sentiu lembrava o furioso desejo ofegante dos soldados.

Mary Ann fechou o roupão de repente e se levantou. Ela agora tinha ficado completamente gelada. Mandou-o embora, e ele jamais obteve permissão para vê-la de novo.

Aos quarenta anos, Pierre ainda era um homem muito bonito, cujo sucesso com as mulheres e a longa e agora rompida ligação com Elena haviam dado muito o que falar ao povo da pequena localidade interiorana onde ele havia se estabelecido. Atualmente ele estava casado com uma mulher muito delicada e encantadora, mas dois anos depois do casamento a saúde dela se deteriorara, e ela estava semi-inválida. Pierre amara-a ardentemente, e no início sua paixão pareceu dar vida a ela, mas lentamente tornou-se um perigo para o coração fraco. Por fim o médico desaconselhou qualquer prática amorosa, e a pobre Sylvia entrou em um longo período de castidade. Pierre também foi subitamente privado da vida sexual.

Sylvia naturalmente foi proibida de ter filhos, e por isso ela e Pierre finalmente decidiram adotar dois no orfanato da aldeia. Foi um grande dia para Sylvia, e ela se vestiu suntuosamente para a ocasião. Foi um grande dia também para o orfanato, pois todas as crianças sabiam que Pierre e a esposa possuíam uma casa linda, uma grande propriedade, e tinham a reputação de serem bondosos.

Foi Sylvia que escolheu as crianças – John, um garoto loiro delicado, e Martha, uma garota morena e vivaz, ambos com cerca de dezesseis anos de idade. Os dois eram inseparáveis no orfanato, tão unidos quanto irmão e irmã.

Foram levados para a casa grande e adorável, onde cada um recebeu um quarto com vista para o amplo parque. Pierre e Sylvia deram a eles todo o cuidado, carinho e orientação. Além disso, John zelava por Martha.

Às vezes Pierre observava-os com inveja da juventude e companheirismo deles. John gostava de lutar com Martha. Por um longo tempo ela foi mais forte. Mas, um dia, enquanto Pierre assistia, foi John que levou Martha ao chão e conseguiu sentar-se sobre o peito dela e bradar seu triunfo. Pierre então notou que a vitória dele, após uma acalorada mistura dos dois corpos, não desagradou Martha. "Há uma mulher começando a se formar dentro dela", pensou Pierre. "Ela quer que o homem seja mais forte."

Mas a mulher que agora estava aparecendo timidamente na garota não obtinha um tratamento galante de John. Ele parecia disposto a tratá-la apenas como uma camarada, até como um garoto. Jamais a elogiava, jamais reparava no que ela vestia ou nas frivolidades dela. De fato, empenhava-se em ser ríspido quando ela ameaçava ser terna e em chamar atenção para os defeitos dela. Tratava-a sem sentimentalismo. E a pobre Martha ficava perplexa e magoada, mas se recusava a revelar isso. Pierre era o único que tinha conhecimento da feminilidade ferida de Martha.

Ele estava solitário na grande propriedade. Tinha sob sua responsabilidade a fazenda adjacente e outras propriedades de Sylvia por todo o país, mas não era o bastante. Ele não tinha companhia. John dominava Martha tão completamente que ela não prestava atenção em Pierre. Ao mesmo tempo, com o olhar experiente de homem mais velho, Pierre podia ver muito bem que Martha necessitava de outro tipo de relacionamento.

Um dia, ao encontrar Martha chorando sozinha no parque, aventurou-se a dizer com ternura:

– Qual é o problema, Martha? Sempre se pode confiar ao pai o que não se pode confiar para um companheiro.

Ela olhou para Pierre, pela primeira vez ciente de sua gentileza e simpatia. Confessou que John havia dito que ela era feia, esquisita e muito animalesca.

– Que garoto estúpido – disse Pierre. – Isso é completamente falso. Ele diz isso porque é muito efeminado e não sabe apreciar seu tipo de beleza saudável e vigorosa. Ele é realmente um maricas, e você é maravilhosamente forte e linda de um jeito que ele não consegue entender.

Martha olhou para ele agradecida.

Dali em diante Pierre a cumprimentava todas as manhãs com alguma frase encantadora: "Essa blusa azul combina muito bem com a sua pele" ou "Esse cabelo ficou muito bom".

Surpreendia Martha com perfumes, lenços e outras pequenas futilidades. Sylvia agora nunca deixava o quarto, e apenas ocasionalmente sentava-se em uma cadeira no jardim em dias excepcionais e ensolarados. John estava absorto em estudos científicos e andava dando menos atenção a Martha.

Pierre tinha um carro no qual fazia todas as atividades de supervisão da fazenda. Sempre tinha ido sozinho. Aí começou a levar Martha junto.

Ela estava com dezessete anos, lindamente modelada por uma vida saudável, tinha uma pele clara e cabelo negro brilhante. Os olhos eram fogosos e ardentes, e repousavam longamente sobre o corpo esguio de John – com frequência excessiva, pensava Pierre ao observá-la. Obviamente estava apaixonada por John, mas ele não reparava. Pierre sentiu uma pontada de ciúme. Olhou-se no espelho e se comparou com John. A comparação era bastante favorável a ele, pois, se John tinha a beleza da juventude, ao mesmo tempo havia uma frieza em sua aparência, ao passo que os olhos verdes de Pierre ainda eram irresistíveis para as mulheres, e seu corpo exalava grande calor e encanto.

Começou a cortejar Martha sutilmente, com elogios e atenções, tornando-se seu confidente em todas as questões, até ela confessar a atração por John, mas acrescentar:

– Ele é absolutamente desumano.

Um dia John insultou-a abertamente na presença de Pierre. Ela estivera dançando e correndo, parecia exuberante e vivaz. De repente, John olhou com reprovação e disse:

– Você é um animal. Você nunca vai sublimar sua energia.

Sublimação! Então era isso que ele queria. Queria levar Martha para dentro de seu mundo de estudos, teorias e pesquisas, negar a chama que havia nela. Martha olhou para ele com raiva.

A natureza estava trabalhando a favor do humanismo de Pierre. O verão deixou Martha lânguida, o verão despiu-a. Vestindo poucas roupas, ela tornava-se cada vez mais consciente do próprio corpo. A brisa parecia tocar sua pele como uma mão. À noite ela se revirava na cama com uma agitação que não conseguia entender. O cabelo estava destrançado, e ela sentia como se uma mão o houvesse soltado em volta da garganta e o tocasse.

Pierre sentiu rapidamente o que estava acontecendo com ela. Não fez avanços. Quando a ajudava a sair do carro, a mão dele pousava no braço nu. Ou quando ela estava triste e falava da indiferença de John, ele acariciava seu cabelo. Mas os olhos pousavam nela e conheciam cada pedacinho de seu corpo, tudo o que ele podia adivinhar através do vestido. Ela sabia que a penugem sobre a pele era delicada, que as pernas eram livres de pelos, que os seios jovens eram firmes. O cabelo, rebelde e espesso, muitas vezes roçava no rosto dele quando ela se inclinava para estudar os relatórios da fazenda com ele. Seu hálito muitas vezes misturava-se ao dele. Uma vez ele deixou a mão passar em volta de sua cintura paternalmente. Ela não se afastou. De algum modo, os gestos dele respondiam profundamente à necessidade de calor que ela tinha. Ela pensou que estivesse cedendo a um calor envolvente e paternal, e gradualmente foi ela que passou a tentar ficar perto dele quando estavam juntos, era ela que colocava o braço em volta dele quando andavam de carro, era ela que repousava a cabeça no ombro dele nos finais de tarde a caminho de casa.

Sempre voltavam daquelas viagens de inspeção irradiando um entendimento secreto, que John notava. Aquilo o deixava ainda mais emburrado. Mas agora Martha estava abertamente rebelada contra ele. Quanto mais reservado e severo ele ficava com ela, mais ela queria ostentar o fogo que havia dentro de si, o amor pela vida e pelo movimento. Atirou-se na parceria com Pierre.

Distante cerca de uma hora de carro, havia uma fazenda abandonada que certa vez haviam alugado. Ela havia caído em desuso, e agora Pierre decidira que queria arrumá-la para quando John casasse. Antes de mandarem os operários, ele e Martha foram dar uma olhada juntos e ver o que precisava ser feito.

Era uma casa térrea muito grande. Uma massa de hera a havia ocultado quase que por completo, cobrindo as janelas com uma cortina natural, escurecendo o interior. Pierre e Martha abriram uma janela. Depararam com muito pó, mobília mofada e alguns cômodos arruinados, onde havia entrado água. Mas um quarto estava praticamente intacto. Era o quarto de dormir principal. Uma cama grande e sombria, muitos cortinados, espelhos e um tapete gasto davam ao quarto uma certa grandiosidade na semiescuridão. Uma pesada colcha de veludo fora atirada em cima da cama.

Olhando em volta com um olhar de arquiteto, Pierre sentou-se na beira da cama. Martha parou perto dele. O calor do verão entrava no quarto em ondas, agitando o sangue deles. Martha sentiu outra vez aquela mão invisível a acariciá-la. Não lhe pareceu estranho que de repente uma mão real estivesse deslizando entre suas roupas com a mesma gentileza e suavidade que o vento de verão, tocando sua pele. Pareceu natural e agradável; ela fechou os olhos.

Pierre puxou o corpo dela para si e estendeu-a na cama. Ela manteve os olhos fechados. Aquilo parecia simplesmente a continuação de um sonho. Deitada sozinha durante muitas noites de verão, ela estivera esperando aquela mão, que fazia tudo o que ela havia esperado. Movia-se furtiva e suavemente através de suas roupas, pelando-a como se elas fossem uma fina pele a ser descascada, deixando livre a pele verdadeira e quente. A mão movia-se por tudo, por lugares que Martha nem conhecia, lugares secretos que estavam latejando.

Ela abriu os olhos de repente. Viu o rosto de Pierre sobre o seu preparando-se para beijá-la. Sentou-se bruscamente. Enquanto os olhos estavam fechados, ela havia imaginado que era John quem tocava sua pele furtivamente. Mas quando viu o rosto de Pierre, ficou desapontada. Afastou-se dele. Voltaram para casa em silêncio, mas não zangados. Martha estava como que drogada. Não conseguia livrar-se da sensação da mão de Pierre em seu corpo. Pierre foi meigo e pareceu entender a resistência dela. Encontraram John tenso e emburrado.

Martha foi incapaz de dormir. Cada vez que cochilava, começava a sentir a mão outra vez, a esperar pelos movimentos, como se a mão subisse pela perna e achasse o caminho até o lugar secreto onde Martha sentira um latejar, uma expectativa. Levantou-se e ficou parada na janela. Todo seu corpo bradava para que aquela mão o tocasse de novo. Aquele anseio da carne era pior do que a fome ou a sede.

No dia seguinte ela se levantou pálida e decidida. Logo que o almoço terminou, virou-se para Pierre e disse:

– Temos que examinar aquela fazenda hoje?

Ele assentiu. Saíram de carro. Foi um alívio. O vento batia em seu rosto, e agora ela estava livre. Observou a mão direita de Pierre no volante do carro – uma mão bonita, jovial, flexível e terna. De repente, inclinou-se e comprimiu os lábios naquela mão. Pierre sorriu para ela com tanta gratidão e alegria que ela sentiu o coração pular ao vê-lo.

Caminharam juntos através do jardim descuidado, pela trilha coberta de musgo, até o quarto escuro e verde com suas cortinas de hera. Caminharam direto para a cama, e foi Martha que se estendeu em cima dela.

– Suas mãos – murmurou –, oh, Pierre, suas mãos. Senti suas mãos a noite inteira.

Com quanta suavidade, com quanta gentileza as mãos começaram a vascular o corpo dela, como se estivessem procurando o lugar onde as sensações estavam represadas e não soubessem se era em volta dos seios, ou sob os seios, ao longo dos quadris ou no vale entre os quadris. Ele esperava a resposta da carne dela, percebendo pelo mais leve tremor que a mão havia tocado o lugar que ela queria que fosse tocado. Os vestidos, os lençóis, as camisolas, a água do banho, o vento, o calor, tudo havia conspirado para sensibilizar a pele dela, até essa mão complementar todas as carícias que lhe haviam sido dadas, acrescentando o calor e o poder de penetrar lugares secretos por todos os lados.

Mas, assim que Pierre inclinou-se bem perto de seu rosto para um beijo, a imagem de John interferiu. Martha fechou os olhos, e Pierre sentiu o corpo dela fechar-se para ele também. Por isso, sabiamente não levou as carícias adiante.

Quando voltaram para casa naquele dia, Martha estava tomada por uma espécie de embriaguez que a fez agir de modo imprudente. A casa fora arranjada de tal forma que o apartamento de Pierre e Sylvia era conectado ao quarto de Martha, que, por sua vez, comunicava-se com o banheiro usado por John. Quando os filhos eram mais jovens, todas as portas eram deixadas abertas. Agora a esposa de Pierre preferia trancar a porta de seu quarto de dormir, e a porta entre Martha e Pierre também ficava trancada. Nesse dia Martha tomou banho e, parada em silêncio na água, pôde ouvir os movimentos de John no quarto. Seu corpo ardia em febre pelas carícias de Pierre, mas ela ainda desejava John. Quis fazer mais uma tentativa de despertar o desejo de John, de forçá-lo a se abrir, de modo que pudesse saber se havia alguma esperança de que ele a amasse.

Depois do banho, enrolou-se em um quimono branco comprido, com a espessa cabeleira negra solta. Em vez de voltar para o seu quarto, entrou no de John. Ele ficou espantado ao vê-la. Ela explicou sua presença dizendo:

– Estou terrivelmente ansiosa, John, preciso de seu conselho. Vou partir desta casa em breve.

– Partir?

– Sim – disse Martha. – É hora de partir. Tenho que aprender a ser independente. Quero ir para Paris.

– Mas você é muito necessária aqui.

– Necessária?

– Você é a companheira de meu pai – disse ele, com amargura.

Será que ele estava com ciúme? Martha esperou ofegante que ele dissesse mais. Então acrescentou:

– Tenho que conhecer pessoas e tentar me casar. Não posso ser um fardo para sempre.

– Casar?

Então ele viu Martha como uma mulher pela primeira vez. Sempre a considerara uma criança. O que ele viu agora foi um corpo voluptuoso, nitidamente delineado pelo quimono, o cabelo úmido, um rosto febril, a boca macia. Ela esperou. A expectativa era tão intensa que as mãos caíram ao longo do corpo, e o quimono abriu-se e revelou o corpo completamente nu.

Então John viu que ela o queria, que ela estava se oferecendo, mas em vez de ficar estimulado, ele se retraiu.

– Martha! Oh Martha! – disse. – Você é como um animal, você é verdadeiramente a filha de uma puta. Sim, no orfanato todo mundo dizia isso, que você era filha de uma puta.

O sangue subiu ao rosto de Martha.

– E você – disse –, você é impotente, um monge, você é como uma mulher, você não é um homem. Seu pai é um homem.

E saiu correndo do quarto dele.

Naquela hora a imagem de John parou de atormentá-la. Ela queria apagá-lo de seu corpo e sangue. Naquela noite, foi ela que esperou que todos adormecessem para que pudesse destrancar a porta para o quarto de Pierre, e foi ela que se dirigiu à cama dele, oferecendo em silêncio o corpo agora gelado e abandonado.

Pierre soube que Martha estava livre de John, que agora ela era dele, pelo modo como ela foi à sua cama. Que alegria sentir o corpo jovem e macio deslizando contra o dele! Ele dormia nu nas noites de verão. Martha havia largado o quimono e também estava nua. O desejo de Pierre alastrou-se imediatamente, e ela sentiu a dureza dele contra a sua barriga.

As sensações difusas agora estavam concentradas em uma única parte do corpo dela. Martha viu-se fazendo gestos que nunca havia aprendido, viu a mão cercando o pênis dele, viu seu corpo colar no dele, viu sua boca render-se aos muitos tipos de beijo que Pierre sabia dar.

Entregou-se em um frenesi, e Pierre foi alçado às suas maiores façanhas.

Toda noite era uma orgia. O corpo dela tornou-se maleável e experiente. O laço entre eles era tão forte que ficava difícil fingirem o contrário durante o dia. Se Martha olhava para Pierre, era como se ele a tivesse tocado no meio das pernas. Às vezes se agarravam no corredor escuro. Ele a apertava contra a parede. Na entrada havia um grande armário escuro cheio de casacos e sapatos para neve. Martha escondia-se ali e Pierre entrava. Deitados em cima dos casacos, no lugar apertado, encerrados, abandonavam-se em segredo.

Pierre não tivera vida sexual por muitos anos, e Martha havia nascido para isso e só vivia naqueles momentos. Recebia-o sempre com a boca aberta e já molhada entre as pernas. O desejo erguia-se nele antes de vê-la, à simples ideia de ela estar à espera no armário escuro. Agiam como animais em luta, prestes a se devorarem. Se o corpo dele vencia e ele a prendia embaixo de si, penetrava-a com tanta força que parecia esfaqueá-la com o sexo repetidamente, até ela cair para trás exausta. Estavam em maravilhosa harmonia, a excitação de ambos crescendo junto. Ela tinha um jeito de galgá-lo como um animal ágil. Esfregava-se contra o pênis ereto, contra os pelos pubianos dele, em tamanho frenesi que ele ofegava. Aquele armário escuro tranformou-se em um covil.

Às vezes iam de carro até a fazenda abandonada e passavam a tarde lá. Ficaram tão impregnados de tanto fazer amor que, se Pierre beijava as pálpebras de Martha, ela conseguia senti-lo entre as pernas. Seus corpos estavam carregados de desejo, e eles não conseguiam exauri-lo.

John parecia uma imagem apagada. Não notaram que ele estava observando. A mudança em Pierre era evidente. O rosto resplandecia, os olhos pareciam ardentes, o corpo ficou mais jovem. E a mudança nela! A volúpia estava gravada por todo seu corpo. Cada movimento que fazia era sensual – servindo café, pegando um livro, jogando xadrez, tocando piano, tudo o que ela fazia tinha um toque de carícia. Seu corpo ficou mais farto, e os seios mais rijos por baixo das roupas.

John não conseguia ficar entre eles. Mesmo quando não olhavam ou não falavam um com o outro, John podia sentir a poderosa corrente entre eles.

Certo dia em que Pierre e Martha foram de carro para a fazenda abandonada, John, em vez de continuar seus estudos, sentiu uma onda de preguiça e um desejo de ficar ao ar livre. Pegou a bicicleta e saiu a andar a esmo, sem pensar neles, mas talvez lembrando de modo semiconsciente do rumor no orfanato de que Martha fora abandonada por uma prostituta muito conhecida. Parecia-lhe que, durante toda a vida, ao mesmo tempo em que amava Martha, também sentia medo dela. Sentia que ela era um animal, que podia desfrutar das pessoas como desfrutava da comida, que seu ponto de vista sobre as pessoas era completamente contrário ao dele. Ela dizia: "Ele é bonito", ou "Ela é charmosa". Ele dizia: "Ele é interessante", ou "Ela tem personalidade".

Martha expressara sensualidade mesmo quando garotinha, ao lutar com ele, ao acariciá-lo. Gostava de brincar de esconde-esconde e, se ele não conseguia achá-la, Martha saía do esconderijo de modo que ele pudesse pegá-la, agarrando o vestido. Uma vez estavam brincando juntos e construíram uma cabaninha. Acabaram amontoados juntos, bem perto. Então ele viu o rosto de Martha. Ela havia fechado os olhos para desfrutar do calor de seus corpos juntos, e John sentiu um medo tremendo. Por que medo? Durante toda a vida ele foi assombrado por essa aversão à sensualidade. Não conseguia explicar isso para si mesmo. Mas era assim. Havia pensado seriamente em se tornar monge.

Àquela altura, sem pensar em um destino, ele havia chegado à velha casa da fazenda. Fazia muito tempo que não a via. Caminhou suavemente sobre o musgo e a grama crescida. Curioso, entrou e começou a explorar. Desse modo, chegou silenciosamente ao quarto onde estavam Martha e Pierre. A porta estava aberta. Ele parou, petrificado pela cena. Foi como se o seu grande medo tivesse virado realidade. Pierre estava deitado de costas, com os olhos semicerrados, e Martha, completamente nua, comportava-se como um demônio, galgando-o em um frenesi de fome pelo corpo dele.

John ficou paralisado pelo choque da cena; não obstante, assimilou-a por completo. Suave, voluptuosa, Martha não apenas beijava o sexo de Pierre, como se agachava sobre a boca dele, e então lançava-se contra o corpo dele e roçava os seios, e ele estava deitado de costas, extasiado, hipnotizado pelas carícias dela.

Pouco depois John foi embora depressa sem ser ouvido. Tinha visto o pior de todos os vícios infernais, confirmando seu temor de que Martha era um ser erótico, e ele acreditou que o pai adotivo estava apenas cedendo à paixão dela. Quanto mais se empenhava para apagar a cena de sua mente, mais ela penetrava em todo o seu ser, tenaz, indelével, obsedante.

Quando Pierre e Martha voltaram, ele olhou seus rostos e ficou espantado com a diferença entre o aspecto cotidiano das pessoas e o modo como elas ficam ao fazer amor. As mudanças eram obscenas. O rosto de Martha agora parecia fechado, ao passo que antes bradava seu desfrute através dos olhos, cabelo, boca, língua. E Pierre, o sério Pierre, pouco tempo atrás não era um pai, mas um corpo jovial estendido na cama, entregue à furiosa lascívia de uma mulher desenfreada.

John sentiu que não poderia permanecer na casa sem trair a descoberta para a mãe doente, para todo mundo. Quando informou a decisão de partir para se alistar no exército, Martha desferiu-lhe um rápido e penetrante olhar de surpresa. Até agora ela achava que John era apenas puritano. Mas também acreditava que ele a amava e que, mais cedo ou mais tarde, sucumbiria a ela. Martha desejava os dois homens. Pierre era o amante com que as mulheres sonhavam. John ela poderia educar, mesmo contra a natureza dele. E agora ele estava partindo. Algo permanecia inacabado entre eles, como se o calor criado durante as brincadeiras houvesse sido interrompido com o propósito de continuar na vida adulta.

Naquela noite ela tentou chegar até ele de novo. Foi ao seu quarto. Ele a recebeu com tamanha repulsa que ela exigiu uma explicação, levou-o a confessar, e ele então desembuchou a cena que testemunhara. Ele não podia acreditar que ela amava Pierre. Achava que era o animal que havia dentro dela. E, ao ver a reação dele, Martha sentiu que agora jamais seria capaz de possuí-lo.

Parou na porta do quarto e disse:

— John, você está convencido de que sou um animal. Bem, posso provar facilmente que não sou. Eu disse que amo você. Vou prová-lo. Não apenas romperei com Pierre, mas virei todas as noites até você, ficarei com você e dormiremos juntos como crianças, e vou provar o quanto posso ser casta, livre de desejo.

John arregalou os olhos. Ficou profundamente tentado. O pensamento de Martha e o pai fazendo amor era intolerável para ele. John explicava aquilo em termos de moral. Não reconhecia que estava com ciúme. Não via o quanto gostaria de estar no lugar de Pierre, com toda a experiência de Pierre com as mulheres. Ele não se perguntou por que repudiou o amor de Martha. Mas por que ele ficava tão distante dos apetites naturais de outros homens e mulheres?

Concordou com a oferta de Martha. Astuta, Martha não rompeu com Pierre de um modo que o alarmasse, mas apenas disse que achava que John estava suspeitando e queria aplacar todas as dúvidas dele antes de que fosse para o exército.

Enquanto John esperava a visita de Martha na noite seguinte, tentou lembrar tudo o que pôde de seus sentimentos sexuais. As primeiras impressões estavam ligadas a Martha – ele e Martha no orfanato, protegendo um ao outro, inseparáveis. Na época, seu amor por ela era ardente e espontâneo. Deleitava-se em tocá-la. Um dia, quando Martha tinha onze anos, uma mulher veio vê-la. John conseguiu espiá-la enquanto ela esperava na sala de estar. Jamais tinha visto alguém como ela. Usava roupas apertadas que delineavam a silhueta farta e voluptuosa. O cabelo era vermelho-dourado, ondulado, os lábios estavam tão espessamente pintados que fascinaram o garoto. Ele cravou os olhos nela. Então viu-a receber Martha e abraçá-la. Foi quando lhe disseram que aquela era a mãe de Martha, que a abandonara quando criança, e mais tarde a reconhecera, mas não tivera condições de ficar com ela porque era a prostituta mais famosa da cidade.

Depois disso, se o rosto de Martha resplandecesse de excitação ou ficasse ruborizado, se o cabelo brilhasse, se ela usasse um vestido apertado, se fizesse o mais leve gesto frívolo, John sentia uma grande perturbação, raiva. Parecia que ele podia ver a mãe nela, que o corpo de Martha era provocante, que ela era lasciva. Ele a interrogava. Queria saber o que pensava, com o que sonhava, seus desejos mais secretos. Ela respondia ingenuamente. Do que ela mais gostava no mundo era John. O que lhe dava maior prazer era ser tocada por ele.

– O que você sente nessa hora? – John perguntava.

– Contentamento, um prazer que não consigo explicar.

John ficou convencido de que não era dele que ela obtinha tais prazeres semi-inocentes, mas de qualquer homem. Imaginou que a mãe de Martha sentia o mesmo com todos os homens que a tocavam.

Por ter se afastado de Martha e a deixado carente do afeto de que necessitava, ele a perdera. Mas isso John não conseguia ver. Agora sentia um grande prazer em dominá-la. Iria mostrar a ela o que era castidade, o que o amor, o amor sem sensualidade, podia significar entre seres humanos.

Martha veio à meia-noite, sem fazer ruídos. Usava uma camisola branca comprida e o quimono por cima. A espessa cabeleira negra e comprida caía sobre os ombros. Os olhos brilhavam de modo anormal. Estava quieta e gentil, como se fosse uma irmã. A vivacidade usual estava controlada e reprimida. Naquele estado de espírito ela não amedrontava John. Parecia uma outra Martha.

A cama era bem larga e baixa. John apagou a luz. Martha meteu-se na cama e acomodou o corpo sem tocar em John. Ele tremia. Lembrou do orfanato, onde, para poder falar com ela um pouco mais, ele escapulia do dormitório dos meninos e conversava com ela através da janela. Na época, ela usava uma camisola branca e o cabelo era trançado. Disse isso a ela e perguntou se deixaria que ele fizesse tranças em seu cabelo de novo. Queria vê-la como uma garotinha novamente. Ela deixou. As mãos dele tocaram a farta cabeleira no escuro, trançando-a. Então ambos fingiram adormecer.

Mas John era atormentado por imagens. Viu Martha nua, a seguir viu a mãe dela no vestido apertado que revelava cada curva, depois viu Martha de novo, agachada sobre o rosto de Pierre como um animal. O sangue martelava em suas têmporas, e ele quis estender a mão. Estendeu. Martha pegou-a e colocou-a sobre seu coração, em cima do seio esquerdo. Ele podia sentir o coração bater através das roupas. Finalmente dormiram dessa maneira. Acordaram juntos de manhã. John descobriu que havia se aproximado de Martha e dormido com o corpo contra o dela, encaixado. Acordou desejando-a, sentindo o calor dela. Pulou da cama com raiva e fingiu que tinha que se vestir rapidamente.

E assim se passou a primeira noite. Martha manteve-se calma e reprimida. John foi atormentado pelo desejo. Mas o orgulho e o medo eram maiores.

Agora ele sabia o que o amedrontava. Tinha medo de ser impotente. Temia que o pai, conhecido como um Don Juan, fosse mais potente e mais versado. Tinha medo de ser desajeitado. Temia que, uma vez que despertasse o fogo vulcânico em Martha, não pudesse satisfazê-la. Uma mulher menos fogosa talvez não o tivesse amedrontado tanto. Ele tivera uma grande ânsia de controlar sua própria natureza e o fluxo sexual. Talvez tivesse sido bem-sucedido demais. Agora tinha dúvidas quanto às suas forças.

Com a intuição feminina, Martha deve ter adivinhado tudo isso. A cada noite chegava mais calmamente, era mais gentil, mais humilde. Adormeciam juntos inocentemente. Ela não revelava o calor que sentia entre as pernas ao se deitar perto dele. De fato dormia. Às vezes ele permanecia acordado, com imagens sexuais obsedantes do corpo nu de Martha.

Ele acordava uma ou duas vezes no meio da noite, levava seu corpo para mais perto dela e, sem fôlego, a afagava. Durante o sono, o corpo dela ficava frouxo e quente. Ele ousava levantar a bainha da camisola até acima dos seios e passar a mão pelo corpo para sentir os contornos. Ela não acordava. Aquilo o encorajava. Ele não fazia nada mais do que afagá-la, sentindo mansamente as curvas do corpo com cuidado, cada linha, até saber onde a pele ficava mais macia, onde se localizava a carne mais farta, onde estavam os vales, onde os pelos pubianos começavam.

O que ele não sabia era que Martha estava semi-desperta e desfrutando das carícias, mas jamais se mexia por medo de assustá-lo. Uma vez ela foi tão atiçada pela pesquisa das mãos dele que quase chegou ao orgasmo. E uma vez ele ousou colocar o desejo ereto contra as nádegas dela, mas nada mais.

A cada noite ele ousava um pouquinho mais, surpreso por não despertá-la. O desejo dele era constante, e Martha era mantida em tamanho estado de febre erótica que se maravilhava com o próprio poder de dissimulação. John ficou mais audacioso. Tinha aprendido a enfiar o sexo entre as pernas dela e roçar muito gentilmente sem penetrá-la. O prazer era tão grande que ele então começou a entender todos os amantes do mundo.

Tantalizado por tantas noites de repressão, certa noite John esqueceu as precauções e possuiu a semiadormecida Martha como um ladrão, ficando espantado por ouvir pequenos sons de prazer saírem da garganta dela com as suas investidas.

Ele não foi para o exército. E Martha manteve seus dois amantes satisfeitos: Pierre durante o dia e John à noite.

Manuel

Manuel tinha desenvolvido uma peculiar forma de desfrute que fez com que sua família o repudiasse e ele tivesse que viver como um boêmio em Montparnasse. Quando não estava obcecado por suas exigências eróticas, era astrólogo, um cozinheiro extraordinário, um grande conversador e uma excelente companhia no café. Mas nenhuma dessas ocupações conseguia que ele desviasse a mente de sua obsessão. Mais cedo ou mais tarde, Manuel tinha que abrir as calças e exibir o membro bastante formidável.

Quanto mais gente, melhor. Quanto mais sofisticada a festa, melhor. Se estava no meio de artistas e modelos, esperava até todo mundo estar um pouco bêbado e licencioso, e então se despia completamente. O rosto ascético, os olhos sonhadores e poéticos, e o corpo descarnado de monge ficavam em tamanha dissonância com o comportamento que surpreendia todo o mundo. Se as pessoas se afastavam, ele não tinha prazer. Se olhavam para ele por qualquer período de tempo, o seu rosto ficava extasiado, e ele logo estava rolando pelo chão em uma crise de orgasmo.

As mulheres tendiam a fugir dele. Manuel tinha que implorar para que ficassem e recorria a todos os tipos de truque. Posava como modelo e procurava trabalho nos estúdios de mulheres. Mas a condição que ele acabava por manifestar ao ficar parado lá sob os olhos das estudantes fazia com que o jogassem no meio da rua.

Se era convidado para uma festa, primeiro tentava pegar uma mulher sozinha em uma sala vazia ou em uma sacada. Aí arriava as calças. Se a mulher ficasse interessada, ele entrava em êxtase. Se não, corria atrás dela com a ereção, voltava para a festa e ficava lá, esperando provocar curiosidade. Ele não era uma bela visão, era, isso sim, altamente incongruente. Visto que o pênis não parecia pertencer ao rosto e ao corpo austeros, adquiria grande proeminência – ficava uma coisa à parte, por assim dizer.

Finalmente encontrou a esposa de um agente literário sem dinheiro que estava morrendo de fome e de sobrecarga de trabalho, com quem estabeleceu o seguinte acordo: ele chegava de manhã e fazia todo o serviço doméstico para ela, lavava pratos, varria o estúdio, fazia serviço de rua, com a condição de que podia se exibir quando estivesse tudo pronto. Nesse caso, ele exigia total atenção dela. Queria que o observasse abrir o cinto, desabotoar as calças, baixá-las. Não usava roupa de baixo. Tirava o pênis e o sacudia como uma pessoa analisando algo valioso. Ela tinha que ficar perto dele e assistir a cada gesto. Tinha que olhar para o pênis como olharia para uma comida de que gostasse.

Aquela mulher desenvolveu a arte de satisfazê-lo por completo. Ficava absorta no pênis, dizendo:

– Que belo pênis você tem aí, o maior que já vi em Montparnasse. Tão liso e duro. É lindo.

Enquanto ela dizia essas palavras, Manuel continuava a sacudir o pênis como um pote de ouro sob os olhos dela, e a boca dele enchia-se de saliva. Admirava a si mesmo. Enquanto os dois se curvavam sobre o pênis para admirá-lo, o prazer ficava tão agudo que ele fechava os olhos e era tomado por um tremor físico da cabeça aos pés, ainda segurando o pênis e sacudindo-o sob o rosto dela. Então o tremor se transformava em ondulação, ele caía no chão e se enroscava como uma bola ao gozar, às vezes sobre o próprio rosto.

Com frequência, ficava parado em esquinas escuras, nu por baixo do sobretudo, e, quando uma mulher passava, abria o casaco e sacudia o pênis para ela. Mas isso era perigoso, e a polícia punia tal comportamento com bastante severidade. Com mais frequência ainda, gostava de entrar em um compartimento de trem vazio, abrir dois botões e recostar-se como se estivesse bêbado, com o pênis aparecendo um pouquinho através da abertura. Nas outras estações entrava mais gente. Se tivesse sorte, podia ser que uma mulher sentasse defronte dele e o encarasse. Como parecia bêbado, geralmente ninguém tentava acordá-lo. Às vezes um homem o despertava furioso e dizia-lhe para se abotoar. Se uma mulher entrava com colegiais, era o paraíso. Ele tinha uma ereção, e no fim a situação ficava tão intolerável que a mulher e suas garotinhas saíam do compartimento.

Um dia, Manuel encontrou seu par nessa forma de desfrute. Havia se acomodado no banco de um compartimento, sozinho, e estava fingindo adormecer quando uma mulher entrou e se sentou do lado oposto. Era uma prostituta bastante madura, como ele pôde ver pelos olhos pesadamente pintados, o rosto grosso de pó, as olheiras, o cabelo superencrespado, os sapatos caindo aos pedaços, o vestido e o chapéu sugestivos.

Ele observou-a com os olhos semicerrados. Ela deu uma olhada nas calças parcialmente abertas de Manuel e então olhou de novo. Também se recostou e pareceu adormecer, com as pernas escancaradas. Quando o trem partiu, ela ergueu a saia por completo. Estava nua por baixo. Esparramou as pernas abertas e se expôs enquanto olhava o pênis de Manuel, que estava endurecendo e aparecendo através das calças, e que por fim projetou-se completamente. Ficaram sentados frente a frente, mirando um ao outro fixamente. Manuel teve medo de que a mulher se movesse e tentasse agarrar o pênis, o que não era em absoluto o que ele queria. Mas não, ela era viciada no mesmo prazer passivo. Ela sabia que ele estava olhando para o sexo dela, sob o pelo muito preto e cerrado, e finalmente abriram os olhos e sorriram um para o outro. Ele estava entrando no estado de êxtase, mas teve tempo de reparar que ela estava em estado de prazer também. Pôde ver a umidade cintilante aparecer na boca do sexo dela. Ela se mexia quase que imperceptivelmente para lá e para cá, como se estivesse se ninando. O corpo dele começou a tremer de prazer voluptuoso. Ela então se masturbou na frente dele, sorrindo o tempo todo.

Manuel casou com essa mulher, que jamais tentou possuí-lo como as outras.

Linda

LINDA PAROU DEFRONTE ao espelho examinando-se criticamente em plena luz do dia. Já passada dos trinta, estava ficando preocupada com a idade, embora nada nela traísse qualquer redução da beleza. Era esbelta, de aparência jovial. Podia muito bem enganar todo mundo, menos a si mesma. Aos seus olhos, a carne estava perdendo um pouco da firmeza, um pouco daquela lisura de mármore que ela tantas vezes admirara no espelho.

Ela não era menos amada. Pelo contrário, pois agora atraía todos os homens jovens que sentiam que era com uma mulher daquelas que realmente podiam aprender os segredos de fazer amor e que não sentiam atração por garotas da idade deles, que são relutantes, inocentes, inexperientes e ainda dominadas pela família.

O marido de Linda, um homem bonito de quarenta anos, amara-a com o fervor de um amante por muitos anos. Ele fechava os olhos para os jovens admiradores. Acreditava que ela não os levava a sério, que o interesse de Linda devia-se à falta de filhos e à necessidade de derramar seus sentimentos protetores sobre gente que estava começando a viver. Ele mesmo tinha fama de seduzir mulheres de todas as classes e tipos.

Ela lembrava que na noite de núpcias André fora um amante adorável, venerando cada parte do corpo dela separadamente, como se ela fosse uma obra de arte, tocando-a e se maravilhando, tecendo comentários sobre suas orelhas, pés, pescoço, maçãs do rosto e coxas enquanto a afagava. As palavras e a voz, o toque dele abriram sua carne ao calor e à luz como uma flor.

Ele a treinou para ser um instrumento sexualmente perfeito, para vibrar a cada forma de carícia. Certa vez, ensinou-a a pôr todo o resto do corpo para dormir, por assim dizer, e concentrar todas as sensações eróticas na boca. Ela então ficou como uma mulher semidrogada, deitada lá, o corpo calmo e lânguido, e a boca, os lábios, tornaram-se outro órgão sexual.

André tinha especial paixão pela boca. Na rua, olhava a boca das mulheres. Para ele, a boca era um indicativo do sexo. Lábios apertados, escassos, não prenunciavam nada de abundância ou volúpia. Uma boca farta prometia um sexo aberto, generoso. Uma boca úmida tantalizava-o. Uma boca que se abria, uma boca entreaberta como que pronta para um beijo, esta ele seguiria obstinadamente pela rua até que conseguisse possuir a mulher e provar mais uma vez sua convicção nos poderes revelatórios da boca.

A boca de Linda seduzira-o desde o começo. Tinha uma expressão perversa, semidolorosa. Havia algo no modo como ela a movimentava, um abrir apaixonado dos lábios, que sugeria uma pessoa que se precipitaria sobre o amado como uma tempestade. Quando viu Linda pela primeira vez, foi levado para dentro dela pela boca, como se já estivesse fazendo amor com ela. Ficou obcecado pela boca. E assim foi na noite de núpcias. Foi na boca que ele se atirou, beijando-a até que ardesse, até a língua estar esgotada, até os lábios estarem inchados; e então, quando havia estimulado a boca totalmente, foi por ali que a possuiu, agachando-se em cima dela, os quadris fortes pressionados contra os seios de Linda.

Ele nunca a tratou como uma esposa. Cortejava-a sem parar, com presentes, flores, novos prazeres. Levava-a para jantar nas *cabinets particuliers* de Paris, em grandes restaurantes, onde todos os garçons pensavam que ela era sua amante.

Escolhia a comida e o vinho mais excitantes para ela. Deixava-a bêbada com palavras acariciantes. Fazia amor com a boca de Linda. Fazia com que ela dissesse que o queria. Então perguntava:

– E como você me quer? Que parte de você me quer esta noite?

Às vezes ela respondia:

– Minha boca quer você, quero senti-lo na minha boca, bem no fundo de minha boca.

Outras vezes respondia:

– Estou úmida no meio das pernas.

Era assim que conversavam na mesa dos restaurantes, nas pequenas salas de jantar privadas criadas especialmente para amantes. Como eram discretos os garçons, que sabiam quando não retornar! A música vinha de alguma fonte invisível. Havia um divã. Quando o jantar estava servido, e André havia apertado os joelhos de Linda entre os seus e roubado beijos, ele a tomava no divã, com as roupas vestidas, como amantes que não têm tempo de se despir.

Ele a acompanhava à ópera e aos teatros famosos por seus camarotes escuros, e fazia amor com ela enquanto assistiam ao espetáculo. Fazia amor com ela em táxis, em uma barca ancorada em Notre Dame que alugava cabines para amantes. Em qualquer lugar menos em casa, no leito conjugal. Levava-a de carro para vilarejos afastados e permaneciam em pousadas românticas. Reservava um quarto para ela nas casas de prostituição luxuosas que conhecia. Então tratava-a como uma prostituta. Fazia com que ela se submetesse aos seus caprichos, que pedisse para ser chicoteada, mandava-a rastejar de quatro e não beijá-lo, mas passar a língua por todo o corpo dele como um animal.

Essas práticas estimularam a sensualidade de Linda em um nível tal que ela ficava amedrontada. Tinha medo do dia em que André deixasse de bastá-la. Ela sabia que sua própria sensualidade era vigorosa; a dele era o último arroubo de um homem que havia se dissipado em uma vida de excessos e agora dava-lhe a quintessência disso.

Surgiu uma ocasião em que André teve que deixá-la por dez dias para fazer uma viagem. Linda ficou agitada e febril. Um amigo telefonou, amigo de André, o pintor do momento em Paris, o favorito de todas as mulheres. Ele disse:

— Está entediada, Linda? Gostaria de se juntar a nós em um tipo de festa muito especial? Tem uma máscara?

Linda sabia exatamente o que ele queria dizer. Ela e André haviam zombado muitas vezes das festas de Jacques no Bois. Era a forma de divertimento preferida dele: em uma noite de verão, reunir gente da sociedade usando máscaras, rumar para o Bois com garrafas de champanhe, encontrar uma clareira na área dos bosques e entregar-se à diversão.

Ela ficou tentada. Nunca havia participado de uma. Aquilo André não quis fazer. Disse brincando que aquela função de máscaras poderia confundi-lo, e ele não queria fazer amor com a mulher errada.

Linda aceitou o convite. Colocou um de seus trajes de noite novos, um pesado vestido de cetim que delineava o corpo como uma luva molhada. Não vestiu roupa de baixo, nem nenhuma joia que pudesse identificá-la. Mudou o penteado, do estilo pajem que contornava o rosto para um *pompadour* que revelava o formato do rosto e o pescoço. Depois prendeu a máscara negra sobre o rosto, fixando o elástico no cabelo para maior segurança.

No último minuto, decidiu mudar a cor do cabelo – lavou-o e tingiu-o de negro-azulado em vez do louro-claro. Prendeu-o no alto da cabeça de novo e se viu tão diferente que se espantou.

Cerca de oitenta pessoas haviam sido convidadas para se reunirem no grande estúdio do pintor da moda. A iluminação era fraca, para melhor preservar a identidade dos convidados. Quando estavam todos lá, foram levados rapidamente para os automóveis à espera. Os motoristas sabiam aonde ir. Na parte mais profunda do bosque, havia uma linda clareira coberta de musgo. Pararam ali, mandaram os motoristas embora e começaram a beber champanhe. Muitas das carícias já haviam começado nos automóveis apinhados. As máscaras davam às pessoas uma liberdade que transformava as mais sofisticadas em animais famintos. Mãos corriam por cima de suntuosos vestidos de noite para tocar o que quisessem tocar, joelhos se entrelaçavam, respirações se aceleravam.

Linda foi caçada por dois homens. O primeiro fez tudo o que podia para estimulá-la beijando-lhe a boca e os seios, enquanto o outro, com mais sucesso, acariciou-lhe as pernas por baixo do vestido longo até ela revelar por meio de um arrepio que estava excitada. Então ele quis levá-la embora para a escuridão.

O primeiro homem quis protestar, mas estava bêbado demais para competir. Ela foi carregada para longe do grupo, para onde as árvores proporcionavam sombras escuras e desciam sobre o musgo. Das redondezas vinham gritos de resistência, grunhidos, havia uma mulher guinchando:

– Ande, ande, não aguento mais esperar, ande!

A orgia estava em pleno curso. Mulheres acariciavam umas às outras. Dois homens empenhavam-se em provocar um frenesi em uma mulher e então paravam apenas para apreciar seu aspecto com o vestido semidesalinhado, uma alça caída, um seio a descoberto, enquanto ela tentava se satisfazer apertando-se contra os homens de maneira obscena, esfregando-se neles, suplicando, levantando o vestido.

Linda ficou pasma com a bestialidade de seu agressor. Ela, que conhecera apenas as carícias voluptuosas do marido, encontrava-se agora nas garras de algo infinitamente mais poderoso, um desejo tão violento que parecia devorador.

As mãos a apertaram como garras, o homem ergueu o sexo de Linda de encontro ao pênis como se não se importasse caso quebrasse os ossos dela ao fazê-lo. Usou *coups de bélier**, exatamente como um chifre a penetrá-la, uma chifrada que não feria, mas que fazia com que ela desejasse retaliar com a mesma fúria. Depois de ele ter se satisfeito com uma selvageria e violência que a atordoaram, sussurrou:

— Agora quero satisfazê-la completamente, entendeu? Como você nunca foi antes.

Segurou o pênis ereto como um símbolo primitivo de madeira, estendeu-o para ela usar como quisesse.

Incitou-a a liberar seu mais violento apetite em cima dele. Ela mal tomou conhecimento de que cravou os dentes na carne dele. Ele ofegou em seus ouvidos:

— Continue, continue, eu conheço vocês mulheres, vocês nunca realmente se permitem pegar um homem como querem.

De algum recanto profundo de seu corpo que ela jamais percebera antes veio uma febre selvagem que não se consumia, que não se fartava da boca, da língua dele, do pênis dentro dela, uma febre que não se contentava com um orgasmo. Ela sentiu os dentes dele cravados no ombro, enquanto os dela mordiam-lhe o pescoço, e então caiu para trás e perdeu a consciência.

Quando despertou, estava deitada na cama de ferro de um quarto de baixa categoria. Um homem estava adormecido a seu lado. Ela estava nua, e ele também, mas semicoberto pelo lençol. Ela reconheceu o corpo que a apertara na noite anterior no Bois. Era o corpo de um atleta, grande, moreno, musculoso. A cabeça era bonita, forte, com o cabelo revolto. Enquanto olhava-o em admiração, ele abriu os olhos e sorriu.

— Não pude deixá-la voltar com os outros, poderia não vê-la nunca mais — ele disse.

— Como me trouxe aqui?

— Roubei você.

---

* Literalmente, golpes de carneiro. Em francês no original. (N.E.)

– Onde estamos?
– Em um hotel muito pobre, onde moro.
– Então você não é...
– Não sou amigo dos outros, se é o que você quer dizer. Sou um simples operário. Certa noite, voltando de bicicleta do meu trabalho, vi uma de suas *partouzes**. Tirei a roupa e me juntei. As mulheres pareceram gostar de mim. Não fui descoberto. Dei o fora depois de fazer amor com elas. Na noite de ontem eu estava passando de novo e ouvi vozes. Encontrei você sendo beijada por aquele homem, e levei-a embora. Depois a trouxe aqui. Isso pode lhe causar problemas, mas não pude abrir mão de você. Você é uma mulher de verdade, as outras são umas fracas, em comparação. Você tem fogo.
– Tenho que ir – disse Linda.
– Mas quero que prometa que voltará.

Ele se levantou e olhou para ela. A beleza física dava-lhe uma grandeza, e ela vibrou com a proximidade. Ele começou a beijá-la, e Linda sentiu-se lânguida outra vez. Pôs a mão no pênis duro. Os prazeres da noite passada ainda corriam por seu corpo. Deixou-se possuir de novo como que para ter certeza de que não havia sonhado. Não, aquele homem podia fazer o pênis queimar através de todo o corpo dela e beijá-la como se fosse o último beijo, aquele homem era real.

E desse modo Linda voltou para ele. Era o lugar onde ela se sentia mais viva. Mas depois de um ano ela o perdeu. Ele se apaixonou por outra mulher e se casou. Linda ficara tão acostumada com ele que agora todos os outros pareciam delicados demais, refinados demais, pálidos demais, fracos. Entre os homens que conhecia, não havia nenhum com aquele vigor selvagem e fervor do amante que perdera. Ela andou à procura dele sem parar, pelos barzinhos, pelos lugares esquecidos de Paris. Conheceu pugilistas, artistas de circo, atletas. Todos fracassaram em inflamá-la.

---

* Festa de troca de casais. Em francês no original. (N.T.)

Quando Linda perdeu o operário porque ele quis ter uma mulher para si, uma mulher em casa, uma mulher que cuidasse dele, ela fez confidências ao seu cabeleireiro. O cabeleireiro parisiense desempenha um papel vital na vida da francesa. Não apenas arruma o seu cabelo, a respeito do qual ela é particularmente exigente, como é um árbitro de moda. É seu melhor crítico e confessor para as questões amorosas. As duas horas que se leva para lavar, enrolar e secar o cabelo é tempo suficiente para confidências. O isolamento da pequena cabine protege os segredos.

Quando Linda chegou a Paris vinda da cidadezinha do sul da França onde havia nascido e conhecido o marido, tinha apenas vinte anos de idade. Estava malvestida, era tímida, inocente. Tinha um cabelo exuberante que não sabia como arrumar. Não usava maquiagem alguma. Ao andar pela rua Saint-Honoré admirando as vitrines das lojas, ficou plenamente consciente de suas deficiências. Tomou conhecimento do que significava o famoso chique parisiense, aquela meticulosidade no detalhe que transforma qualquer mulher em uma obra de arte. O objetivo era realçar os atributos físicos. Esse chique era criado em grande parte pela habilidade dos costureiros. O que nenhum outro país jamais teve condições de imitar foi a qualidade erótica das roupas francesas, a arte de deixar o corpo expressar todos os seus encantos através da roupa

Na França se conhece o valor erótico do cetim negro, que reproduz a qualidade tremeluzente de um corpo nu molhado. Sabe-se como delinear os contornos do seio, como fazer as pregas do vestido seguirem os movimentos do corpo. Conhece-se o mistério dos véus, da renda sobre a pele, da roupa íntima provocante, de uma fenda audaciosa no vestido.

O contorno do sapato, a suavidade da luva, essas coisas dão à parisiense um garbo, uma audácia que em muito ultrapassam o poder de sedução das outras mulheres.

Séculos de frivolidade produziram um tipo de perfeição que transparece não apenas nas mulheres ricas, mas nas vendedoras de lojinhas. E o cabeleireiro é o sacerdote desse culto da perfeição. Ele tutela as mulheres que vêm das províncias. Ele sofistica as mulheres vulgares; abrilhanta as mulheres pálidas; dá nova personalidade a todas elas.

Linda teve a sorte de cair nas mãos de Michel, cujo salão ficava perto da Champs Élysées. Michel era um homem de quarenta anos, esguio, elegante e um tanto feminino. Falava suavemente, tinha boas maneiras de salão, beijava a mão como um aristocrata, mantinha o bigodinho aparado e encerado. Sua conversa era brilhante e vivaz. Era um filósofo e criador de mulheres. Quando Linda apareceu, ele se empertigou como se fosse um pintor prestes a dar início a uma obra de arte. Depois de alguns meses, Linda emergiu como um produto lapidado. Michel tornou-se, além disso, seu confessor e diretor. Ele não fora sempre um cabeleireiro de mulheres bem de vida. Não se importava de contar que havia começado em um bairro muito pobre onde o pai era cabeleireiro. Lá o cabelo das mulheres era estragado pela fome, por sabões baratos, descuido, manuseio rude.

– Seco como uma peruca – dizia ele. – Excesso de perfume barato. Havia uma mocinha... nunca a esqueci. Ela trabalhava para um costureiro. Tinha paixão por perfume, mas não podia comprar nenhum. Eu costumava guardar o restinho das águas-de-colônia para ela. Sempre que enxaguava o cabelo de uma mulher com perfume, eu cuidava para deixar um pouquinho no frasco. Quando Gisele vinha, eu gostava de verter o perfume entre seus seios. Ela ficava tão encantada que não reparava o quanto eu apreciava aquilo. Eu pegava a gola do vestido entre meu polegar e meu indicador, puxava um pouquinho e pingava o perfume, dando uma olhadinha nos seios jovens. Depois disso, ela se mexia de um jeito voluptuoso, fechava os olhos, absorvia o perfume e se deleitava com ele. Às vezes gritava: "Oh, Michel, você me molhou demais dessa vez". E esfregava o vestido contra os seios para se secar.

"Certa vez não consegui mais resistir. Pinguei o perfume pelo pescoço, e quando ela jogou a cabeça para trás e fechou os olhos, minha mão deslizou direto para os seios. Bem, Gisele nunca mais voltou.

"Mas aquele foi apenas o começo de minha carreira de perfumador de mulheres. Comecei a levar a atividade a sério. Colocava perfume em um vaporizador e me divertia borrifando os seios de minhas clientes. Elas jamais recusavam. Então, aprendi a dar uma pequena escovada nelas depois de estarem prontas. Aquela era uma atividade divertida, tirar o pó do casaco de uma mulher formosa.

"E o cabelo de algumas mulheres me deixa em um estado que nem posso descrever. Poderia ofender você. Mas existem mulheres cujo cabelo tem um odor tão íntimo, como almíscar, que faz um homem... bem, nem sempre consigo me manter sob controle. Você sabe como as mulheres ficam indefesas quando estão reclinadas para a lavagem do cabelo, ou quando estão sob o secador, ou fazendo uma permanente."

Michel inspecionava uma cliente e dizia:

– Você poderia obter quinze mil francos por mês facilmente – o que significava um apartamento na Champs Élysées, um carro, roupas finas e um amigo generoso. Ou poderia tornar-se uma mulher de primeira categoria, concubina de um senador ou do escritor ou ator da moda.

Quando ajudava uma mulher a alcançar a posição merecida, ele mantinha o segredo dela. Jamais falava sobre a vida de ninguém, a não ser de forma evasiva. Conhecia uma mulher que estava casada há dez anos com o presidente de uma grande corporação americana. Ela ainda possuía a carteira de prostituta e era bem conhecida pela polícia e nos hospitais que as prostitutas frequentavam para exames semanais. Mesmo atualmente, ela ainda não conseguira se acostumar por completo com a nova posição e às vezes esquecia que tinha dinheiro na carteira para dar uma gorjeta ao homem que a servia durante a viagem de navio pelo oceano. Em vez de gorjeta, estendia um cartãozinho com seu endereço.

Foi Michel que aconselhou Linda a jamais ser ciumenta, pois ela deveria lembrar que existem mais mulheres do que homens no mundo, especialmente na França, e que uma mulher deve ser generosa com o marido – imagine quantas mulheres ficariam sem conhecer o amor. Ele dizia isso a sério. Considerava o ciúme uma espécie de mesquinhez. As únicas mulheres verdadeiramente generosas eram as prostitutas, atrizes, que não negavam seus corpos. Na opinião dele, o mais baixo tipo de mulher era a interesseira americana que sabia como arrancar dinheiro dos homens sem se entregar, o que Michel considerava um sinal de mau-caratismo.

Ele achava que toda mulher deveria ser puta de vez em quando. Achava que no fundo todas as mulheres desejavam ser puta uma vez na vida e que isso era bom para elas. Era a melhor forma de conservar a noção de fêmea.

Portanto, quando Linda perdeu seu operário, era natural que consultasse Michel. Este aconselhou-a a se dedicar à prostituição. Disse que assim ela teria a satisfação de provar a si mesma que era desejável inteiramente à parte da questão do amor, e poderia encontrar um homem que a tratasse com a violência necessária. No seu mundo, ela era venerada demais, adorada, mimada, para saber seu verdadeiro valor de fêmea, para ser tratada com a brutalidade de que gostava.

Linda percebeu que aquela seria a melhor maneira de descobrir se estava envelhecendo, perdendo seu poder e seus encantos. Assim, pegou o endereço que Michel lhe forneceu, tomou um táxi e foi levada a um local na avenida do Bois, uma casa particular com aparência grandiosa de isolamento e aristocracia. Lá foi recebida sem perguntas.

"De bonne famille?"

Isso foi tudo de que quiseram se certificar. Aquela era uma casa especializada em mulheres de *bonne famille*. Imediatamente a responsável telefonou para um cliente:

– Temos uma recém-chegada, uma mulher do mais primoroso refinamento.

Linda foi conduzida a um quarto espaçoso, com decoração de marfim e cortinados de brocado. Havia tirado o chapéu e o véu e estava parada na frente do grande espelho de moldura dourada arrumando o cabelo quando a porta se abriu.

O homem que entrou tinha uma aparência quase grotesca. Era baixinho e corpulento, com uma cabeça grande demais para o corpo, feições que pareciam de uma criança grandalhona, suaves, imprecisas e ternas demais para sua idade e tamanho. Andou muito rapidamente até ela e beijou-lhe a mão cerimoniosamente. Disse:

– Minha querida, que maravilha que você conseguiu escapar de sua casa e de seu marido.

Linda estava pronta para protestar quando percebeu o desejo do homem de fingir. Entrou no papel imediatamente, mas tremeu por dentro ao pensar em submeter-se àquele homem. Seus olhos já estavam se voltando para a porta, e ela estava pensando se conseguiria escapar. Ele flagrou o olhar dela e disse depressa:

– Não precisa ter medo. O que lhe peço não é nada a ser temido. Sou grato por você arriscar sua reputação para me encontrar aqui, por deixar seu marido por minha causa. Peço muito pouco, sua presença aqui me deixa muito feliz. Nunca vi mulher mais bonita que você, nem mais aristocrática. Adoro seu perfume, seu vestido e seu gosto para joias. Deixe-me ver seu pé. Que sapatos bonitos. Como você é elegante, e que tornozelo delicado você tem. Ah, não é muito frequente uma mulher tão bonita vir me ver. Não tenho tido sorte com as mulheres.

Àquela altura, ele parecia cada vez mais uma criança para ela, tudo nele, os gestos desajeitados, a suavidade das mãos. Quando acendeu um cigarro e fumou, ela achou que devia ser o primeiro cigarro dele, dada a maneira desajeitada com que o segurou e a curiosidade com que observou a fumaça.

– Não posso ficar muito tempo – disse ela, impelida pela necessidade de escapar. Aquilo não era absolutamente o que ela havia esperado.

– Não vou retê-la por muito tempo. Você pode me deixar ver seu lencinho?

Ela estendeu-lhe um lencinho delicado e perfumado. Ele o cheirou com ar de extremo prazer.

Então disse:

– Não tenho a intenção de tomá-la como você espera que eu faça. Não estou interessado em possuí-la como os outros homens. Tudo o que peço é que você passe este lencinho no meio das pernas e então o dê para mim, só isso.

Ela percebeu que aquilo seria muito mais fácil do que havia temido. Ela o fez de boa vontade. Ele a observou inclinar-se, levantar a saia, abaixar a calça de renda e passar o lencinho lentamente entre as pernas. Ele então se inclinou e colocou a mão sobre o lenço apenas para aumentar a pressão e de modo que ela o passasse mais uma vez.

Ele tremia da cabeça aos pés. Os olhos estavam esbugalhados. Linda percebeu que ele estava em estado de grande excitação. Quando pegou o lenço, foi como se fosse uma mulher, uma joia preciosa.

Ele estava absorto demais para falar. Andou até a cama, depositou o lenço sobre a colcha e se atirou em cima dele, desabotoando as calças ao cair. Empurrou e se esfregou. Pouco depois, sentou-se na cama, enrolou o pênis com o lenço e continuou a se masturbar, atingindo por fim um orgasmo que o fez gritar de satisfação. Havia se esquecido de Linda por completo. Estava em estado de êxtase. O lenço ficou molhado da ejaculação. Ele caiu de costas ofegante.

Linda deixou-o. Quando andava pelos corredores da casa, encontrou a mulher que a recebera. A mulher ficou espantada por ela querer ir embora tão cedo.

– Dei-lhe um de nossos clientes mais sofisticados – disse –, uma criatura inofensiva.

Foi depois desse episódio que um dia Linda estava no Bois assistindo ao desfile de trajes de primavera; era uma manhã de domingo. Estava se embebendo de cores, elegância e perfumes quando tomou conhecimento de um perfume específico perto dela. Virou a cabeça. À sua direita estava sentado um homem bonito de uns quarenta anos de idade, elegantemente vestido, com o cabelo negro sedoso cuidadosamente penteado para trás. Será que o perfume vinha do cabelo dele? Linda lembrou de uma viagem a Fez, da grande beleza dos árabes de lá. Aquilo teve um poderoso efeito sobre ela. Olhou o homem. Ele se virou e sorriu para ela, um brilhante sorriso branco de dentes grandes e fortes com dois dentes de leite menores, ligeiramente tortos, que lhe davam um ar maroto.

Linda disse:

– Você usa um perfume que senti em Fez.

– Tem razão – disse o homem. – Eu estive em Fez. Comprei-o no mercado de lá. Tenho paixão por perfumes. Mas desde que encontrei este, nunca mais usei nenhum outro.

– Tem um cheiro de madeira preciosa – disse Linda.
– Os homens deveriam ter cheiro de madeira preciosa. Sempre sonhei em um dia chegar a algum país da América Latina onde existam florestas inteiras de madeira preciosa que exalem odores maravilhosos. Certa vez fiquei apaixonada por patchouli, um perfume muito antigo. As pessoas não usam mais. Vem da Índia. Os xales indianos de nossas

avós estavam sempre impregnados de patchouli. Também gosto de andar ao longo das docas e cheirar as especiarias nos armazéns. Você faz isso?

– Faço. Às vezes sigo mulheres apenas por causa do perfume, do cheiro delas.

– Eu quis ficar em Fez e casar com um árabe.

– Por que não ficou?

– Porque me apaixonei por um árabe certa vez. Visitei-o diversas vezes. Era o homem mais bonito que eu já vira. Tinha a pele escura e enormes olhos de azeviche, uma expressão de tamanha emoção e fervor que me transtornavam. Tinha uma voz trovejante e os gestos mais suaves. Sempre que conversava com alguém, mesmo na rua, ele parava segurando ambas as mãos da pessoa ternamente, como se quisesse tocar todos os seres humanos com a mesma grande suavidade e ternura. Fiquei completamente seduzida, mas...

– O que aconteceu?

– Em um dia extremamente quente, sentamos no jardim dele para beber chá de hortelã, e ele tirou o turbante. A cabeça dele era completamente raspada. É uma tradição dos árabes. Parece que todos têm a cabeça completamente raspada. Aquilo de alguma maneira curou minha fascinação.

O estranho riu.

Em perfeita sincronia, os dois se levantaram e começaram a andar juntos. O perfume proveniente do cabelo do homem afetou Linda tanto quanto um cálice de vinho. As pernas ficaram bambas, a cabeça estava nebulosa. Os seios inflavam e baixavam em respirações profundas. O estranho assistia ao ondular dos seios dela como se observasse o mar estendendo-se a seus pés.

Ele parou na extremidade do Bois.

– Moro ali – disse, apontando com a bengala para um apartamento com muitas sacadas. – Você gostaria de entrar e tomar um aperitivo no meu terraço?

Linda aceitou. Pareceu-lhe que sufocaria se fosse privada do perfume que a encantava.

Sentaram-se no terraço, bebendo em silêncio. Linda reclinou-se languidamente. O estranho continuou a observar os seios. Então fechou os olhos. Nenhum dos dois se mexeu. Ambos haviam entrado em um sonho.

Ele se moveu primeiro. Quando a beijou, Linda foi transportada de volta para Fez, para o jardim do árabe alto. Recordou-se das sensações daquele dia, o desejo de ser envolvida pela capa branca do árabe, o desejo pela voz potente e pelos olhos ardentes dele. O sorriso do estranho era brilhante como o sorriso do árabe. O estranho *era* o árabe, o árabe com um espesso cabelo negro, perfumado como a cidade de Fez. Dois homens estavam fazendo amor com ela. Linda manteve os olhos fechados. O árabe a estava despindo. O árabe a estava tocando com mãos fogosas. Ondas de perfume dilataram o corpo dela, abriram-no, prepararam-no para ceder. Os nervos ficaram preparados para o clímax, tensos, atentos.

Ela entreabriu os olhos e viu os dentes deslumbrantes prestes a morder sua carne. E então o sexo dele a tocou e entrou. Foi como se estivesse eletricamente carregado, cada investida enviava correntes por todo o corpo.

Ele abriu as pernas dela como se quisesse rompê-las. O cabelo caiu sobre o rosto de Linda. Cheirando-o, ela sentiu o orgasmo chegar e exortou-o a aumentar as investidas para que pudessem gozar juntos. No momento do orgasmo, ele bradou um rugido de tigre, um tremendo som de júbilo, êxtase e gozo furioso como ela jamais ouvira antes. Foi como ela imaginava que o árabe teria gritado, como algum animal da selva satisfeito com sua presa, que ruge de prazer. Abriu os olhos. O rosto estava coberto pelo cabelo negro dele. Ela o colocou na boca.

Os corpos estavam completamente entrelaçados. As calcinhas tinham sido arriadas tão apressadamente que desceram pernas abaixo e permaneceram em volta dos tornozelos, e ele de algum modo havia posto o pé dentro de uma metade delas. Olharam para as pernas presas por aquele pedaço de *chiffon* negro e riram.

Ela voltou muitas vezes ao apartamento dele. O desejo começava muito antes de cada encontro, enquanto ela se vestia para ele. O perfume dele emanava de alguma fonte misteriosa a qualquer hora do dia e a assombrava. Às vezes, quando estava a ponto de atravessar uma rua, ela podia lembrar do aroma tão vividamente que o turbilhão no meio das pernas a obrigava a ficar parada ali, desamparada, frouxa. Aquilo grudava em seu corpo e a perturbava à noite quando estava dormindo sozinha. Ela jamais havia sido tão facilmente estimulada. Sempre necessitara de tempo e de carícias, mas para o árabe, como Linda se referia a ele, era como se estivesse sempre pronta eroticamente, tanto que ficava excitada muito antes de ele tocá-la, e Linda temia gozar ao primeiro toque do dedo dele em seu sexo.

Isso aconteceu uma vez. Ela chegou ao apartamento dele úmida e trêmula. Os lábios do sexo estavam rijos como se tivessem sido acariciados, os mamilos estavam duros, o corpo inteiro estremecia; quando a beijou, ele sentiu o turbilhão e meteu a mão diretamente no sexo dela. A sensação foi tão aguda que ela gozou.

E então, certo dia, depois de uns dois meses de relacionamento, ela foi vê-lo e, quando ele a tomou nos braços, Linda não sentiu desejo. Ele não parecia ser o mesmo homem. Enquanto o homem permanecia diante dela, Linda observou friamente a elegância e a mediocridade dele. Era parecido com qualquer francês elegante que podia ser visto andando pela Champs Élysées, nas noites de estreia ou de corridas.

Mas o que havia mudado nele aos olhos dela? Por que ela não sentiu aquela grande embriaguez que geralmente sentia na presença dele? Agora havia algo de muito comum nele. Muito semelhante a qualquer outro homem.

Muito diferente do árabe. O sorriso parecia menos brilhante, a voz parecia menos vívida. De repente, ela caiu nos braços dele e tentou cheirar o cabelo. Gritou:

– Seu perfume, você não está com perfume!

– Acabou – disse o árabe-francês. – E não consegui nenhum parecido. Mas por que isso a incomodaria tanto?

Linda tentou recapturar o estado de espírito em que ele a lançava. Ela sentiu o corpo gelado. Fingiu. Fechou os olhos e começou a imaginar. Estava de novo em Fez, sentada em um jardim. O árabe estava sentado ao seu lado em um sofá baixo e macio. Havia jogado-a de costas em cima do sofá e a beijava enquanto um pequeno chafariz cantava em seus ouvidos e o perfume familiar ardia em um incensário ao lado dela. Mas não. A fantasia se partiu. Não havia incenso. O lugar tinha um cheiro de apartamento francês. O homem ao seu lado era um estranho. Estava despojado da magia que fazia com que ela o desejasse. Ela jamais foi vê-lo novamente.

Embora Linda não tivesse apreciado a aventura do lencinho, depois de uns meses sem circular fora de sua própria esfera, ficou inquieta de novo.

Era assombrada pelas memórias, pelas histórias que ouvia, pela sensação de que, ao seu redor, homens e mulheres estavam desfrutando do prazer sensual em todos os lugares. Temia que, agora que deixara de apreciar o marido, seu corpo estivesse morrendo.

Lembrou de ter sido despertada sexualmente por acaso em uma idade muito tenra. Sua mãe havia comprado calcinhas que eram muito pequenas para Linda e ficaram muito apertadas entre as pernas. Aquilo irritou a pele, e à noite, ao adormecer, ela se coçou. Enquanto pegava no sono, o coçar tornou-se mais suave, e ela então percebeu que era uma sensação agradável. Continuou a acariciar a pele e descobriu que o prazer aumentava à medida que os dedos se aproximavam do lugarzinho central. Sentiu sob os dedos uma parte que parecia endurecer ao toque, e ali descobriu uma sensibilidade ainda maior.

Poucos dias depois ela foi se confessar. O padre sentou-se em sua cadeira, e ela ajoelhou-se aos pés dele. Ele era dominicano e usava um cordão comprido com uma borla que caía à sua direita. Quando Linda encostou-se nos joelhos dele, sentiu a borla contra si. O padre tinha um vozeirão caloroso que a envolvia e se abaixou para falar com ela. Quando havia terminado os pecados comuns – raiva, mentiras e coisas assim –, ela fez uma pausa. Observando a hesitação, ele começou a sussurrar em um tom bem mais baixo:

– Você já teve sonhos impuros?

– Que sonhos, padre? – ela perguntou.

A borla dura que ela sentia no lugar sensível no meio das pernas afetou-a como as carícias com os dedos algumas noites antes. Ela tentou se aproximar mais. Queria ouvir a voz do padre, cálida e sugestiva, perguntando sobre sonhos impuros. Ele disse:

– Você já teve sonhos sobre estar sendo beijada ou estar beijando alguém?

– Não, padre.

Naquela hora ela sentiu que a borla era infinitamente mais estimulante que os dedos porque, de alguma maneira misteriosa, fazia parte da voz cálida do padre e suas palavras, como "beijos". Comprimiu-se de novo contra ele com mais força e o olhou.

Ele sentiu que ela tinha algo a confessar e perguntou:

– Você já se acariciou?

– Me acariciei como?

O padre estava prestes a deixar a pergunta de lado, pensando que sua intuição estava errada, mas a expressão do rosto dela confirmou suas dúvidas.

– Você já se tocou com as mãos?

Foi nesse momento que Linda quis ter condições de fazer um movimento de fricção e alcançar mais uma vez aquele prazer extremo e avassalador que havia descoberto poucas noites atrás. Mas teve medo de que o padre percebesse e a repudiasse, e ela perdesse a sensação por completo. Ficou decidida a prender a atenção dele e começou:

– Padre, é verdade, tenho algo muito terrível a confessar. Me cocei certa noite, e a seguir me acariciei e...

– Minha filha, minha filha – disse o padre –, você deve parar com isso imediatamente. É impuro. Vai arruinar sua vida.

– Por que é impuro? – perguntou Linda, comprimindo-se contra a borla. A excitação estava crescendo.

O padre inclinou-se para tão perto que os lábios quase tocaram sua testa. Ela ficou zonza. Ele disse:

– Essas são carícias que só seu marido pode lhe dar. Se você faz isso e abusa delas, ficará fraca, e ninguém vai amá-la. Com quanta frequência você fez isso?

– Por três noites, padre. Também tive sonhos.

– Que espécie de sonhos?

– Tive sonhos de que alguém me tocava lá.

Cada palavra que ela dizia aumentava sua excitação e, fingindo culpa e vergonha, atirou-se contra os joelhos do padre e curvou a cabeça como se fosse chorar, mas era porque o toque da borla havia provocado o orgasmo e ela estava tremendo. O padre, pensando que era culpa e vergonha, pegou-a nos braços, ergueu-a da posição ajoelhada e a confortou.

Marcel

MARCEL CHEGOU NO barco com os olhos azuis cheios de surpresa e espanto, cheios de reflexos, como o rio. Olhos famintos, ávidos, nus. Sobre o olhar inocente e cativante caíam sobrancelhas selvagens, desgrenhadas como as de um sertanejo. A selvageria era atenuada pelo semblante luminoso e pelo cabelo sedoso. A pele também era delicada, o nariz e a boca eram vulneráveis, delgados, mas as mãos de camponês, como as sobrancelhas, manifestavam o vigor dele.

A loucura predominava em sua conversa, a compulsão para analisar. Tudo o que lhe acontecia, tudo o que lhe caía nas mãos, cada momento do dia era constantemente comentado, destacado. Ele não conseguia beijar, desejar, possuir, desfrutar, sem exame imediato. Planejava suas ações de antemão com o auxílio da astrologia; muitas vezes deparava com o surpreendente; tinha o dom para evocá-lo. Mas tão logo o surpreendente acontecia, ele o agarrava com a violência de um homem que não tem certeza de tê-lo visto, vivido e que anseia para torná-lo real.

Eu gostava de seu eu vulnerável, sensível e permeável no momento antes de ele falar, quando parecia um animal muito delicado, ou muito sensual, quando sua doença não era perceptível. Naquela hora ele parecia não ter feridas, andando com uma pesada sacola cheia de descobertas, anotações, programas, novos livros, novos talismãs, novos perfumes, fotografias. Parecia flutuar como o barco, sem amarras. Vagueava, vagabundeava, explorava, visitava o insano, consultava o horóscopo, reunia conhecimento esotérico, colecionava plantas, pedras.

– Em tudo existe uma perfeição que não pode ser apreendida – dizia Marcel. – Eu a vejo em fragmentos de mármore cortado, em pedaços de madeira velha. Existe uma perfeição no corpo da mulher que jamais pode ser possuída, conhecida completamente, nem mesmo no intercurso.

Ele usava a gravata graciosa dos boêmios de um século atrás, o boné de um apache, as calças listradas do burguês francês. Ou usava um casaco preto como o de um monge, a gravata-borboleta do ator barato da província, ou o lenço de um gigolô enrolado em volta da garganta, um lenço amarelo ou vermelho-sangue. Ou usava um terno que um homem de negócios lhe dera, com a gravata ostentada pelo gângster parisiense ou o chapéu usado no domingo pelo pai de onze filhos. Aparecia com a camisa preta de um conspirador, com a camisa quadriculada do camponês da Borgonha, com um paletó de operário em veludo cotelê azul e calças largas. Às vezes deixava a barba crescer e parecia Cristo. Outras vezes se barbeava e parecia um violinista húngaro de uma exposição itinerante.

Eu nunca sabia com qual disfarce ele viria me ver. Se tinha uma identidade, era a identidade da mudança, de ser qualquer coisa; era a identidade do ator para quem existe um drama contínuo.

Ele havia dito:

– Virei qualquer dia.

Agora estava deitado na cama olhando o teto pintado do barco. Sentiu a coberta da cama com a mão. Olhou o rio pela janela.

– Gosto de vir aqui na barca – ele disse. – Me sossega. O rio é como uma droga. O que me faz sofrer parece irreal quando venho aqui.

Chovia no telhado do barco. Às cinco horas Paris sempre tem uma corrente de erotismo no ar. Será porque é a hora em que os amantes se encontram, o horário das cinco às sete de todas as novelas francesas? Jamais de noite, parece, porque todas as mulheres são casadas e estão livres somente na "hora do chá", o grande álibi. Às cinco eu sempre sentia arrepios de sensualidade, compartilhados com a sensual Paris. Logo que a luz do dia diminuía, parecia-me que cada mulher que eu via estava correndo para encontrar seu amante, e cada homem estava correndo para encontrar sua concubina.

Quando me deixa, Marcel me beija no rosto. A barba me toca como uma carícia. Esse beijo no rosto que deveria ser fraternal é carregado de intensidade.

Jantamos juntos. Sugeri que fôssemos dançar. Fomos ao Bal Negre. Marcel ficou imediatamente paralisado. Teve receio de dançar. Tinha receio de me tocar. Tentei atraí-lo para a dança, mas ele não dançava. Era desajeitado. Estava com medo. Quando finalmente me segurou em seus braços, estava tremendo, e eu desfrutei o estrago que causei. Senti o prazer de estar perto dele. Senti prazer na esbeltez e na altura de seu corpo.

Disse:

– Você está triste? Quer ir embora?

– Não estou triste, mas estou bloqueado. Todo o meu passado parece me deter. Não consigo me soltar. Essa música é muito selvagem. Sinto como se pudesse inspirar, mas não expirar. Estou constrangido, afetado.

Não pedi mais que ele dançasse. Fui dançar com um negro.

Quando fomos embora na noite fria, Marcel ficou falando sobre suas complicações, medos e paralisia. Senti que o milagre não havia acontecido. Vou libertá-lo através de um milagre, não de palavras, não de forma direta, não com as palavras que uso para os doentes. Sei do que ele sofre. Sofri disso uma vez. Mas conheço o Marcel livre. Quero Marcel livre.

Mas quando chegou no barco e viu Hans lá, quando viu Gustavo chegar à meia-noite e ficar depois de ele ir embora, Marcel ficou com ciúme. Vi os olhos azuis ficarem sombrios. Quando me deu um beijo de boa noite, encarou Gustavo com raiva.

Ele me disse:

– Vá lá fora comigo um instante.

Saí do barco e caminhei com ele na escuridão ao longo do cais. Quando ficamos a sós, ele se inclinou e me beijou apaixonada, furiosamente, com sua boca grande e farta sorvendo a minha. Ofereci a boca outra vez.

– Quando você irá me ver?

– Amanhã, Marcel, amanhã irei vê-lo.

Quando cheguei na casa dele, Marcel havia se vestido com seu traje lapão para me surpreender. Era como uma vestimenta russa, e ele usava um chapéu de pele e botas compridas de feltro que iam quase até os quadris.

O quarto dele parecia o reduto de um viajante, cheio de objetos do mundo inteiro. As paredes eram cobertas de tapetes vermelhos, a cama estava coberta de peles de animais. O lugar era reservado, íntimo, voluptuoso como os quartos de um sonho de ópio. As peles, as paredes em vermelho intenso, os objetos, como os fetiches de um sacerdote africano – tudo era violentamente erótico. Quis me deitar nua em cima das peles, ser tomada ali, estendida sobre aquele cheiro animal, acariciada pela pele.

Fiquei de pé ali no quarto vermelho, e Marcel me despiu. Segurou minha cintura nua nas mãos. Explorou meu corpo avidamente com as mãos. Sentiu a vigorosa plenitude dos meus quadris.

– Pela primeira vez, uma mulher de verdade – ele disse. – Tantas vieram aqui, mas pela primeira vez é uma mulher de verdade, alguém que posso venerar.

Ao me deitar na cama, tive a impressão de que o cheiro e o toque das peles e a bestialidade de Marcel estavam combinados. O ciúme havia rompido sua timidez. Ele estava como um animal, faminto em busca de cada sensação, de cada maneira de me conhecer. Beijou-me com avidez, mordeu meus lábios. Deitou-se nas peles, beijando meus seios, apalpando minhas pernas, meu sexo, minhas nádegas. Então moveu-se para cima de mim a meia-luz, enfiando o pênis dentro de minha boca. Senti meus dentes pegando de raspão enquanto ele avançava para dentro e para fora, mas Marcel gostou. Ficou assistindo e me acariciando, com as mãos por todo o meu corpo, os dedos por tudo, buscando me conhecer completamente, me prender.

Atirei as pernas por cima dos ombros dele, bem alto, de modo que ele pudesse mergulhar dentro de mim e assistir ao mesmo tempo. Ele queria ver tudo. Queria ver como o pênis entrava e saía brilhando, firme e grande. Ergui-me sobre os punhos para oferecer meu sexo ainda mais às investidas dele. A seguir ele me virou e colocou-se em cima de mim como um cachorro, metendo o pênis por trás, com as mãos em concha sobre meus seios, acariciando e metendo ao mesmo tempo. Ele era incansável. Não gozava. Fiquei esperando para ter o orgasmo com ele, mas ele adiava e adiava. Marcel queria se retardar, sentir meu corpo para sempre, ficar em uma excitação sem-fim. Eu estava ficando cansada e gritei:

– Goze agora, Marcel, goze agora.

Então ele começou a meter com violência, avançando comigo para o crescente e selvagem ápice do orgasmo, e aí eu gritei, e ele gozou quase que ao mesmo tempo. Caímos de costas entre as peles, aliviados.

Ficamos estendidos na semiescuridão, cercados de formas estranhas – trenós, botas, colheres da Rússia, cristais, conchas do mar. Mas tudo, até um pedaço de lava de Kracatoa, até uma garrafa de areia do Mar Morto, tinha uma qualidade de sugestão erótica.

– Você tem o ritmo certo para mim – disse Marcel. – As mulheres geralmente são rápidas demais para mim. Entro em pânico por causa disso. Elas obtêm o prazer e então fico com medo de seguir adiante. Não me dão tempo para senti-las, conhecê-las, alcançá-las, e depois que vão embora fico maluco pensando sobre sua nudez e no fato de que não tive prazer. Mas você é lenta. Você é como eu.

Ficamos conversando perto da lareira enquanto eu me vestia. Marcel enfiou a mão debaixo da minha saia e começou a me acariciar de novo. De repente ficamos cegos de desejo outra vez. Fiquei ali parada de olhos fechados, sentindo a mão dele, movendo-me com ela. Ele agarrou minha bunda com um aperto rude de camponês e pensei que iríamos rolar pela cama de novo, mas em vez disso ele disse:

– Levante o vestido.

Me encostei na parede, mexendo o corpo contra o dele. Ele pôs a cabeça no meio das minhas pernas, prendendo minhas nádegas em suas mãos, passando a língua em meu sexo, chupando e lambendo até eu estar molhada de novo. Então tirou o pênis e me possuiu ali contra a parede. O pênis duro e ereto era como uma furadeira, metendo, metendo, investindo para dentro de mim, enquanto eu estava toda molhada e dissolvida na paixão dele.

Gosto mais de fazer amor com Gustavo do que com Marcel porque ele não tem acanhamentos, medos, nervosismos. Ele se entrega ao sonho, hipnotizamos um ao outro com carícias. Toco sua nuca e passo os dedos pelos cabelos negros. Acaricio a barriga, as pernas, os quadris. Quando toco as costas, da nuca às nádegas, o corpo dele começa a se arrepiar de prazer. Ele gosta de carícias como uma mulher. O sexo dele se agita. Não o toco até que comece a pular. Então ele arqueja de prazer. Pego todo ele na mão, seguro firme e aperto em cima e em baixo. Ou então toco a ponta com a língua, e depois ele mexe para dentro e para fora de minha boca. Às vezes ele goza na minha boca, e engulo o esperma. Outras vezes é ele que começa as carícias. Minha umidade surge facilmente, os dedos dele são muito quentes e hábeis. Às vezes estou tão excitada que sinto o orgasmo ao simples toque do dedo dele. Ele se excita ao me ver latejando e palpitando. Não espera que o orgasmo termine, mete o pênis como que para sentir as últimas contrações. O pênis dele me preenche por completo, foi feito para mim, de modo que pode enfiá-lo facilmente. Fecho os lábios internos em volta do pênis e sugo-o para dentro. Às vezes o pênis está maior do que em outras ocasiões e parece carregado de eletricidade, e aí o prazer é imenso, prolongado. O orgasmo não acaba nunca.

As mulheres o perseguem com frequência, mas ele é como uma mulher e precisa acreditar que está apaixonado. Embora uma mulher bonita possa excitá-lo, se ele não sente algum tipo de amor, fica impotente.

É estranho como o caráter de uma pessoa se reflete no ato sexual. Se é nervosa, tímida, inquieta, medrosa, o ato sexual é a mesma coisa. Se é descontraída, o ato sexual é divertido. O pênis de Hans nunca amolece, de modo que, com essa convicção, ele não tem pressa. Ele se instala dentro de seu prazer ao se instalar dentro do momento presente, para desfrutar calma e completamente até a última gota. Marcel é mais inquieto, agitado. Sinto que, mesmo quando o pênis está duro, ele fica ansioso para mostrar seu poder e se apressa, movido pelo medo de que o vigor não dure.

Na noite passada, depois de ler alguns escritos de Hans, as cenas sensuais, ergui os braços acima da cabeça. Senti as calças de cetim deslizando um pouquinho na cintura. Senti minha barriga e meu sexo muito vivos. Hans e eu nos atiramos em uma orgia prolongada na escuridão. Senti que eu estava tomando todas as mulheres que ele havia possuído, tudo o que os dedos dele haviam tocado, todas as línguas, todos os sexos, cada palavra que ele murmurara sobre sexo, acolhi tudo isso dentro de mim, como uma orgia de cenas relembradas, um mundo inteiro de orgasmos e ardores.

Marcel e eu estávamos deitados juntos no sofá dele. Na semiescuridão do quarto, ele falava de suas fantasias eróticas e do quanto era difícil satisfazê-las. Sempre quisera que uma mulher vestisse um monte de anáguas para que ele ficasse embaixo olhando. Lembrava que isso era o que havia feito com a primeira babá e, fingindo brincar, havia olhado por baixo das saias dela. Essa primeira comoção de sensações eróticas havia permanecido com ele.

Desse modo, eu disse:

– Mas vou fazer isso. Vamos fazer tudo o que sempre quisemos fazer ou que quisemos que fizessem conosco. Temos a noite inteira. Existem muitos objetos aqui que podemos usar. Você tem trajes também. Vou me vestir para você.

– Oh, vai? – disse Marcel. – Farei qualquer coisa que você queira, qualquer coisa que você me peça.

– Primeiro pegue os trajes para mim. Você tem saias de camponesa que posso usar. Vamos começar com as suas fantasias. Não vamos parar até você ter realizado todas elas. Agora, deixe eu me vestir.

Fui para a outra sala, coloquei várias saias que ele havia trazido da Grécia e da Espanha, uma por cima da outra. Marcel deitou-se no chão. Entrei no quarto dele. Ele ficou afogueado de prazer ao me ver. Sentei na beira da cama.

– Agora levante-se – disse Marcel.

Levantei. Ele ficou deitado no chão e olhou por entre minhas pernas, por baixo das saias. Abriu-as um pouco com as mãos. Fiquei parada de pernas abertas. Fiquei excitada por Marcel olhar para mim, de modo que muito lentamente comecei a dançar como havia visto mulheres árabes fazerem, bem em cima do rosto de Marcel, sacudindo os quadris lentamente, de maneira que ele podia ver meu sexo se mexendo entre as saias. Dancei, me mexi e girei, e ele continuou olhando e arquejando de prazer. Então não conseguiu se controlar, puxou-me diretamente para o rosto e começou a me beijar e morder. Detive-o depois de um tempo:

– Não me faça gozar, contenha-se.

Deixei-o, e para a próxima fantasia voltei nua usando as botas de feltro negro dele. Então Marcel quis que eu fosse cruel.

– Por favor, seja cruel – suplicou.

Toda nua, com as botas negras compridas, comecei a mandá-lo fazer coisas humilhantes. Disse:

– Saia e traga-me um homem bonito. Quero que ele me possua na sua frente.

– Isso não vou fazer – disse Marcel.

– Estou mandando. Você disse que faria qualquer coisa que eu pedisse.

Marcel levantou-se e desceu as escadas. Voltou cerca de meia hora mais tarde com um vizinho, um russo muito bonito. Marcel ficou pálido; ele pôde ver que gostei do russo. Ele havia contado o que estávamos fazendo. O russo me olhou e sorriu. Não precisei estimulá-lo. Quando andou na minha direção, já estava atiçado pelas botas negras e pela nudez. Não apenas me entreguei ao russo, como sussurrei:

– Faça com que demore, por favor, faça com que demore.

Marcel estava sofrendo. Eu estava apreciando o russo, que era grande e forte e conseguia resistir por muito tempo. Enquanto nos olhava, Marcel tirou o pênis de dentro das calças, e estava ereto. Quando senti o orgasmo chegar em sincronia com o do russo, Marcel quis colocar o pênis na minha boca, mas não deixei. Eu disse:

– Você deve se conter para mais tarde. Tenho outras coisas para lhe pedir. Não vou deixar você gozar!

O russo estava obtendo prazer. Depois do orgasmo, permaneceu dentro e quis mais, mas me afastei. Ele disse:

– Eu gostaria de assistir.

Marcel se opôs. Nós o dispensamos. O russo me agradeceu, muito irônica e ardorosamente. Ele gostaria de permanecer conosco.

Marcel caiu aos meus pés.

– Aquilo foi cruel. Você sabe que te amo. Aquilo foi muito cruel.

– Mas deixou você ardendo, não deixou? Deixou você ardendo.

– Sim, mas me feriu também, eu não teria feito aquilo com você.

– Mas não pedi para você ser cruel comigo, pedi? Quando as pessoas são cruéis comigo, isso me deixa gelada, mas você queria, isso excitou você.

– O que quer agora?

– Quero fazer amor enquanto olho pela janela – disse –, enquanto as pessoas estão olhando para mim. Quero que você me pegue por trás, e que ninguém seja capaz de ver o que estamos fazendo. Gosto de fazer em sigilo.

Fiquei parada à janela. As pessoas podiam olhar para dentro do quarto de outras casas, e Marcel me tomou enquanto eu estava parada ali. Não mostrei nenhum sinal de excitação, mas estava gostando. Ele estava ofegante e mal conseguia se controlar, enquanto eu dizia:

– Com calma, Marcel, vá com calma, de modo que ninguém saiba.

As pessoas nos viram, mas pensaram que estávamos apenas parados ali olhando a rua. Mas estávamos desfrutando um orgasmo, como os casais fazem nas soleiras das portas e debaixo das pontes durante a noite por toda Paris.

Ficamos cansados. Fechamos a janela. Descansamos um pouco. Começamos a conversar na escuridão, sonhando e recordando.

– Há poucas horas, Marcel, entrei no metrô na hora do *rush*, coisa que raramente faço. Fui empurrada por um mar de gente, espremida, e fiquei ali. De repente, lembrei de uma aventura no metrô que Alraune havia me contado, que a deixou convencida de que Hans havia tirado vantagem do ajuntamento para acariciar uma mulher.

Naquele exato instante, senti uma mão tocar meu vestido muito de leve, como que por acidente. Meu casaco estava aberto, meu vestido era fininho, e a mão estava roçando levemente através do vestido bem na borda do sexo. Não me afastei. O homem na minha frente era tão alto que eu não conseguia ver seu rosto. Não quis olhar para cima. Eu não tinha certeza de que era ele, não quis saber quem era. A mão acariciou o vestido, e então aumentou a pressão muito ligeiramente, apalpando em busca do sexo. Fiz um leve movimento para alçar o sexo na direção dos dedos. Os dedos tornaram-se mais firmes, seguindo o contorno dos lábios hábil e levemente. Senti uma onda de prazer. Quando uma guinada do metrô nos empurrou para perto um do outro, me apertei contra a mão inteira, e ele fez um gesto mais audacioso, agarrando os lábios do sexo. Naquele momento fiquei enlouquecida de prazer, senti o orgasmo se aproximar, me esfreguei contra a mão de modo imperceptível. A mão pareceu sentir o que eu sentia e continuou a carícia até eu gozar. O orgasmo sacudiu meu corpo. O metrô parou, e um mar de gente empurrou-se para fora. O homem desapareceu.

A guerra foi declarada. Mulheres choram nas ruas. Na primeira noite há um blecaute. Havíamos presenciado ensaios, mas o blecaute de verdade foi bem diferente. Os ensaios haviam sido festivos. Agora Paris estava séria. As ruas estavam completamente escuras. Aqui e ali havia uma luz fraquinha de vigia, azul, verde ou vermelha, como as luzinhas das imagens nas igrejas russas. Todas as janelas estavam cobertas com panos pretos. As janelas dos cafés estavam cobertas ou pintadas de azul-marinho. Era uma noite amena de setembro. Por causa da escuridão, parecia ainda mais amena. Havia algo muito estranho na atmosfera – uma expectativa, um suspense. Caminhei cautelosamente até o Boulevard Raspail, sentindo-me solitária e pretendendo ir ao Dome e falar com alguém.

Finalmente cheguei lá. Estava superlotado, metade eram soldados, metade as putas e modelos de sempre, mas muitos artistas tinham ido embora. A maioria deles fora convocada em casa, cada um pelo seu país. Não haviam sobrado americanos, nada mais de espanhóis, nada mais de refugiados alemães sentados por lá. Era um ambiente francês de novo. Sentei-me e Gisele logo juntou-se a mim, uma moça com quem eu havia conversado algumas vezes. Estava feliz por me ver. Disse que não conseguia ficar em casa. Seu irmão fora convocado, e a casa estava triste. A seguir um outro amigo, Roger, sentou-se à nossa mesa. Logo estávamos em cinco. Todos nós tínhamos ido ao café para ficar com outras pessoas. Todos nos sentíamos solitários. A escuridão isolava, fazia com que fosse difícil sair. Era-se levado para ambientes fechados – de modo a não se ficar só. Todos nós queríamos isso. Ficamos lá apreciando as luzes, os drinques. Os soldados estavam animados, todo mundo era cordial. Todas as barreiras haviam sido baixadas. As pessoas não esperavam por apresentações. Todo mundo estava em igual perigo e compartilhava da mesma necessidade de companhia, afeto e calor.

Mais tarde, eu disse a Roger:

– Vamos sair.

Eu queria estar nas ruas escuras de novo. Caminhamos devagar, cautelosamente. Chegamos a um restaurante árabe do qual gostávamos e entramos. As pessoas estavam sentadas em volta das mesas bem baixas. Uma mulher árabe carnuda estava dançando. Os homens davam-lhe dinheiro, que ela colocava nos seios e continuava dançando. Nessa noite o lugar estava cheio de soldados, e eles estavam embriagados pelo forte vinho árabe. A dançarina também estava bêbada. Ela nunca vestia muita coisa, umas saias transparentes e um cinto, mas agora a saia havia aberto uma fenda e, quando ela executava a dança do ventre, revelava os pelos pubianos a dançar, a carne rija em volta a tremer.

Um dos oficiais ofereceu uma nota de dez francos e disse:

– Pegue com a buceta.

Fátima não se perturbou em absoluto. Andou até a mesa, colocou a nota bem na beirada, abriu as pernas um pouquinho e deu uma rebolada como aquelas que dava na dança, de modo que os lábios da vulva tocaram o dinheiro. De início ela não conseguiu pegar o dinheiro. Enquanto tentava, fazia um som de sucção, e os soldados riram e ficaram excitados com a cena. Finalmente os lábios da vulva enrijeceram o suficiente em volta da nota, e ela pegou-a.

A dança continuou. Um jovem árabe que tocava flauta estava me observando fixamente. Roger, sentado ao meu lado, estava derretido pela dançarina, sorrindo gentilmente. Os olhos do garoto árabe continuaram a arder em mim. Era como um beijo, um ferro em brasa na carne. Todo o mundo estava bêbado, cantando e dançando. Quando me levantei, o garoto árabe levantou-se também. Eu não estava bem certa do que fazia. Na entrada havia um cubículo escuro para os casacos e chapéus. A garota que tomava conta estava sentada com os soldados. Entrei ali.

O árabe entendeu. Esperei em meio aos casacos. O árabe estendeu um deles no chão e me empurrou. Na luz tênue, pude vê-lo tirar para fora um pênis magnífico, liso, lindo. Era tão lindo que eu o quis na minha boca, mas ele não deixou. Colocou-o imediatamente dentro do meu sexo. Estava muito duro e quente. Fiquei com medo de que fôssemos pegos e quis que ele se apressasse. Eu estava tão excitada que gozei imediatamente, enquanto ele continuou, enterrando e mexendo com força. Era incansável.

Um soldado meio bêbado saiu e quis o casaco. Não nos mexemos. Ele agarrou o casaco sem entrar no cubículo onde estávamos deitados. Foi embora. O árabe era lento para gozar. Tinha aquela energia no pênis, nas mãos e na língua. Tudo nele tinha firmeza. Senti o pênis ficar mais largo e mais quente, até a extremidade roçar tanto contra o ventre que dava uma sensação de aspereza, quase como um arranhão. Ele mexia para dentro e para fora no mesmo ritmo uniforme, sem jamais se apressar. Deitei de costas e não pensei mais sobre onde estávamos. Pensei apenas no pênis duro mexendo-se de modo uniforme, obsessivo, para dentro e para fora. Ele gozou sem qualquer aviso ou mudança de ritmo, como um esguicho de chafariz. Não tirou o pênis. Continuou firme. Ele queria que eu gozasse de novo. Mas as pessoas estavam deixando o restaurante. Por sorte os casacos haviam caído em cima de nós e nos escondido. Ficamos em uma espécie de tenda. Não quis me mexer. O árabe disse:

– Vou vê-la de novo? Você é tão suave e bonita. Vou vê-la de novo um dia?

Roger estava à minha procura. Sentei e me arrumei. O árabe desapareceu. Mais gente começou a ir embora. Havia um toque de recolher às onze horas. As pessoas pensaram que eu estava tomando conta dos casacos. Eu não estava mais bêbada. Roger me achou. Quis me levar em casa. Ele disse:

– Vi o modo como o garoto árabe encarava você. Você deve tomar cuidado.

Marcel e eu estávamos caminhando na escuridão, entrando e saindo de cafés, afastando para o lado pesadas cortinas negras ao passar, o que fazia com que nós dois sentíssemos como se estivéssemos indo para dentro dos infernos, para alguma cidade de demônios. Negras como o negro da roupa íntima da puta parisiense; das meias negras das dançarinas de cancã; das ligas negras largas, criadas para satisfazer os mais perversos caprichos dos homens; dos pequenos espartilhos negros que empinam os seios e os empurram na direção dos lábios dos homens;

das botas negras das cenas de flagelação dos romances franceses. Marcel tremia com a voluptuosidade daquilo. Perguntei:

– Você acha que existem lugares que fazem com que a gente sinta vontade de fazer amor?

– Com certeza – disse Marcel. – Pelo menos eu sinto. Assim como você sente vontade de fazer amor em cima da minha cama de pele, sempre sinto vontade de fazer amor onde existem cortinados, cortinas e artefatos nas paredes, onde é como um útero. Sempre sinto vontade de fazer amor onde há muito vermelho. E também onde há espelhos. Mas o quarto que mais me excitou foi o que vi certa vez perto do Boulevard Clichy. Como você sabe, na esquina desse bulevar fica uma famosa puta com uma perna de pau, ela tem muitos admiradores. Sempre fui fascinado por ela, pois sentia que não conseguiria me habilitar a fazer amor com ela. Tinha certeza de que, mal eu visse a perna de pau, ficaria paralisado pelo horror.

"Ela era uma jovem muito animada, sorridente, de bom coração. Havia pintado o cabelo de loiro. Mas os cílios eram de um negro intenso e cerrados como os de um homem. Tinha uns pelinhos em cima do lábio. Devia ser uma garota morena e cabeluda antes de pintar o cabelo. A perna boa era robusta, firme, o corpo era bem bonito. Mas não consegui me animar a abordá-la. Ao olhar para ela, lembrei de uma pintura de Courbet que havia visto. Foi uma pintura encomendada por um homem rico há muito tempo, que lhe pediu para pintar uma mulher no ato sexual. Coubert, um grande realista, pintou o sexo da mulher e nada mais. Omitiu a cabeça, os braços, as pernas. Pintou um torso com um sexo, cuidadosamente elaborado, nas contorções do prazer, apertando o pênis que saía de um tufo de pelos muito negros. E aquilo era tudo. Senti que com aquela puta seria o mesmo, só se poderia pensar no sexo, tentar não olhar para as pernas nem qualquer outra coisa. E talvez fosse excitante. Enquanto estava parado na esquina em deliberações comigo mesmo, apareceu uma outra puta, uma muito jovem. Em Paris é raro uma puta jovem. Ela conversou com a da perna de pau. Estava começando a chover. A jovem estava dizendo:

"– Caminhei na chuva por duas horas até agora. Meus sapatos estão arruinados. E nem um único cliente.

"De repente fiquei com pena dela. Falei a ela:

"– Quer tomar um café comigo?

"Ela aceitou alegremente. Perguntou:

"– O que você é, um pintor?

"– Não sou pintor – eu disse –, mas estava pensando em uma pintura que vi.

"– Existem pinturas maravilhosas no Café Wepler – ela disse. – E olhe essa aqui.

"Tirou da bolsinha o que parecia um lenço delicado. Segurou-o aberto. Havia a pintura de uma avantajada bunda de mulher, posicionada de modo a revelar o sexo por inteiro, e um pênis igualmente grande. Ela puxou o lenço, que era elástico, e pareceu que a bunda estava se mexendo, o pênis também. Então ela o virou, e aí o pênis ainda ficou pulsando, mas parecia ter entrado no sexo. Ela fez um certo gesto que deixou todo o desenho animado. Ri, mas a cena me atiçou, de modo que nem chegamos ao Café Wepler, e a garota convidou-me para ir a seu quarto. Era em uma casa muito estropiada de Montmartre, onde ficava todo o pessoal do circo e do teatro de variedades. Tivemos que subir cinco lances de escada. Ela disse:

"– Você vai ter que desculpar a esculhambação. Estou recém começando em Paris. Estou aqui há apenas um mês. Antes disso estava trabalhando numa casa em uma cidadezinha, e era muito chato ver os mesmos homens a cada semana. Era quase como estar casada! Sabia exatamente quando viriam me ver, o dia e a hora, pontuais como um relógio. Conhecia todos os hábitos deles. Não havia mais surpresas. Por isso vim para Paris.

"Enquanto ela falava, entramos no quarto. Era bem pequeno – tinha espaço apenas para a cama de ferro grande, para onde a empurrei, e que rangeu como se já estivéssemos fazendo amor como dois macacos. Mas a coisa com que eu não podia me acostumar é que não havia janela – absolutamente nenhuma janela. Era como jazer em uma tumba, uma prisão, uma cela. Não posso dizer exatamente como era. Mas a sensação que me deu foi de segurança. Era maravilhoso estar encerrado de modo tão seguro com uma jovem. Era quase tão maravilhoso quanto já estar dentro da buceta dela. Foi o quarto mais maravilhoso em que já fiz amor – tão completamente excluído do mundo, tão apertado e aconchegante –, e quando entrei nela senti que o resto do mundo inteiro poderia desaparecer, pois para mim pouco importava. Lá estava eu, no melhor lugar de todo o mundo, um útero quente e macio, encerrando-me isolado de tudo o mais, protegendo-me, ocultando-me.

"Gostaria de ficar vivendo ali com aquela garota, nunca mais sair. E fiz isso por dois dias. Por dois dias e noites ficamos estendidos lá na cama, nos acariciávamos e adormecíamos, nos acariciávamos de novo e adormecíamos, até que tudo parecia um sonho. Cada vez que despertava, estava com meu pênis dentro dela, úmida, escura, aberta, e então me mexia e ficava quieto de novo, até que ficamos terrivelmente famintos. Então saí, peguei vinho e presunto, e voltei para a cama de novo. Nada de luz do dia. Não sabíamos qual era o período do dia, nem se era noite. Apenas ficamos lá, sentindo nossos corpos, um dentro do outro quase que continuamente, falando ao ouvido um do outro. Yvonne dizia coisas que me faziam rir. Eu dizia:

"– Yvonne, não me faça rir tanto, ou vai escorregar para fora.

"Meu pênis escorregava para fora quando eu ria, e eu tinha que colocá-lo para dentro de novo.

"– Yvonne, você está cansada disto? – perguntei.

"– Ah, não – disse Yvonne –, é a única vez em que apreciei. Você sabe, os clientes estão sempre com uma espécie de pressa, e isso meio que fere meus sentimentos, por isso deixo-os fazer, mas não fico interessada. Além disso, é ruim para os negócios. Se você se envolve, fica velha e cansada muito rapidamente. E sempre tenho a sensação de que não prestam atenção suficiente em mim, o que me faz recuar, me afastar deles para dentro de algum ponto em mim mesma. Você compreende?"

Então Marcel me perguntou se havia sido um bom amante naquela primeira vez na casa dele.

– Você é um bom amante, Marcel. Gostei do modo como você agarrou minha bunda com as duas mãos. Você agarrou tão firme que era como se fosse comê-la. Gostei do jeito como você pegou meu sexo entre as duas mãos. É o jeito como você pegou, tão decididamente, com tanta macheza. É como um toque do homem das cavernas que existe em você.

– Por que vocês mulheres nunca dizem isso aos homens? Por que as mulheres fazem tanto segredo e mistério de tudo isso? Acham que isso destrói o mistério delas, mas não é verdade. E aí você vem e diz o que sentiu. É maravilhoso.

– Acredito em falar as coisas. Existem mistérios suficientes, e esses não vão ajudar em nosso desfrute. Agora a guerra está aí, e muita gente vai morrer sem saber de nada porque tem a língua presa a respeito de sexo. É ridículo.

– Estou lembrando de St. Tropez – disse Marcel. – O verão mais maravilhoso que já tivemos...

Quando ele disse isso, vi o lugar vividamente. Uma colônia de artistas onde ia gente de sociedade, atores e atrizes, gente de iate ancorava lá. Os pequenos cafés à beira-mar, a animação, a exuberância, a moleza. Todo o mundo em trajes de praia. Todo o mundo confraternizando – o pessoal dos iates com os artistas, os artistas com o jovem carteiro, o jovem policial, os jovens pescadores, homens jovens e morenos do Sul.

Havia dança em um pátio a céu aberto. A banda de jazz veio da Martinica e era mais quente que a noite de verão. Certa noite, Marcel e eu estávamos sentados em um canto quando anunciaram que apagariam as luzes por cinco minutos, depois dez e depois quinze no meio de cada dança.

Um homem bradou:

– Escolham seus parceiros cuidadosamente para o *quart d'heure de passion*.* Escolham seus parceiros cuidadosamente.

Houve um momento de grande polvorosa e afobação. Então a dança começou, e por fim as luzes apagaram. Umas poucas mulheres gritaram histericamente. Uma voz de homem disse:

– Isso é um ultraje, não vou me prestar a isso.

Um outro gritou:

– Acendam as luzes.

A dança continuou na escuridão. Dava para sentir que os corpos estavam em alta temperatura.

Marcel ficou em êxtase, agarrando-me como se fosse me quebrar, curvando-se sobre mim, com os joelhos no meio dos meus, o pênis ereto. Em cinco minutos as pessoas só tiveram tempo para uma pequena fricção. Quando as luzes acenderam todo o mundo parecia perturbado. Uns rostos pareciam apopléticos, outros pálidos. O cabelo de Marcel estava desgrenhado. Os shorts de linho de uma mulher estavam amassados. As calças de linho de um homem estavam amassadas. A atmosfera estava ardente, animal, elétrica. Ao mesmo tempo, havia uma superfície de refinamento a ser mantida, uma aparência, uma elegância. Algumas pessoas que ficaram chocadas estavam indo embora. Algumas estavam como que à espera de

---

* Literalmente: um quarto de hora de paixão. Em francês no original. (N.E.).

uma tempestade. Outras esperavam com um brilho nos olhos.

– Você acha que algum deles vai gritar, transformar-se em uma besta, perder o controle? – perguntei.

– Vai ver que eu mesmo – disse Marcel.

A segunda dança começou. As luzes apagaram. A voz do líder da banda disse:

– Esse é o *quart d'heure de passion.* Senhores, senhoras, vocês agora têm dez minutos, e, a seguir, terão quinze.

Houve gritinhos abafados na plateia, mulheres protestando. Marcel e eu estávamos enganchados como dois dançarinos de tango, e a cada instante da dança pensei que meu orgasmo fosse se desencadear. Então as luzes acenderam, e a desordem e sensação no lugar eram ainda maiores.

– Isso vai virar uma orgia – disse Marcel.

As pessoas sentaram-se com os olhos ofuscados, como que pelas luzes. Olhos ofuscados pelo turbilhão do sangue, dos nervos.

Não se podia mais perceber a diferença entre as putas, as mulheres de sociedade, as boêmias, as garotas da cidade. As garotas locais eram lindas, com a beleza ardente do Sul. Todas as mulheres estavam queimadas de sol e com um ar taitiano, cobertas de conchas e flores. Na pressão da dança algumas conchas haviam se partido e jaziam na pista.

Marcel disse:

– Acho que não consigo encarar a próxima dança. Vou violar você.

A mão dele estava se enfiando dentro dos meus shorts e me apalpando. Os olhos dele ardiam. Corpos. Pernas, muitas pernas, todas morenas e lustrosas, algumas peludas como de raposas. Um homem tinha um peito tão cabeludo que usava uma camisa rendada para mostrar. Parecia um macaco. Os braços dele eram compridos e enlaçavam sua parceira de dança como se ele fosse devorá-la.

A última dança. As luzes apagaram. Uma mulher soltou um grito de pássaro. Outra começou a se defender.

A cabeça de Marcel caiu sobre meus ombros, e ele começou a mordê-los com força. Nos apertamos e nos mexemos um contra o outro. Fechei os olhos. Estava entontecendo de prazer. Fui carregada por uma onda de prazer que provinha de todos os dançarinos, da noite, da música. Pensei que teria um orgasmo bem ali. Marcel continuou me mordendo, e fiquei com medo de que caíssemos no chão. Mas então a embriaguez nos salvou, a embriaguez nos suspendeu acima do ato, desfrutando de tudo o que havia além do ato.

Quando as luzes acenderam, todo o mundo estava embriagado, cambaleando de excitação nervosa. Marcel disse:

– Gostam mais disso do que da coisa real. A maioria deles gosta mais disso. Isso dura muito mais. Mas não aguento mais. Deixe que fiquem sentados aí e desfrutem a maneira como estão se sentindo, eles gostam de estar assanhados, gostam de ficar sentados com as ereções e as mulheres todas abertas e úmidas, mas eu quero acabar com isso, não posso esperar. Vamos para a praia.

Na praia, a friagem nos acalmou. Deitamos na areia, ainda ouvindo o ritmo do jazz ao longe, como um coração palpitando, como um pênis martelando dentro de uma mulher, e, enquanto as ondas rolavam aos nossos pés, as ondas dentro de nós rolaram umas por cima das outras sem cessar até gozarmos juntos, rolando na areia, no mesmo martelar da batida do jazz.

Marcel estava lembrando disso também. Ele disse:

– Que verão maravilhoso. Acho que todo mundo sabia que seria a última gota de prazer.

Coleção L&PM POCKET (Lançamentos mais recentes)

1159. **A dinastia Rothschild** – Herbert R. Lottman
1160. **A Mansão Hollow** – Agatha Christie
1161. **Nas montanhas da loucura** – H.P. Lovecraft
1162. (28).**Napoleão Bonaparte** – Pascale Fautrier
1163. **Um corpo na biblioteca** – Agatha Christie
1164. **Inovação** – Mark Dodgson e David Gann
1165. **O que toda mulher deve saber sobre os homens: a afetividade masculina** – Walter Riso
1166. **O amor está no ar** – Mauricio de Sousa
1167. **Testemunha de acusação & outras histórias** – Agatha Christie
1168. **Etiqueta de bolso** – Celia Ribeiro
1169. **Poesia reunida (volume 3)** – Affonso Romano de Sant'Anna
1170. **Emma** – Jane Austen
1171. **Que seja em segredo** – Ana Miranda
1172. **Garfield sem apetite** – Jim Davis
1173. **Garfield: Foi mal...** – Jim Davis
1174. **Os irmãos Karamázov (Mangá)** – Dostoiévski
1175. **O Pequeno Príncipe** – Antoine de Saint-Exupéry
1176. **Peanuts: Ninguém mais tem o espírito aventureiro** – Charles M. Schulz
1177. **Assim falou Zaratustra** – Nietzsche
1178. **Morte no Nilo** – Agatha Christie
1179. **Ê, soneca boa** – Mauricio de Sousa
1180. **Garfield a todo o vapor** – Jim Davis
1181. **Em busca do tempo perdido (Mangá)** – Proust
1182. **Cai o pano: o último caso de Poirot** – Agatha Christie
1183. **Livro para colorir e relaxar** – Livro 1
1184. **Para colorir sem parar**
1185. **Os elefantes não esquecem** – Agatha Christie
1186. **Teoria da relatividade** – Albert Einstein
1187. **Compêndio da psicanálise** – Freud
1188. **Visões de Gerard** – Jack Kerouac
1189. **Fim de verão** – Mohiro Kitoh
1190. **Procurando diversão** – Mauricio de Sousa
1191. **E não sobrou nenhum e outras peças** – Agatha Christie
1192. **Ansiedade** – Daniel Freeman & Jason Freeman
1193. **Garfield: pausa para o almoço** – Jim Davis
1194. **Contos do dia e da noite** – Guy de Maupassant
1195. **O melhor de Hagar 7** – Dik Browne
1196. (29).**Lou Andreas-Salomé** – Dorian Astor
1197. (30).**Pasolini** – René de Ceccatty
1198. **O caso do Hotel Bertram** – Agatha Christie
1199. **Crônicas de motel** – Sam Shepard
1200. **Pequena filosofia da paz interior** – Catherine Rambert
1201. **Os sertões** – Euclides da Cunha
1202. **Treze à mesa** – Agatha Christie
1203. **Bíblia** – John Riches
1204. **Anjos** – David Albert Jones
1205. **As tirinhas do Guri de Uruguaiana 1** – Jair Kobe
1206. **Entre aspas (vol.1)** – Fernando Eichenberg
1207. **Escrita** – Andrew Robinson
1208. **O spleen de Paris: pequenos poemas em prosa** – Charles Baudelaire
1209. **Satíricon** – Petrônio
1210. **O avarento** – Molière
1211. **Queimando na água, afogando-se na chama** – Bukowski
1212. **Miscelânea septuagenária: contos e poemas** – Bukowski
1213. **Que filosofar é aprender a morrer e outros ensaios** – Montaigne
1214. **Da amizade e outros ensaios** – Montaigne
1215. **O medo à espreita e outras histórias** – H.P. Lovecraft
1216. **A obra de arte na era de sua reprodutibilidade técnica** – Walter Benjamin
1217. **Sobre a liberdade** – John Stuart Mill
1218. **O segredo de Chimneys** – Agatha Christie
1219. **Morte na rua Hickory** – Agatha Christie
1220. **Ulisses (Mangá)** – James Joyce
1221. **Ateísmo** – Julian Baggini
1222. **Os melhores contos de Katherine Mansfield** – Katherine Mansfied
1223. (31).**Martin Luther King** – Alain Foix
1224. **Millôr Definitivo: uma antologia de *A Bíblia do Caos*** – Millôr Fernandes
1225. **O Clube das Terças-Feiras e outras histórias** – Agatha Christie
1226. **Por que sou tão sábio** – Nietzsche
1227. **Sobre a mentira** – Platão
1228. **Sobre a leitura *seguido do* Depoimento de Céleste Albaret** – Proust
1229. **O homem do terno marrom** – Agatha Christie
1230. (32).**Jimi Hendrix** – Franck Médioni
1231. **Amor e amizade e outras histórias** – Jane Austen
1232. **Lady Susan, Os Watson e Sanditon** – Jane Austen
1233. **Uma breve história da ciência** – William Bynum
1234. **Macunaíma: o herói sem nenhum caráter** – Mário de Andrade
1235. **A máquina do tempo** – H.G. Wells
1236. **O homem invisível** – H.G. Wells
1237. **Os 36 estratagemas: manual secreto da arte da guerra** – Anônimo
1238. **A mina de ouro e outras histórias** – Agatha Christie
1239. **Pic** – Jack Kerouac
1240. **O habitante da escuridão e outros contos** – H.P. Lovecraft
1241. **O chamado de Cthulhu e outros contos** – H.P. Lovecraft
1242. **O melhor de Meu reino por um cavalo!** – Edição de Ivan Pinheiro Machado
1243. **A guerra dos mundos** – H.G. Wells
1244. **O caso da criada perfeita e outras histórias** – Agatha Christie
1245. **Morte por afogamento e outras histórias** – Agatha Christie

246. **Assassinato no Comitê Central** – Manuel Vázquez Montalbán
247. **O papai é pop** – Marcos Piangers
248. **O papai é pop 2** – Marcos Piangers
249. **A mamãe é rock** – Ana Cardoso
250. **Paris boêmia** – Dan Franck
251. **Paris libertária** – Dan Franck
252. **Paris ocupada** – Dan Franck
253. **Uma anedota infame** – Dostoiévski
254. **O último dia de um condenado** – Victor Hugo
255. **Nem só de caviar vive o homem** – J.M. Simmel
256. **Amanhã é outro dia** – J.M. Simmel
257. **Mulherzinhas** – Louisa May Alcott
258. **Reforma Protestante** – Peter Marshall
259. **História econômica global** – Robert C. Allen
260.(33). **Che Guevara** – Alain Foix
261. **Câncer** – Nicholas James
262. **Akhenaton** – Agatha Christie
263. **Aforismos para a sabedoria de vida** – Arthur Schopenhauer
264. **Uma história do mundo** – David Coimbra
265. **Ame e não sofra** – Walter Riso
266. **Desapegue-se!** – Walter Riso
267. **Os Sousa: Uma família do barulho** – Mauricio de Sousa
268. **Nico Demo: O rei da travessura** – Mauricio de Sousa
269. **Testemunha de acusação e outras peças** – Agatha Christie
270.(34). **Dostoiévski** – Virgil Tanase
271. **O melhor de Hagar 8** – Dik Browne
272. **O melhor de Hagar 9** – Dik Browne
273. **O melhor de Hagar 10** – Dik e Chris Browne
274. **Considerações sobre o governo representativo** – John Stuart Mill
275. **O homem Moisés e a religião monoteísta** – Freud
276. **Inibição, sintoma e medo** – Freud
277. **Além do princípio de prazer** – Freud
278. **O direito de dizer não!** – Walter Riso
279. **A arte de ser flexível** – Walter Riso
280. **Casados e descasados** – August Strindberg
281. **Da Terra à Lua** – Júlio Verne
282. **Minhas galerias e meus pintores** – Kahnweiler
283. **A arte do romance** – Virginia Woolf
284. **Teatro completo v. 1: As aves da noite** *seguido de* **O visitante** – Hilda Hilst
285. **Teatro completo v. 2: O verdugo** *seguido de* **A morte do patriarca** – Hilda Hilst
286. **Teatro completo v. 3: O rato no muro** *seguido de* **Auto da barca de Camiri** – Hilda Hilst
287. **Teatro completo v. 4: A empresa** *seguido de* **O novo sistema** – Hilda Hilst
288. **Fora de mim** – Martha Medeiros
289. **Divã** – Martha Medeiros
290. **Sobre a genealogia da moral: um escrito polêmico** – Nietzsche
291. **A consciência de Zeno** – Italo Svevo
292. **Células-tronco** – Jonathan Slack
293. **O fim do ciúme e outros contos** – Proust
294. **A jangada** – Júlio Verne

1296. **A ilha do dr. Moreau** – H.G. Wells
1297. **Ninho de fidalgos** – Ivan Turguêniev
1298. **Jane Eyre** – Charlotte Brontë
1299. **Sobre gatos** – Bukowski
1300. **Sobre o amor** – Bukowski
1301. **Escrever para não enlouquecer** – Bukowski
1302. **222 receitas** – J. A. Pinheiro Machado
1303. **Reinações de Narizinho** – Monteiro Lobato
1304. **O Saci** – Monteiro Lobato
1305. **Memórias da Emília** – Monteiro Lobato
1306. **O Picapau Amarelo** – Monteiro Lobato
1307. **A reforma da Natureza** – Monteiro Lobato
1308. **Fábulas** *seguido de* **Histórias diversas** – Monteiro Lobato
1309. **Aventuras de Hans Staden** – Monteiro Lobato
1310. **Peter Pan** – Monteiro Lobato
1311. **Dom Quixote das crianças** – Monteiro Lobato
1312. **O Minotauro** – Monteiro Lobato
1313. **Um quarto só seu** – Virginia Woolf
1314. **Sonetos** – Shakespeare
1315.(35). **Thoreau** – Marie Berthoumieu e Laura El Makki
1316. **Teoria da arte** – Cynthia Freeland
1317. **A arte da prudência** – Baltasar Gracián
1318. **O louco** *seguido de* **Areia e espuma** – Khalil Gibran
1319. **O profeta** *seguido de* **O jardim do profeta** – Khalil Gibran
1320. **Jesus, o Filho do Homem** – Khalil Gibran
1321. **A luta** – Norman Mailer
1322. **Sobre o sofrimento do mundo e outros ensaios** – Schopenhauer
1323. **Epidemiologia** – Rodolfo Saracci
1324. **Japão moderno** – Christopher Goto-Jones
1325. **A arte da meditação** – Matthieu Ricard
1326. **O adversário secreto** – Agatha Christie
1327. **Pollyanna** – Eleanor H. Porter
1328. **Espelhos** – Eduardo Galeano
1329. **A Vênus das peles** – Sacher-Masoch
1330. **O 18 de brumário de Luís Bonaparte** – Karl Marx
1331. **Um jogo para os vivos** – Patricia Highsmith
1332. **A tristeza pode esperar** – J.J. Camargo
1333. **Vinte poemas de amor e uma canção desesperada** – Pablo Neruda
1334. **Judaísmo** – Norman Solomon
1335. **Esquizofrenia** – Christopher Frith & Eve Johnstone
1336. **Seis personagens em busca de um autor** – Luigi Pirandello
1337. **A Fazenda dos Animais** – George Orwell
1338. **1984** – George Orwell
1339. **Ubu Rei** – Alfred Jarry
1340. **Sobre bêbados e bebidas** – Bukowski
1341. **Tempestade para os vivos e para os mortos** – Bukowski
1342. **Complicado** – Natsume Ono
1343. **Sobre o livre-arbítrio** – Schopenhauer
1344. **Uma breve história da literatura** – John Sutherland
1345. **Você fica tão sozinho às vezes que até faz sentido** – Bukowski

lepmeditores
www.lpm.com.br
o site que conta tudo

IMPRESSÃO:

PALLOTTI
GRÁFICA

Santa Maria - RS | Fone: (55) 3220.4500
www.graficapallotti.com.br